KB022094

누구보다
일에 진심입니다만

직장 언배에겐 듣기 힘든 뜨겁고 얼얼한 그녀들의 스토리

누구보다 일에 진심입니다만

펴 낸 날 2024년 6월 7일

지 은 이 김나래, 김민영, 김상은, 박세영, 이소은, 이현정, 임유선, 임희정, 정유경(Serena), EJ Choi
펴 낸 이 이기성
기획편집 윤가영, 이지희, 서해주
표지디자인 윤가영
책임마케팅 강보현, 김성욱
펴 낸 곳 도서출판 생각나눔
출판등록 제 2018-000288호
주   소 경기도 고양시 덕양구 청초로 66, 덕은리버워크 B동 1708, 1709호
전   화 02-325-5100
팩   스 02-325-5101
홈페이지 www.생각나눔.kr
이 메 일 bookmain@think-book.com

• 책값은 표지 뒷면에 표기되어 있습니다.
  ISBN   979-11-7048-719-7(03810)

누구보다 일에 진심입니다만

김나래 외 9인

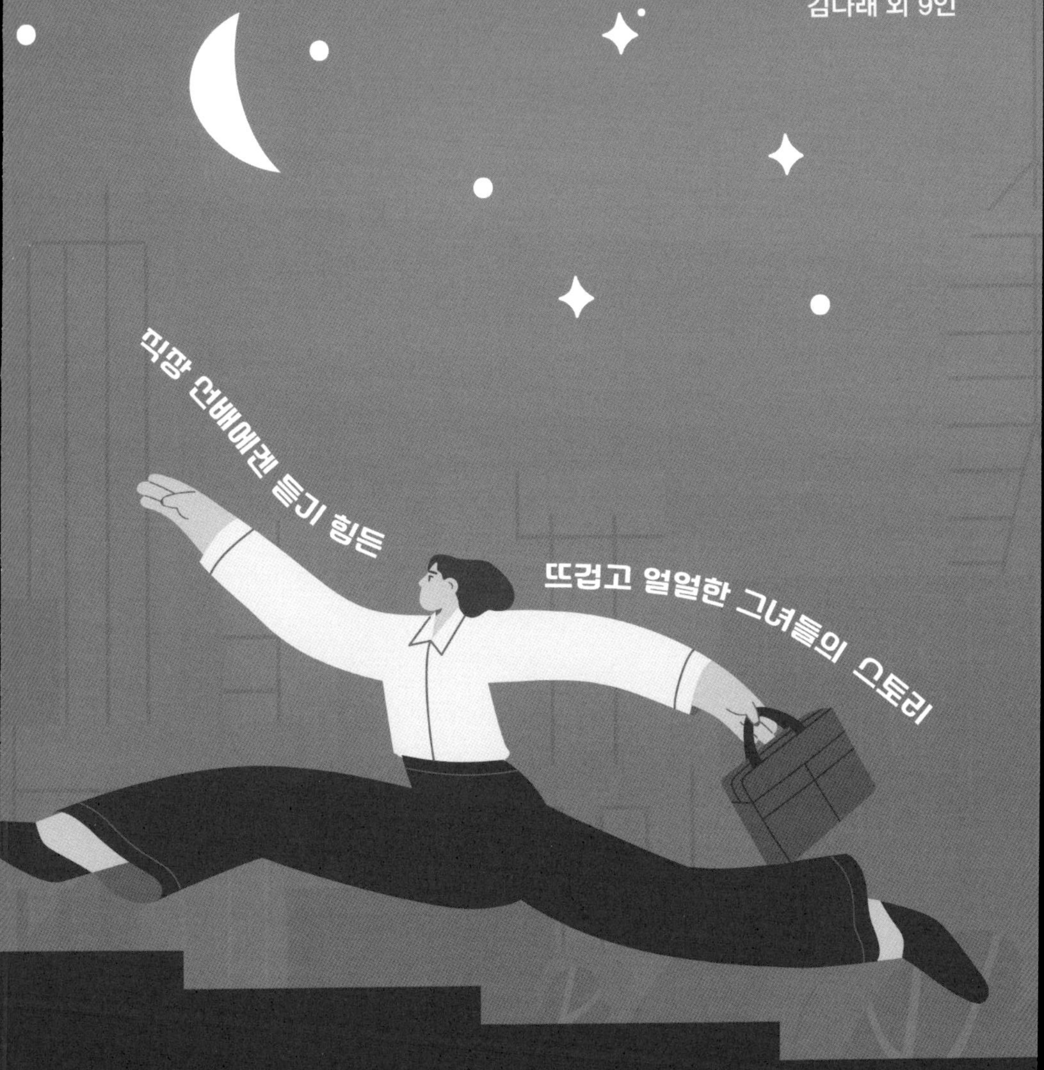

직장 선배에겐 듣기 힘든

뜨겁고 얼얼한 그녀들의 스토리

생각나눔

목 차

프롤로그

"I am delighted to inform you that you have been successfully accepted on to the EMPOWER 2023 programme. Congratulations!
2023 EMPOWER 프로그램에 합격하셨음을 안내해 드립니다. 축하 드립니다!"

2023년 4월 28일에 날아온 이 이메일과 함께 우리의 이야기가 시작되었다. EMPOWER(엠파워)는 주한 영국대사관과 영국 상공회의소에서 여성 직장인들의 직업적 성장을 돕기 위해 론칭한 프로그램이다. EMPOWER 위원회는 치밀한 선발 과정을 통해 산업군별 독보적 경력과 의지를 가진 14명의 직장인 여성들을 뽑았다. 하지만 소위 말하는 스펙, 경력만 본 것이 아니었다. 범상치 않은 지원서에 그 답이 있었다.

"여성들의 직업적 성장에 기여해 본 적이 있나요?", "당신의 커리어 목표를 이루는 과정에서 마주한 어려움을 소개해 주세요", "앞으로 다른 후배 여성들의 성장에 기여할 계획이 있나요?"

'나 잘났다.' 하는 사람보다 '진짜 변화'를 만들어 가고 싶은 사람을 원했던 것이다.

영국 대사관과 영국 상공회의소에서 이 프로그램 업무만 전담하는 사람은 단 한 사람도 없었다. 모두 바쁜 본업을 하는 와중에 어려운 여건에 놓인 한국 직장인 여성들의 성장을 돕기 위해 이 프로그램을 기꺼이 시작하고 추진한 것이다. 중국 상하이에서 이와 비슷한 여성 직장인 성장 프로그램을 운영한 경험으로 한국 엠파워를 제안하고 추진해 주신 Tony Clemson 주한영국대사관 산업통상부 상무참사관님, 커리어를 잠시 쉬는 와중에 자원해서 엠파워를 기획하고 열정적으로 운영해 주신 Elspeth Stewart 님, 상공회의소 모든 일정에 엠파워 멤버를 항상 우선순위로 초청하고 지원해 주신 Lucinda Walker 영국 상공회의소 소장님, 수많은 계획을 아름답게 진행해 주신 이은정 님의 수고가 아니었다면 이 책은커녕 제대로 된 행사 하나 못 치러냈을 것이다.

이렇게 모인 14인 여성은 직업도 다양했다. 제조업, 제약, 언론, 컨설팅 등 각 업계에서 구를 만큼 구른 사람들을 한 자리에 모았다. 대부분 10년 차 이상의 직장인이었고, 싱글, 엄마, 기혼 여성, 예비 신부, 다양한 시점에서의 해외 경험 등 각자의 개인적 경험과 상황도 다양했다. 매달 열리는 워크숍에서 생생한 실전 교육을 받으며 서로에게서 배우고 감동을 얻어갔던 우리는 우리의 이야기를 더 나누고자 책을 쓰게 되었다.

멀리서 보면 뭔가 '한 가닥'하는 사람들 같지만, 우리가 책에서 하고 싶었던 이야기는 비슷했다. '그때 이런 점이 어려웠다.'라고 우리의 멋지지 않은 과거와 이를 이겨낸 과정에 대해 솔직하게 이야기하고 싶었다. 또 우리의 직업에 관심이 있는 사람들이 있다면 우리의 일상을 소개하며 조금이라도 도움을 주고 싶었다.

책을 낸다는 게 쉬운 일은 아니었다. 기획서를 쓰고, 출판사를 알아보고, 분량을 맞추고, 추천사에 에필로그 작업까지 우리 손으로 해야 했다. 1인 3~4역을 하고 있는 바쁘디 바쁜 엠파워 멤버들에게 데드라인을 공지하고 독촉하는 일은 좀 미안했다.

결국 이렇게 책이 나오긴 나왔다. 회사 일을 마치고 주말과 밤에 출판 회의를 하고 마감에 쫓겨보면서도 자신을 돌아보고 어떤 이야기를 나눌지 고민하는 즐겁고 의미 있는 시간이었다.

우리는 이 책과 함께 1년간의 여정을 마치지만, 각자의 자리에서 성장하고 변화를 만들 것이다. 새로 시작되는 엠파워 2기와 한국 여성 사회인들이 만들어 갈 미래도 기대한다.

엠파워 출판위원회 | 김나래, 김상은, 박예영, 정유경

01

독립도 스펙이야

커리어와 인생을 디자인하는 방법

김상은

'파워 J'라는 별명으로 워크 라이프 밸런스를 꽤 잘 맞추고 사는 10년 차 직장인이다. 첫 커리어는 영어 강사로 일하면서 초벌 번역 일을 맡아 했다. 이후, 미국 샌프란시스코에서 아시아 기업 투자자를 위한 기업리포트를 만드는 애널리스트 인턴과 관광 호텔에서 1년간 일을 하였고, 국내에 들어와 졸업후 호텔 및 레지던스 업계에서 2년간 고객관리담당 업무를 지속하였다. 산업을 바꾸어 반도체 업계에 임원 비서로 입사하여 약 4년간 근무하였고, 현재는 경영지원관리 부서에서 2년째 내·외부 고객과 커뮤니케이션하며 경영지원의 전반적인 업무를 담당하고 있다.

"안녕하세요,
레나 프로님."

　　하루 중 가장 많이 듣는 문장이다. 이 회사에서 내 이름은 '레나'다. 외국계 회사에 다닌다고 하여 나를 찾는 이를 편하게 하기 위해 사용하게 되었다. 현재 다니고 있는 회사는 6년 차이고, 직급은 나도 잘 모른다. 우리 회사는 사람을 매니징하는 사람은 '매니저', 아닌 사람은 나 같은 '프로'로 나뉜다. 로그인하자마자 "안녕하세요, 레나 프로님."으로 시작되는 메시지가 쌓인다. 우선, 사람에 따라 나를 찾는 이유는 여러 가지다.

　　나는 습관적으로 메시지를 즉시 클릭하여 읽지 않는다. 왜냐하면, 사람들 중 대부분은 내가 "네, 안녕하세요."라고 답을 한 후 용건을 말하는 전형적인 공손한 한국인이기 때문이다. 성격이 급한 나로선 메시지가 쿵덕쿵덕 찍히는 '…'의 모양을 보면서 기다릴 수가 없고, 갑자기 그 사람과 나 둘 중 하나에게 다른 급한 용무가 발생하면, 대화가 거기서 중단되는 펜딩현상(pending)이 생기면서 내가 기억해야 할 일이 하나 더 생긴다는 생각에 마음이 불편하다.

나는 이내 회사 포털을 통해 나에게 메시지를 보낸 사람이 어떤 소속의 어떤 사람인지 살펴보고, 혹시 내게 메일을 보낸 이력이 있는지 살펴본다. 그리고 나는 메시지를 클릭하여 읽은 후 회신한다. "안녕하세요, 프로님. 혹시 ○○○ 건 때문에 연락 주셨나요?"라고 쓴 후, 현재 진행 상황을 덧붙인다. 그 후 회신은 8할은 "네, 감사합니다."라고 종료. 물론 2할은 좀 더 메시지를 주고받거나, 전화함으로 종료되는 상황일 거다. 그게 아니면 특정 사유로 지연 중인 펜딩 건들이나 상부에 보고 중인 에스컬레이션(escalation) 건들.

나는 6년째 경영지원관리 부서에서 일하고 있다. 경영지원관리 부서는 회사가 가고자 하는 방향으로 굴러가게끔 하는 부서이기 때문에 최종 목표는 아무 일 없이 잘 굴러가게 하는 것이다. 그 때문인지 잘해야 본전이라는 얘기가 여기저기서 나온다. 일하면서 내가 본전을 지키고 있는 것인지, 본전을 지키려고 노력하고 있는 것인지는 중요하지 않다. 지금 나에게 메시지를 보내는 사람, 메일을 보내는 사람, 미팅을 거는 사람 등이 요청하거나 확인을 요구하는 안건들을 바로바로 쳐내는 게 내게 가장 중요한 일이다. 문제 해결을 위해 가이드를 주거나, 재무 혹은 구매부서와 확인을 추가로 해야 하는 건이 있거나, 시스템적 에러를 IT와 함께 해결하는 일이 내가 일을 쳐내는 주된 방법이다. 일은 정말 나에게 맞고 재미있다. 다만 모두가 그렇듯 일이 너무 많다.

회사에서 그리고 일상에서도 나는 이상적인 생활을 하기 위해 계획과 효율성을 매우 중시한다. 예를 들면, 친구를 만날 때 장소와 이동 시간 및 분위기를 고려하여 시간까지 정하여 만난다. 레스토랑 예약은 당연히 필수. 업무에 있어서는 우선순위를 정해 업무를 진행하고, 2분 안에 처리할 수 있는 일은 바로바로 회신, 그리고 시간이 소요되고 반복적인 업무는 최대한 생산성 향상 툴 혹은 자동화 툴을 써서 시간을 낭비하지 않는 편이다.

주변 사람들은 나를 파워 제이(Power J)로 부른다. 하지만 나는 사실 계획을 하지 않으면 쓸데없이 중복하여 일하거나, 생각지도 못한 일에 당황하게 되거나, 정신없이 하루를 보낼 수도 있다는 불안이 더 크기 때문에 계획을 한다. 일종의 강박이다. 이 책을 쓰기 전까지는 이러한 계획적이고 효율성을 추구하는 특성이 내 고유한 성격이고 과거 다양한 직무의 성향으로 인해 발생했을 거라 생각했다. 하지만, 좀 더 깊게 생각해보니 중학생 시절로 올라간다.

내가 수원의 한 중학교를 막 입학했을 때 즈음, 우리 가족은 화성시로 이사했다. 7km 정도 되는 거리를 버스를 타고 매일 이동해야 했고, 당시 버스로 30분 정도 소요되는 거리였으며, 버스 배차 간격은 30분 정도였다. 당시 지각하지 않고 학교에 가기 위해서는 시간에 맞춰 버스를 타야 했고 중학생용 승차권을 미리 구매를 해두거나 거스름돈을 준비하여야 문제없이 버스를 타고 학교에 갈 수 있었다. 간혹 버스가 고장이 나는 날도 있었는데, 그때를 대비하여 다른 버스로 갈아탈 방법도 알아 두어야 했다. J의 성향은 타고난 성향이 아니다. 생존을 위한 전략이다.

절이 싫으면
중이 떠난다?

절이 싫으면 중이 떠난다는 말이 있다. 하지만, 회사가 싫다고 내가 떠나야 할까? 아니면, 회사가 싫지만 참고 인생의 삼분의 일을 보내는 회사에서 재미없게 그리고 고통스럽게 견디기만 해야 할까? 나는 사람과의 관계를 중요하게 생각하기 때문에 10년간 일을 하면서 사람과의 트러블이 있었던 적은 거의 없다. 만약 있었다면 불합리한 상황이거나 도무지 이해 가지 않았던 상황이었다. 나는 대학생 때 WEST 프로그램(최장 18개월 동안 미국에서 어학연수, 인턴십, 여행을 할 수 있는 정부지원 해외교류프로그램)을 통해 미국에서 1년 반 생활하면서 인턴 경험을 쌓았다.

그때 당시 샌프란시스코 중심 관광호텔에서 두 번째 인턴생활을 6개월간 하였었고, 한국으로 돌아오기 전 그곳에서 미국의 취업비자 스폰서를 지원해 준다는 약속을 받았다. 나는 하루빨리 미국으로 다시 돌아가서 아메리칸 드림을 이루고 싶었다. 그러기 위해서 남아있는 1학기를 이수하여 대학을 졸업한 후, 호텔 관련 직무 경험을 쌓기 위해 국내 호텔에서 일하다가 기업형 레지던스 회사로 이직하게 되었다. 해당 기업형 레지던스는 내가 미국에서 일하던 호텔의 국내 외투 기업이었어서 향후 내 비자지원에도 긍정적인 영향을 줄 것으로 생각하여 이직을 결심했다.

첫날 출근하니, 분위기가 조금 이상했다.

나 빼고 다 이사 이상의 임원이었다. 옆쪽 칸막이 넘어 오른편은 회장님, 왼편은 회장님과 비슷하게 생긴 대표님. 조금 지내다 보니 이곳은 외투 기업의 지분을 가진 학연, 지연, 그리고 혈연으로 형성된 '가족' 같은 회사였다. 물론 나만 빼고.

일한 지 7~8개월 정도 되었을 때 갑자기 대표님의 호출이 있었다. 나는 수첩을 가지고 얼른 방으로 들어갔다. "안녕하세요, 대표님, 부르셨어요?", "어, 상은 씨, 거기 앉아봐. 그 상은 씨 연봉 있잖아? 관리실에 일하는 다른 경력 직원들 사기도 생각해서 다음 달부터 상은 씨 연봉을 좀 조정하려고 하는데. 지금 3천만 원 받는 걸 2천4백만 원으로 낮추려고 하네. 남은 금액은 나중에 보너스 형식으로 정산해 주든지 하고. 괜찮지?" 순간 망치로 머리를 세게 맞은 듯 혼미했다. 나는 정신을 부여잡고, 대표님께 그렇게는 못 하겠다고 했다.

계약사항에 연봉이 명시되어 있고, 액수는 이미 내가 이직 전 협의한 내용이었다. 그리고, 내가 본가를 떠나 먼 송도까지 이직한 가장 큰 이유는 비자도 아니고 연봉이었기 때문이다. 그 연봉으로는 내가 쓰리잡을 뛰지 않고도 가장으로 엄마와 안락하게 살 수 있는 금액이었기 때문이다.

"그렇게는 안 되겠습니다. 매달 나가는 가족 생활비가 연봉 기준으로 세팅되어 있고, 그리고…" 내 말을 끊고 이내 돌아온 말은 "그건 상은 씨 개인 사정이고. 그리고 상은 씨는 여기서 일하다가 미국으로 갈 거지 않나?" 순간 눈물이 와락 앞을 가렸다. 그리고 자리로 돌아와 묵묵히 일했고, 그달부터 조정된 급여가 내 통장에 찍혔다.

나는 반박하지 못했다. 다시 집으로 돌아갈 수 없었다. 이곳을 그만 두고 집으로 돌아간다면 나는 또 구직활동을 해야 했고, 그 기간까지는 생활 전선에 영향을 끼쳤기 때문이다. 시간이 지나 생각해보니, 그 일이 있기 전에 대표님이 갓 대학생이 된 본인의 딸과 내가 친하게 지낼 수 있도록 다리를 놓아줬는데, 그 딸이 송도로 올 때 내 기숙사 방에서 같이 생활하는 거에 대해 내가 거부감을 표한 뒤에 일어난 일이었다.

나는 이후 충격을 받아 미국 비자지원은 포기했고, 이런 불합리한 일이 벌어지지 않는, 그리고 벌어지더라도 직원이 보호받을 수 있는 인사 부서가 있는 그리고 학연, 지연, 혈연이 가장 덜 공존하는 외국계 기업과 대기업으로 꾸준한 구직활동을 했다. 1년간 열심히 일했고, 그 때 나는 처음 절이 싫어 중이 떠났다. 그 후, 내가 떠난 자리는 두 명의 직원으로 채워졌다고 전해 들었다.

이후, 나는 끊임없는 노력 끝에 인사부서가 존재하는 외국계 기업에 입사했다. 처음은 계약직으로 입사했는데, 좋은 성과를 내며 바로 다음 해 정규직으로 전환되었다. 1인 직무의 임원 비서직으로 부서 내 임원을 서포트 하는 업무였다. 내 성과를 평가하는 매니저는 비서 업무와는 연관이 없는 같은 부서 내 피플 매니저. 그리고 실제로 내 성과를 모니터링하고 전달하는 평가자(appraiser)는 다른 부서의 시니어 비서로 아주 복잡한 구조였다.

일한 지 1년 반 정도 되었을 때 이러한 구조로 인해 의사소통 문제가 생겨 난항을 겪었다. 누군가 나에게 내 평가자이신 분이 내 매니저이냐고 물어봤을 때, 나는 그분 앞에서 "내 매니저는 다른 분이고, 이 분은 나를 평가하는 사람이다."라고 대답했던 것으로 기억한다.

그 이후, 나는 아주 가깝게 지내던 평가자분과 심리적으로 상당히 멀어졌다. 내가 사용한 단어나 톤이 그 사람을 불편하게 했던 것인지, 내가 어떤 잘못이나 실수를 한 것인지, 천 번을 생각해도 이해가 가지 않았다. 아마 '그냥 혹은 단지, 이 분은 내 매니저가 아닌 평가자다.'라는 뉘앙스로 예의 없이 말했을 수도.

그날 이후, 당시 믿고 의지했던 사수와 멀어졌다는 생각에 심리적으로 너무 힘들었고 1인 직무라 터놓고 얘기할 팀원도 없었고, 도무지 개선할 방법을 알지 못했다. 그리고 나는 이번에 또다시 절을 떠날 생각을 하게 되었다. 그때 냉수 먹고 속 차리러 탕비실로 갔는데 '임직원 심리상담'이라는 안내문이 보였다. 그리고 나는 사내에서 지원하는 외부 심리상담을 받기 시작했다.

심리상담을 받고 서부터 나는 내 감정이나 내 이야기에 대해 잘 표현하지 않고 담을 쌓는 경향이 있고, 그로 인해 라포 형성에 어려움을 겪게 되는 결과로 이어지게 됐다는 것을 알게 되었다. 그리고 이는 내 과거 감봉 트라우마와 연관이 있었다. 이를 개선하기 위해 나는 매주 1년간의 심리상담을 진행했고, 이후 1년간 마음을 바라보는 명상을 하며 나를 좀 더 표현하게 되었다. 그리고 물론 다시 평가자이었던 분과 오해를 풀고 나는 절을 떠나지 않았다.

독립: 남편에서 딸로 돌아가기 프로젝트

　　나는 책임감이 매우 강하다. 책임감이 너무 강해서 모든 일을 받아 해내는 고성과자(overachiever)였고, 이는 직장에서도 가정에서도 나를 피폐하게 만들었다. 보이는 모든 일에 오너십(ownership)과 책임감이 강하다 보니 주변에서는 일 잘한다, 엄마를 생각하는 착한 딸로 소문이 나 있었지만, 번아웃과 스트레스에 시달렸다. 나는 20대 후반부터 원가족과의 독립을 꿈꿨다.

　이 말을 들으면 주변 사람들은 부모의 집에서 나와 독립한 것이 대단한 것인지 의아해하는 사람도 있고, 매일 아침 일어나면 따뜻한 5첩 반상으로 아침 식사를 하고, 회사에서 돌아오면 빨래가 방에 가지런히 개어져 있고, 오손도손 얘기 나눌 수 있는 마음씨 좋은 엄마가 있다는 것이 얼마나 편하고 행복한지! 생활비도 절약하고, 무엇보다도 "집 나가면 개고생이다!"라며, '배부른 소리'라고 하는 사람도 있다.

　하지만, 나는 반대로 내 독립성과 주체성을 잃고 있다는 불안함과 불편함, 나이 든 엄마에게 부담을 준다는 미안함, 그리고 집안에 크고 작은 모든 일에 책임감이 강하게 생기는 강박감과 피곤함을 느꼈기 때문에 독립하고 싶었다. 그리고 심리상담을 하면서 상담 선생님이 하셨던 말 중에 가장 울림이 컸던 것이 "모든 성인은 원가족과의 독립이 최종 목표예요. 그리고 상은 씨는 어머니의 남편이 아닙니다."라는 말이었다.

대학 진학과 함께 내 부모님은 이혼하셨다. 고등학교 때 가정에 불화가 생겼지만, 아이들이 성인이 된 후 이혼하시기로 합의하셨고 1남 1녀 중 막내인 내가 대학에 진학하자 나는 성인이 됨과 동시에 한부모 가정으로 분류되었다. 어머니와 투룸 월세방을 구해 가정을 꾸리게 되었고, 식비와 교통비를 위해 한 달 용돈 30만 원과 월세 50만 원은 아버지로부터 대학 생활 동안 당분간 지원받았다.

아마 그때 나는 본능적으로 빨리 졸업하고 성공해서 이 집의 가장이 되어 엄마를 잘 보살펴야 한다고 생각했던 것 같다. 대학교 1학년은 학자금 대출로, 2학년 때부터는 전액 장학금을 받으며 생활했다. 그리고 대학생 때는 영문학 복수전공을 하며 오전에는 교내수업을 듣고, 오후부터는 풀타임으로 영어 강사 알바를 했다.

대학교 한 학기를 남기고 나는 일 년 반 동안 국비지원을 받아 미국으로 인턴 생활을 하게 되었다. 이미 성공을 눈앞에 둔 듯 행복한 날들을 보냈고, 귀국하여 쉬지 않고 20대 내내 직장 생활을 하다 돌아보니 어느덧 스물여덟 5년 차 직장인이 되어있었다. 엄마와 나는 결로로 인한 곰팡이와 이혼 후 급히 이것저것 챙겨와서 아무 데나 자리 잡은 오래된 짐들로 생활하던 복잡한 투룸에서 포근한 햇빛이 들어오는 포룸으로 이사하게 되었다. 그리고 나는 대출 이자를 매달 갚는 든든한 가장이 되어있었다.

처음엔 성공한 직장인, 성공한 딸로 생각되어 엄청난 성취감이 있었지만, 이내 불안감이 엄습했다. 나는 미국생활 이후부터 독립을 꿈꿨기 때문이다. 과연 내가 독립이라는 단어를 꺼냈을 때 엄마가 어떻게 받아들일지, 엄마는 외롭지 않을지, 재정적으로 내가 내 월세를 내면서 엄마의 생활도 어느 정도 서포트할 수 있을지 오만가지 생각이 들면서 어쩌면 포기가 가장 편한 방법일지도 모르겠다는 결론을 내었다.

독립은 내 인생의 가장 큰 목표 중 하나였다. 그래서 나는 포기하지 않고 전략을 바꿨다. 시간이 좀 걸리더라도 해 보자. 우선 집에 남는 내 방과 안방을 뺀 두 방 중 한 개를 게스트룸으로 바꾸었다. 예전 미국 생활하며 홈스테이를 5개월간 한 적 있었는데, 타지에서 정말 외롭지 않았고 다양한 사람을 만나 다양한 문화를 배울 수 있다는 점이 생각났었다. 그리고 호텔직종에서 3년간 일했던 나로선 방을 꾸미고 사람들에게 홍보하는 것은 크게 어렵지 않은 일이었다.

다만, 계획대로 안 될 수 있기 때문에 방 하나만 꾸며 시작했다. 그리고, 집에 여자만 있으니 안전을 생각하여 여성 쉐어하우스로 바꾸어 홍보했다. 이내 첫 게스트가 왔고 본인은 재수생인데 부모님 눈치가 보여 독립하게 됐다고 했다. 쉐어하우스의 장점은 손님이 있기 때문에 엄마가 아무리 힘들어도 식물도 가꾸고 집도 청결하게 유지하려 노력한다는 점과 다양한 사람을 만나면서 세대나 문화에 대해 배울 수 있다는 점, 그리고 무엇보다도 게스트들과 대화를 나누며 생활하기 때문에 나에 대한 관심이 분산된다는 점이었다. 아마 이때쯤 나는 엄마에게 짐에 가까웠다.

나는 좀 더 본격적으로 방 두 개를 모두 게스트룸으로 바꾸어 에어

비엔비를 오픈하였다. 이후 장단기 손님으로 외국인, 직장인, 학생, 여행객 등 여러 사람이 오게 되었고 나는 안방을 제외한 내 방까지 게스트룸으로 바꾸면서 자연스레 독립하게 되었다.

지금은 독립 5년 차, 엄마의 남편을 졸업하고 딸로 다시 복귀한 지 5년 차이다. 내 인생은 과거보다도 훨씬 독립적이고 행복하다. 그리고, 엄마와의 관계도 끈끈하며 엄마는 아직도 에어비엔비를 잘 운영하고 계시다. 그리고 엄마는 나를 만날 때마다 에어비엔비를 통해 오는 게스트들의 이야기를 해주시면서 본인이 다른 사람에게 주는 긍정적인 영향에 자랑스러워하시며 나에게 감사의 마음을 전해주신다.

나이가 어떻게 되세요?
결혼은 하셨나요?

나는 "나이가 어떻게 되세요?"라고 누군가 물으면 "왜요? 그게 중요한가요?"라고 되묻는 편이다. 혹은 "저도 잘 모르겠는데요."라고 대답한다. 그럼 그 사람은 나를 이상하게 쳐다보곤 한다. 하지만, 사실이다. 나는 내 출생년도만 기억하지 내 나이가 몇인지 매년 세어보지 않는다. 그리고 나는 몇 번 본적 없는 사이에 이런 무례한 질문을 하는 대놓고 하는 사람과는 별로 말을 섞고 싶지 않다. 내 나이를 알게 되면 달라질 그 사람의 태도가 눈에 훤히 보이기 때문이다.

한국사회에서는 나이가 매우 중요하다. 그리고 그렇기 때문에 다양성이 매우 부족하다. 대학교 3학년 때 첫 사회생활을 시작했다. 하나는 초벌 번역 프리랜서, 다른 하나는 영어학원 강사였다. 나는 당시 주전공인 실버산업 외에 영문학 복수전공을 하고 있었기 때문에 영어 교육에 관심이 많았다. 3개월의 재능기부 활동을 통해 영어 강사라는 직업에 대해 흥미를 느꼈고 전공수업을 무조건 오전 9시부터 오후 2시까지 꽉 채워서 들은 후, 오후 3시부터 10시까지 영어 강사로 일했다. 처음 나를 채용했던 학원 원장님께서는 내 열정과 에너지를 긍정적으로 보셨고, 나도 즐겁게 열심히 학생들을 가르쳤다.

한참이 지나서도 원장님께 너무 감사한 일이 내가 '학생이기 때문에 혹은 나이가 어리기 때문에' 어떠한 잣대로 배제하지 않고 동등하게 대해주신 점이다. 내가 대학 수업이 있어도 정기 스태프 미팅에서 나를 배제하지 않으셨고, 정규 평가에 대한 상여와 명절 선물세트도 기존 선생님과 모두 동일하게 챙겨주셨다. 사실 원장님과는 다르게 강사생활 중 나이나 동안이었던 외모 때문에 배제당한 경험이 있었는데 심지어 어떤 학생들은 내 나이를 집요하게 묻거나 불량한 태도로 나를 대하기도 했다.

그렇기 때문에 학생들을 가르칠 때도 어려 보이지 않도록 항상 눈화장을 조금 더 진하게 했다. 또한, 학생을 가르치며 학부모 상담까지 병행했는데, 전화 상담을 할 때는 아무 문제가 없다가, 대면 상담을 하는 날에는 이상한 기분이 들었다. 학부모가 나를 보더니 자신이 통화했던 선생님이 내가 맞냐고 되물으면서 본인이 생각하는 선생님 비주얼이 아니어서인지 나를 위아래로 훑었다.

그렇다, 나는 선생님치고는 너무 젊었던 것이다. 그때부터인지는 모르겠으나 나는 회사 생활에서 항상 사람의 이름과 직책 혹은 호칭을 부르고, 아무리 친하더라도 존댓말을 한다. 그 사람이 임원이든 인턴이든. 또한, 절대로 그 사람의 나이를 묻거나 나이의 잣대로 그 사람을 판단하려 하지 않는다. 이를 지속적으로 인지하고 행동하기는 참 어려운 일이나, 상대를 존중하고 포용적인 업무환경을 만들면 팀의 분위기가 바뀌는 게 느껴진다. 나의 직책이 임원이든, 사원이든 나이를 묻지 않는 습관부터 시작하면 어떨까?

또 한 가지 내가 대답하지 않는 질문은 "결혼하셨어요?"이다. 20대 후반까지는 별로 듣지 않았었는데, 30이 넘으면서부터 부쩍 어딜 가나 남녀노소 불문 나에게 하는 질문들이다. 나는 이 질문이 정말 난감하다. 그래서 이내 "노코멘트입니다."라고 말하며 저는 결혼 애기보다 다른 얘기를 하는 것을 더 좋아한다고 말하며 화제를 전환한다. 결혼을 했든 하지 않았든 나와 그 사람이 하는 일, 그리고 우리의 관계는 달라지지 않는다. 그리고 요새는 카카오 프로필 사진이나 기념일 D-Day만 봐도 어느 정도 예측할 수 있다.

어떠한 사람들은 '아니, 결혼을 했으면 우리의 대화가 아이나 시댁의 이야기로 바뀔 수 있으니 그 사람을 더 알고 싶어서 물어보는 건데 왜 이렇게 민감하세요?'라고 생각할 수도 있다. 하지만 아직은 매우 보수적인 한국사회에서는 이해할 수 없는 다양한 상황이 있기 때문이다. 예를 들면, 결혼을 하지 않고 동거를 하여 아이만 낳은 파트너 관계, 외국에서 동성 간의 혼인을 하였지만 국내에서는 인정받지 않는 동성혼 관계, 혹은 연예인 사유리처럼 결혼하지 않고 아이만 낳아 한부모 가정을 이룬 케이스 등이다.

그렇기 때문에 상대가 먼저 오픈을 하고 대화를 시작하기 전까지 그 사람을 알기 위해 결혼 여부나 아이의 여부를 묻기보다는, 자신에 대한 얘기를 먼저 하면서 다른 사람이 이야기할 때 조금씩, 하나씩 간접적으로 그 사람에 대해 알아나가는 것이 중요하다. 어쩌면 상대는 반복되는 그 질문에 불편함과 긴장감을 느껴 항상 퇴사를 꿈꾸고 있을지 모른다.

15%의 법칙
지금의 컴포트 존에서 15%만 벗어나라

        나는 고등학교 때 수시전형으로 강남대 실버산업학과에 합격했다. 처음부터 목표로 했던 학교는 아니었지만, 당시 상황과 실력에 맞춘 최적의 선택이었다. 대학에 들어와서는 주전공을 선택하고 열정이 조금 더 있는 학생들은 부전공을 선택하게 된다. 그리고 조금 더 독한? 사람은 복수전공을 선택한다. 나는 당시 영어에 관심이 많아 영어공부를 더 하고 싶어 영문과 복수전공을 선택했다. 복수전공은 졸업 후, 졸업장을 두 개를 받을 수 있다.

  같은 학비로 졸업장을 한 장이 아닌 두 장을 받게 된다는 장점이 있지만, 그만큼 시험도 두 번 봐야 했고 학점 관리도 두 배로 해야 했다. 당시 영문과 복수전공을 시작하니, 전공과 학생들은 두 부류로 나뉘었다. 해외 경험이 많아 이미 영어를 어느 정도 하는 그룹과 그렇지 않은 부류. 나는 그렇지 않은 부류였다. 영어전공공부를 하면서도 전화영어로 스피킹 연습을 했고, 교양과목도 영어로만 수업하는 과목으로 들어 실력을 향상하려고 했다.

영어를 공부하면서 점점 자신감이 붙었고, 내가 가진 지식을 다른 사람들에게 나눠주고 싶어졌다. 그리고 무작정 영어학원 강사가 내 장래희망이 되었다. 학원 강사도 학력을 보기 때문에 당시 채점 알바를 하는 친구들은 있었지만 학원 강사를 하는 친구들은 없었다. 과외 역시 어느 누구도 강남대 출신의 영어 강사에게 돈을 주고 과외를 받으려고 하지 않았다.

하지만, 하고 싶었던 것은 무조건 해보려고 했던 성격인지라, 우선 내가 티칭 능력이 있는지 확인하기 위해 3개월간 고등학생 대상으로 재능기부 활동을 하였고, 이후 영어학원 강사로 지원하였다. 결과는 합격. 이후 내가 다니던 학원은 3개의 지점으로 확장 이전하였으며, 주중 주말을 가리지 않고 강사활동을 하였다. 만약 내 학력과 실력을 의심하여 도전하지 않았다면, 나는 내 잠재성을 못 보고 지나쳤을 수 있다.

미국 캘리포니아에서 1년 반 동안 어학연수와 인턴 경험, 그리고 여행을 할 수 있는 WEST 프로그램에 합격하게 되었다. 당시 샌디에고에서 5개월의 어학연수가 끝나면 최소 6개월의 인턴 기간을 경험할 수 있었다. 인턴 지원은 본인이 알아서 해야 했고, 대부분의 인턴 지원자들은 각자의 전공에 맞게 지원을 했다. 내 전공과 관련된 직접적인 직무는 당시 미국에서 인턴직으로는 찾기 힘들었고, 그나마 관련 있는 마케팅이나 일반회사 비즈니스 어드민(Admin.) 업무로 지원하기 시작했다. 그리고 만약 무급인턴이 된다는 가정하에 현재 집값이 저렴한 홈스테이에서 계속 머물면 편할 것 같아 샌디에고 내에 있는 인턴에만 지원했었다.

하지만 문득 내가 미국에 온 이유는 많은 경험을 하기 위함이고, 어학연수 기간에 아껴놓은 돈도 있으니 굳이 나를 편안한 환경에 가둘 필요는 없었다. 조금 시야를 넓혀 미국 전역에 있는 인턴에 지원하였고, 내 전공과 관련이 아예 없더라도, 내가 가진 소프트스킬(soft skill)을 강조해서 다방면으로 지원했다. 이후 나는 샌프란시스코 중심에 있는 파이낸스 리서치 회사에 애널리스트 인턴으로 4개월간 유급 근무하였으며, 이후 관광호텔에서 6개월간 프론트 및 백오피스 직무로 유급 근무하였다. 만약, 실패할지도 모른다는 생각에 미리 일어나지 않은 일을 과하게 걱정하고 불필요하게 대비하였다면 두 번의 유급 인턴은커녕, 봉사활동식의 무급인턴만 하다가 귀국했을 가능성이 더 크다.

영어 강사, 리서치 분석가, 호텔 직원, 임원 비서를 거쳐 현재의 직무까지 오는 데는 8년 정도 걸린 듯하다. 우선 외국계 반도체 회사에 입사하기 전까지는 더 나은 연봉과 복지를 찾아 직무전환을 한 편이었다. 그리고 2018년 외국계 반도체 회사에 임원 비서로 계약직으로 입사하고 나서는 이곳에서 정규직 전환을 해야 한다는 목표 하나로 열심히 일했다. 정규직 전환도 이루고 4년 정도 비서 일을 하다 보니 눈을 감아도, 한마디만 들어도 무슨 일을 해야 하는지 알았고, 일이 어느 정도 익숙해졌다. 다만 한 가지 불편했던 점은 왜 내 보스가 이런 우선순위를 가졌는지, 왜 긴급하게 이 미팅을 하게 되었는지 등의 정확한 백그라운드를 알지 못하면서 단순히 추측과 피드백에만 의존하여 업무를 했던 것이다. 일하며 무지에 대한 회의감이 들 때쯤 코로나가 터졌다.

재택근무가 연장되었고, 임원들의 출장업무 및 워크샵 등이 모두 사라졌다. 내 업무의 15% 정도 룸이 생겼을 때 매니저의 제안으로 다른 업무를 해볼 기회가 있었다. 나는 곧바로 관리부서의 업무 중 현재 하고 있는 업무를 계속하면서 배울 수 있는 업무를 요청하였고, 당시 장비 컨피규레이션(machine configuration)에 관련된 업무를 받아 시작했다. 장비의 파트를 실제 장비와 동일하게 가상의 장비에 매치시키는 업무였는데 장비에 엄청나게 많은 양의 파트가 들어간다는 거에 대해 놀랐다.

이후, 해당 관리부서에 빌러블 파트코디네이터라는 직무(고객이 구매하는 파트들을 납품·정산하는 직무) 오프닝이 떴고, 나는 관리부서로 사내직무 이동에 성공했다. 나는 나름 임원 비서로 명성을 가지고 있었으며 내가 하는 일에 흥미와 전문성을 가지고 있었다. 하지만 일을 하면서 회사에 대해 그리고 경영 의사결정의 백그라운드에 대해 잘 이해하지 않고 업무를 진행하고 있다는 불편한 감정이 컸고 업무의 룸이 생긴 것을 기회로 내 컴포트 존에서 15% 정도 벗어나고 싶었다. 만약 내가 하는 일에 더 궁금해하고 시도하려 하지 않았더라면 아직도 불편함의 굴레에서 안정된 일을 하고 있을지도 모른다. 롤 체인지 이후 나는 두 번의 승진을 했다.

진정한 리더란 무엇일까? 처음 내가 생각했던 진정한 리더란 10~15년 된 경력의 차부장급의 피플 매니저였다. 그리고 실제 보기에도 그 정도 연차가 된 사람들만 매니저 혹은 리더라고 불리었다. 하지만, 내가 지금 생각하는 진정한 리더란 미래에 리더가 되고 싶은 사람, 현재의 자리에서 리더와 직원 간의 다리 역할을 잘 해내는 사람, 잘못된 리더의 결정에 스피크업 할 수 있는 사람, 그리고 영향력을 미쳐 다른 사람도 리더가 되고 싶게 만드는 사람이다.

사내 직무이동이 있고 2년간 관리부서에서 일하면서 어려웠던 점은 팀과 일하는 것이었다.

과거에 1인 부서로 너무 오래 일한 탓인지 내 속도에 맞게 사람을 리딩하려고만 했고, 조율하거나 같이 움직이는 능력에는 꽝이었다. 나는 고성과자(overachiever)였고 같이 일하는 팀원은 일반 성과자(normal achiever) 였다. 어느 날 한 동료가 말하길 "나는 걷고 있는데, 레나 프로님이 뛰고 있어서 나도 뛰기 시작했는데, 옆에 보니 레나 프로님은 날고 있어요." 아차 모먼트였다.

생각해보면 나는 주는 일을 다 받아서 하는 편이며 거의 모든 일을 우선순위로 생각하며 다른 사람을 만족시키기 위해 일했던 것 같다. 그러다 보니 명성은 좋았지만 나와 함께 일하는 사람, 그리고 내가 나간 후 후임자들이 많이 힘들어했다.

나는 아차 모먼트 이후 내 일하는 방식 중 15%를 덜어내고 팀원과 일하는 함께 일하는 방식을 15% 더하려고 했다. 예를 들면, 직무의 역할과 책임, 소위 R&R (Roles & Responsibilities)이 명확하지 않아 넘어오는 일들을 무작정 받아서 하지 않고 R&R을 명확히 한 후 관련된 업무만 재요청했다. 효율성을 높여 많은 양의 작업을 생산적으로 하되 나뿐만 아니라 같이 일하는 팀원 역시 지속적인 야근에 고통받을 땐, 업무량에 대해 매니저에게 에스컬레이션했다. 발표 자료를 준비할 때는 내가 다 맡아서 하지 말고, 날짜를 정해 미팅을 하며 서로의 의견을 공유하고 그 자리에서 초안(draft)을 바로 만들어 데드라인 안에 각자 맡은 파트를 완성시켰다.

이렇듯 내 위주의 방식에서 좀 멀어져 같이 일하는 방식을 시도하니, 팀워크도 훨씬 좋아졌고 성과도 향상되었다. 무엇보다도 다양한 개인으로부터 오는 의견들이 더 나은 결과를 불러일으켰다.

삶을 이루는
중요한 요소들

내가 더 나은 내가 될 수 있게 하는 인생의 진정한 파트너

어렸을 때부터 나는 아버지의 직업을 잘 알지 못했다. 다니시는 회사는 잘 알고 있었지만, 그곳에서 무슨 일을 하시는지, 아버지는 회사에서 어떠한 존재인지 한 번도 집안에서 설명해주신 적이 없다. 심지어 회사에서 어떤 일이 있었는지 혹은 일이 힘들다는 푸념조차 하지 않으셨던 것 같다. 어머니 또한 아버지가 하는 일에 대해 간단하게 알고 계셨지만 자세히는 설명하지 못하셨던 것으로 기억한다. 그리고 더 궁금해하지도 않으셨다. 만약 내가 미국에서 태어났다고 하면 분명 우리 아버지는 CIA나 FBI에서 일하는 기밀 요원이었을 정도다.

내가 사회에 나와 직장 생활을 시작했을 때이다. 물론 같은 회사에서 일하는 사람들은 내가 무슨 일을 하는지 매우 잘 알고 있다. 그리고, 앞으로 내가 가게 될 회사에서도 내 자소서를 읽으며 내가 뭐하던 사람인지 금방 알 수 있을 터였다. 하지만 업계 밖의 새로운 사람을 만나고, 인연을 맺게 되면서 내가 누구인지 나는 무슨 일을 하는지 설명을 해 주고, 내가 겪었던 어려운 점 혹은 성과를 이룬 점, 그리고 그에 같이 내가 느꼈던 감정을 표현하는 것이 그 사람에게 나를 소개하는 방법이란 걸 깨달았다.

처음 반도체 회사로 이직했을 때, 커플 동반으로 지인을 만나게 된 적이 있었다. 나를 소개하는 자리에서 나는 "저는 세계적인 반도체 회사에서 근무하고 있습니다. 엔지니어는 아니고요, 사무직입니다."라고 말했더니, 내 파트너는 이내 사람들에게 농담 반 진담 반으로 "상은 씨는 회사에서 정말 많은 일을 해. 그리고 엄청 열심히 일하고 가끔은 상은 씨 없이는 회사가 안 돌아갈 정도라고 생각될 때가 있어."라고 덧붙였다. 그리고 집에 돌아오는 길에 진심으로 나에게 내가 하는 일이 자랑스럽고 내가 나에 대해 다른 사람들에게 조금 더 자세하고 자신 있게 설명하는 것이 좋겠다고 말해주었다.

사실, 내가 짧게 나를 설명한 것은 두 가지 이유였다. 내 회사를 듣고 그 회사에서 하는 일을 모르는 사람은 많이 없을 테고, 나는 엔지니어가 아니다. 사무직이라고 설명하면 '일반 회사원이구나~.'라고 생각할 테고, '더 자세히 알고 싶으면 물어보겠지.'라는 생각이었다.

하지만, 다른 사람은 내가 생각하는 것보다 나에게 더 호기심을 갖고 있을 수 있다. 그런 측면에서는 나를 잘 소개하는 것은 내 가치를 알리고 다른 사람과 연결하여 긍정적인 관계를 가질 수 있는 중요한 수단이다.

"토요일에 강남에 약속이 있어", "어? 약속? 누구를 만나는데?",

"하, 벌써 서너 번 얘기했는데, ○○○이라는 친구", "아, 그 사람! 근데 그 사람과는 어디서 만났어?" 마지막 질문에 대화는 단절되고 얼굴은 붉으락푸르락 적신호가 켜진다.

나는 기억력이 좋은 사람으로 유명하다. 만난 사람의 이름과 특징을 잘 기억해 내고, 그 사람이 선호하는 것까지 파악할 수 있는 슈퍼파워를 가졌다. 다만, 매일 기억할 게 너무도 많다. 'TO DO'라는 앱과 캘린더를 달고 다니지만, 일상생활에서 일어나는 모든 일을 기억하지는 못하는 듯하다. 예를 들면, 월급 받는 일과 관련된 것만 더 잘 기억하는 물질주의적 기억력을 가졌다고 해야 할까? 아무튼 분명 내 파트너는 이번 주 토요일에 있는 개인 일정에 대해 나와 얘기 나눈 적이 여러 번 있다. 다만, 나는 도통 기억이 나지 않는다. 알고 있는 친구도 많고, 토요일이 지난주인지, 이번 주인지, 아님 다음 주인지 잘 생각이 나지 않기 때문이다. 나는 상대를 배려하지 않는 사람으로 전락하기 싫었다. 내 파트너가 제안한 것은 서로의 캘린더를 공유하자는 것이었다. 개인 일정이 있어 늦게 귀가하게 되는 날, 주말 결혼식 참석이 필요한 날, 심지어 가족들의 기념일 등도 모두.

처음에는 불필요한 정보까지 공유되는 게 아닐까 조금 걱정했는데, 꼭 필요한 정보만 내가 그 사람의 캘린더에 넣어놓고 필터를 해서 보는 기능도 있었다. 그러니 우리는 모든 대화를 캘린더로부터 시작했다. "이날은 나 좀 늦을 거야. 회식이 있거든. 보통 2시간 정도 걸리니 9시면 집에 오지 않을까 해", "이날은 우리 둘 다 다른 약속이 없으니 아람이 (강아지)와 함께 등산 갈래?", "어, 당신 다음 주 토요일에 워크샵이 있네? 내가 그날 일정이 없어서, 같이 가서 도와줄 일이 있으면 도울게."

이렇다 보니, 서로에 관한 관심이 높아지게 되고, 오늘 그 일은 어땠는지, 재밌는 에피소드는 없었는지 등에 대해서 더 많이 대화할 수 있게 되었고 서로를 존중하는 마음으로 관계가 더 돈독해졌다. 지금 생각해보면, 내가 나의 개인적인 독립, 성장과 우리라는 공동의 행복을 이룰 수 있게 된 것은 다 공유캘린더 덕분이 아닌가 하는 생각이 든다.

같이 일하는 남성 동료 S 씨는 5개월간 육아휴직을 다녀왔다. S 씨의 아내가 출산 후 육아휴직을 하여 1년 정도 아이를 돌보고, 다시 회사로 복귀하면서 그의 육아휴직이 시작된 것이었다. 처음엔 '일 잘하는 S 씨가 없으면 우리 팀은 어떡하지?'라는 걱정도 했었다.

하지만 한 사람이 비움으로써 발생되는 제반 사항을 계획하는 것은 매니저와 인사부서의 몫이다. 다행히 S 씨가 자리를 비워 줌으로써 업무의 로테이션을 할 수 있었고, 나도 덕분에 롤 체인지를 하면서 다른 업무도 더 익힐 기회를 얻었다. 그리고 가끔은 아이를 데리고 회사 앞 카페에 놀러 올 때도 있었고, 육아로 인해 살이 많이 빠졌지만 아이를 보며 행복해하는 모습에 우리도 모두 덩달아 행복해졌다.

전해 듣기론 S 씨가 육아휴직을 시작하고 그의 아내분도 업무복귀를 안정적으로 하면서 매니저로 승진까지 했다고 한다. 같은 부서 다른 팀의 K 씨, Y 씨도 각각 육아휴직을 마치고 돌아온 케이스이다.

이처럼 남성 직원들이 육아휴직을 감으로써 그들의 파트너도 다시 사회로 복귀하여 적응할 기회를 준다. 그뿐만 아니라, 회사에서는 단기휴직의 경우 같은 팀원들이 다른 업무를 해볼 기회가 생기고, 장기 휴직의 경우 다른 사람에게는 입사의 기회도 생기게 되었다. 또한, 육아휴직을 마치고 돌아오면 업무가 조정되거나 새로운 일을 맡게 되기도 한다. 그리고 업무를 잘하는 사람이 육아휴직을 다녀왔다고 해서 회사는 그 사람을 절대 자르거나 다른 팀으로 강제로 좌천시키지는 않는다. 만약 그런 경우라면 당장 그 회사에서는 얼른 나오는 게 좋겠다.

주말에 아이를 안고 동료의 결혼식에 참석하는 K 씨 그리고 아이 둘을 데리고 다음 결혼식으로 이동하는 H 씨, 밥도 안 먹고 집에 가서 애를 봐야 한다고 달려가는 S 씨. 이들은 파트너에 대한 존중이 가득한 사람들이다. 그리고 이런 사람들은 회사에서도 진정한 좋은 팀원이다. 이토록 진정한 인생파트너를 만나 인생을 함께하는 것은 정말 큰 행복이고 행운이다.

내가 가장 좋아하는 책 중 하나인 셰릴 샌드버그의 『Lean In』이라는 책이 있는데, 그중 내가 가장 좋아하는 챕터는 「Make Your Partner A Real Partner」라는 챕터이다. 당신은 진정한 파트너와 함께하고 있는가?

Celebrating Life, Every Day, Everywhere

한국은 유럽 국가보다 훨씬 짧은 역사임에도 엄청나게 급속한 성장을 하여 2022년 기준 세계 GDP 13순위를 기록하였다. 한국이 이렇게 급속한 산업화와 경제 발전을 이룩한 것은 지나친 성취 지향적인 교육 제도와 교육, 직업적 및 물질적 소유물 등에 대한 성공과 가치 쏠림 현상, 그리고 이를 비교하여 우위를 나누는 사회적인 압력과 직장과 상호작용에서 계급적 구조가 있기 때문이다.

과거 나 역시 나보다 잘되는 누군가를 보고 배를 아파한 적이 너무나도 많다. 그리고 질투도 일삼아 했다. '저 사람은 나보다 스킬도 부족한데, 승진을 했다고? 역시 사내정치 끝판왕이다', '저 언니는 연수 기간 내내 놀기만 했는데, 벌써 인턴을 구했다고? 지인 회사 아니야?', '와 저 언니 이 차 새로 뽑았다고? 대박이다. BMW로 연봉 다 플렉스했네.'

그리고 반대로, 나에게 좋은 일이나 축하할 일이 있을 땐 가족이나 정말 가까운 친구 몇몇에게만 얘기하고 아무에게도 말하지 않았다. 내가 말을 하면 나에게 온 행운을 누군가가 나를 질투할 것이고, 내가 얻은 것을 앗아갈 것 같다는 두려움 때문이었다. 그리고 정확히 시기는 기억이 안 나지만 어렸을 때부터 항상 겸손하고 나의 성취나 성과에 너무 잘난 척을 하면 안 된다고 어른들이 말씀하셨던 것 같다.

어쩌면 우리는 우리의 성과를 암묵적으로 숨기고 다른 사람의 성과도 질투로 숨기려 했는지도 모른다. 그 결과, 서로의 성장에는 악영향이 미쳤을 것이다. 우선 성과를 이룬 당사자는 자신의 성과를 인정하고, 오픈하며 공유해야 한다. 어떤 과정을 겪었는지, 어려웠던 점과 터닝포인트 등 상세하게 공유하여 자신의 성과에 대해 어필할 필요가 있다. 그렇지 않으면 다른 사람들은 성과의 존재를 모른 채 다른 방식으로 문제를 해결하기 위해 추가적인 시간을 쏟을 수도 있고, 성과 당사자와 협력할 기회조차 알지 못한 채 사막의 우물만 파고 있을 수 있다.

또한, 그렇게 공유된 성과와 성과 당사자는 존중받고, 축하받아야 한다. 그렇지 않으면 성과의 의미와 가치를 잃게 되고, 성과를 달성한 사람은 의욕 감퇴로 더 이상 성과를 내려 하지 않을 수 있다.

세계적인 주류 회사 디아지오의 슬로건인 "Celebrating life, every day, everywhere"는 나에게 진정한 깨달음을 준 문구이다. 우리는 매일, 직장에서건 가정에서건 우리의 인생을 축하할 의무가 있다.

만약 내가 갓 내린 커피가 기가 막히게 맛있다면 이 또한 축하할 일이다. '난 참 커피를 잘 타는 것 같아. 대단해.'라고 나를 칭찬해보자. 시간을 정말 많이 쏟아부어 제안한 건에 내 상사가 "상은 씨, 이 아이디어 상은 씨 아이디어인가요? 대단하네요. 덕분에 성공적인 워크샵을 마쳤어요!"라는 피드백을 주었다면 "네, 피드백 감사합니다."라고 나의 성과를 인정한 사람에 대해 감사를 표하되, 굳이 불필요한 겸손과 관대함을 첨가하여 "○○○ 씨가 많이 리딩하고, 저는 거의 숟가락만 얹은 걸요."라는 너스레는 떨 필요 없다. 그리고 직장 동료가 매니저에게 보고를 잘 마쳤다면 "○○○ 씨, 어쩜 하나도 안 떨고 간단명료하게 정보를 전달하세요? 정말 본받고 싶어요", 친하게 지내던 동료의 승진 소식엔 "○○○ 씨, 승진 축하합니다!"라고 먼저 말하며 그 사람의 성과에 대한 존중을 표하는 것이 좋겠다.

과거 나는 여성 직장인에 대해서는 경쟁과열, 남성 직장인에 대해서는 정치과열을 느꼈던 적이 많다. 그로 인해 사람을 편견적으로 바라보고, 나 역시 편견적으로 행동했었다. 하지만, 어쩌면 개인이 자신의 성과를 인정하고 공유하고, 타인의 성과를 진심으로 축하하는 것으로부터 협력적인 환경과 네트워크를 조성할 수 있을지도 모른다. 엠파워 그룹은 다양한 비즈니스에 종사하는 14명의 여성 직장인으로 구성되었다. 우리는 서로의 힘든 점과 성과를 공유하고, 함께 울고 웃고, 축하하고 서로를 진심으로 열렬히 서포트 하는 네트워크 조직이다. 네트워크 생성을 위해선 최소 3명이 필요하다.

혹시 당신이 이 책을 읽고 있다면, 당신 외의 두 명의 사람에게 당신의 크고 작은 성과에 대해 공유하고, 그 사람들의 성과에 대해 인정하고 축하해주는 시간을 집중적으로 가져보길 바란다. 한 달 후, 당신 주변에는 여러 네트워크들이 존재하게 될 것이다.

02.

내 커리어는 아직 공사 중

우연의 연속, 아무도 가 보지 않은 길 그리고 세계를 향하여

이소은

자전거 타는 사람, 교류하는 사람, 개척하는 사람. 고등학교 1학년 때 우연의 기회로 홀로 호주 유학길에 올라, 멜버른 대학교에서 뇌과학(Neuroscience) 과 약리학(Pharmacology)을 전공하고 돌아와 1년간 마라톤 완주 연습을 하며 커리어를 고민하던 찰나에 또 다른 우연의 기회로 다국적 제약회사 학술부에서 Medical Science Liaison 커리어를 5년째 이어 나가고 있다. 다음 생에는 페기 구겐하임 같은 사교 왕이 되는 걸 꿈꿀 정도로 다양한 사람들을 만나는 것을 좋아하지만, 혼자 국내외 자전거 여행을 다니며 에너지 밸런스를 하며 시간을 보낸다. 다음번 목표인 해외 본사 취업을 위해 오늘도 달려나가고 있다.

그래서 무슨 일을 하는데

　　그 어떤 하루도 같은 법이 없다. 현재 이 글을 쓰고 있는 시점에도, 나는 다음 주에 미국 학회 출장이 예정되어 있고, 어제는 당일치기로 부산 출장을 다녀왔고, 내일은 원주를 가고 오늘 아침 새벽 4시에는 미국 글로벌 본사와 미팅이 있었다. 그래서 도대체 무슨 일을 하는데 정신이 없냐고? 나는 현재 외국계 글로벌 제약회사에서 Medical Science Liasion(이하 MSL)으로 근무하고 있다. 제약 업계에 종사하고 있는 사람이 아니라면 매우 생소한 직군이다. 우리 부서 내에서 우스갯소리로, 누군가가 "그래서 무슨 일을 하시는데요?"라고 물으면 한마디로 요약해서 설명하는 게 불가능하고 장황하게 설명을 할 수밖에 없다.

　　간단하게 설명을 하면, 의료 현장과 제약회사 사이에서 정보 요원 역할과 같다. 의료 최전선에서 본인들의 전문 영역을 갖고 있는 대학병원 의사들과 만나서, 회사 제품에 대한 의학적 과학적 지식을 교환하고, 약물에 대한 미충족 수요 데이터 갭을 메꾸기 위한 연구 설계와 피드백을 다시 회사에 공유하는 역할을 하고 있다.

　　MSL은 회사에서 학술부 또는 의학부라고 불리는 부서에서 근무하며, 마케팅(commercial) 파트가 아닌 대체로 R&D에 속한다.

이전에는 제약회사에서 영업부 직원들에게 의지하여 제품 판촉을 진행해 왔다면, 최근 몇십 년간 업계에서는 MSL과 같은 의과학 계열 출신의 사람들을 고용하여 전문적인 지식 기반으로 제품 출신 전부터 고객들과 학술적 관계를 쌓는 방향으로 전략을 짜고 있다.

따라서 나의 하루 업무는 외근 업무와 내근 업무로 나뉜다. 외근 업무는 주로 고객에 대한 정보 수집(고객들의 최신 논문 발표 추세, 학회 및 임상 참여 여부 등)과 미팅 일정을 잡아 그들을 직접적으로 대면하여 회사 제품과 관련 연구들에 관한 논의를 하는 것이 있고 내근 업무는 고객 미팅을 위한 준비 즉, 제품과 관련된 최신 학회 자료, 논문, 임상 프로토콜을 숙지하고 공부하는 학술적인 면이 있다.

한 달의 60% 정도는 외근 업무를 하도록 세팅이 되어 있기 때문에, 전국구에 둔 고객들을 만나러 홍길동처럼 서해 번쩍 동해 번쩍 돌아다닌다. 일을 시작하고 1년이 되지 않았을 때 벌써 KTX의 VVIP가 되었을 만큼, 열차, 비행기, 고속버스, 택시 등의 온갖 교통수단 가리지 않고 다닌다.

아무래도 대학병원 교수들을 상대로 업무를 하기 때문에, 그들의 지식 레벨에 맞추기 위해 끊임없이 노력하고 공부를 해야 한다. 따라서 국내외 학회 참석으로 인한 출장도 잦으며 대학원생 못지않고 PubMed 등의 논문 자료 데이터베이스와 통계 언어와 친숙해야 한다.

나는 처음부터 이 직업의 두 가지에 만족했다. 첫 번째는, 졸업 후 대학원 진학과 그동안 큰 흥미를 얻었던 학계를 떠난다는 것이 아쉬웠다. 지긋지긋하고 너무 힘들게 한 공부였지만 막상 더 이상 공부를 하지 않으면 머리가 굳으면 어떡하나 내심 걱정을 했었다. 돈도 받고 공부할 기회가 무엇인가 생각해봤을 때 제약회사 안에서 학술적인 역할을 하는 것이었다.

두 번째는, 전국에 있는 클라이언트들을 만나는 직업이다 보니, 살면서 가 보지 않은 곳들을 다니는 것이 너무 재밌고 기회의 영역이라 생각이 들었다. 대한민국에서 태어나 가족끼리 가는 해외여행 제외하고는 사실 그동안 서울 밖을 다녀와 본 적이 없다. 나는 친가, 외가 모두 서울에 있어서 명절 때 텅텅 빈 서울에서 가족끼리 시간을 보냈기 때문에, 이 일을 시작하기 전까지는 KTX를 타본 경험도 거의 없었다. 이 일을 시작하고는 울산, 광주, 원주, 익산, 대전 등 웬만한 국내의 모든 주요 광역시는 다 가 보았다. 한국에서 살았지만 이렇게 지역색이 다양하고, 먹는 것, 말하는 것 그리고 기차 속 밖으로 보이는 경치도 다르다는 것을 말 그대로 서울 촌놈인 난 뒤 늦게 20대 접어들어 알게 되었다.

울산대병원의 한 교수님과 미팅이 있어서 가는 길이 가장 기억에 남는다. 울산 통도사 KTX 역에서 내려서 40분 남짓 가야 한다. 창문 밖을 보면서 아름다운 영남 알프스 경치를 보며 감탄하다가, 바다 가까이 가더니 어마어마한 선박과 그 앞에 자동차 몇만 대가 서 있는 걸 볼 수 있었고 살면서 한 번도 보지 못한 스케일의 광경이었다.

흥분해서 택시 기사님께 "기사님 여기가 어디예요?"라고 물으니, 찐한 울산 사투리로 "어디긴, 울산 현대 공장이지. 저 자동차들 다 해외로 나가는 거라니까요." 1시간짜리 미팅 때문에 울산에 처음 내려왔다가, 다큐멘터리에서 보던 무역의 현장을 내 눈으로 직접 목격을 하니, 뜻하지 않게 감격스러웠다.

이처럼, 사무실 안에서 매일 출퇴근을 반복하는 것이 아닌, 실제 현장에서 발로 뛰고, 또 전국에서 그 분야의 최고의 전문가를 만난다는 일은 어린 나이에 일을 시작한 나에게 가장 값진 복지라고 생각이 들었다. 나보다 더 많이 알고, 또 가 보지 않은 곳들을 억지로라도 가야 하기 때문에, 기성화되는 것으로부터 나를 어쩌면 보호하고 나의 세계관을 확장하는 것에 큰 도움이 되어 좋은 자극이 되는 것 같다.

단편적으로 나의 어느 하루를 예시로 보여주자면 다음과 같다. 참고로 올해부터 미국 본사와 프로젝트를 하나 맡아서 진행하기로 하여 2024년 상반기 현재 나는 두 개의 타임 존(서울과 뉴욕)에서 근무한다.

오전 6시(미국 글로벌 본사 정기 콜), 미국 글로벌 본사와 2주에 한 번씩 진행하는 정기 보고 콜(온라인 미팅)이 있다. 이때 프로젝트 방향성과 론치 등에 대한 보고를 30분 간단히 한다.

오전 7시(요가 수업), 새벽 업무가 시작된 후, 다시 취침하면 더 피곤해지는 것 같아서 동네 오전 요가 수업을 들으려고 한다. 물론 반 가까이 빠졌지만, 몸을 움직이려고 나름 노력한다.

오전 9시(외근 준비), 오늘은 원주에 있는 클라이언트와 미팅이 잡혀 있다. 택시를 타고 서울역으로 이동해서 KTX를 탄다.

낮 12시(외근 업무), 원주 도착해서 클라이언트를 만나고 1시간 동안 미팅을 하며 최근 우리 제품에 대한 임상 자료를 소개하고, 클라이언트의 피드백을 받으며, 향후 어떤 데이터와 연구들이 나오면 좋을지에 대한 미팅을 한다.

오후 2시(늦은 점심과 미팅 정리), 근처에서 점심을 해결하고, 근방의 카페를 찾아서 오늘 진행한 미팅에 대한 정리 및 보고와 외근하면서 놓친 내근 업무(주로 메일 확인)들을 간단히 한다. 이동시간이 너무 길면 멀미도 나고 효율성이 떨어져서 근처에서 웬만하면 업무를 해결하려 한다.

오후 4시(기차역 속 택시에서 짧은 콜), 나는 거의 항상 이동 중이기 때문에 택시나 기차에서 콜을 참여하는 경우가 있다. 실태(Status) 정도 파악하고 참여도가 높은 미팅이 아니면 간단히 이동하면서 듣고는 한다. 그러다 보니 KTX에서 짝수 좌석에 콘센트가 있다는 등 작은 팁들을 많이 안다.

오후 6시(귀가), 내근직을 하는 다른 사람들과 비슷하게 9-6를 하였지만, 여러 이동수단과 다른 도시를 다녀왔다는 것이 다이나믹한 것 같다. 내일은 또 회사 출근하여 내근 업무를 보고 교육을 받는 날이라서, 오늘과는 또 다른 양상의 하루가 될 것이다. 그동안 못 본 동료들과도 점심도 먹고 캐치업도 하는 날이 될 거다.

나의 커리어는
현재 진행형

그 누구도 걸어가 보지 않은 길을 간다는 것

사실 나의 커리어는 현재 진행형이라고 말할 수 있고, 영화처럼 우연의 연속으로 여기까지 오게 된 것 같다. 내가 어떻게 애초에 일을 시작할 수 있고, 이 업계에 발을 디딜 수 있는지도 생각해보면 말이 잘 안되고, 돌이켜 보면 그때그때의 본능에 충실하였던 것 같다.

이 이야기를 시작하자면 더 거슬러 올라가 고등학교 시절로 가야 한다. 2012년, 당시 나는 그 어느 한국 학생들과 다를 것 없이 당시 서울시 소재의 일반 고등학교를 다니고 있었다. 입학 후 나는 당시 교내 영자 신문 동아리에 들어가고 싶었고, 인기가 많은 동아리였는지라 대기실에서 면접을 기다리고 있었다. 기다리고 있는데, 대기하고 있던 교실 문으로 머리 금발의 백인분과 멋진 정장 차림을 한 한국인 여성분이

들어왔다. 그 두 분은 올해부터 서초구와 호주의 서쪽에 위치한 서호주 퍼스시와 자매결연을 맺게 되었고, 이걸 기념하기 위해 서초구 소재 일반 고등학교에서 4명의 장학생을 선발하여 여름 방학 동안 현지 학교와 교환 겸 어학연수 기회를 약 2주간 제공할 것이라고 하였다.

옆에 있던 다른 친구들은 시큰둥하게 듣고 여름 방학 동안에 학원 스케줄이 다 잡혀서 꿈도 못 꾼다고 했다. 하지만 당시 15살이었던 나에겐 여름 방학 동안 더운 서울을 떠나 한 번도 가 보지 않은 도시를, 그것도 숙박과 교통이 무료로 제공한다는 사실을 알고서는 당연히 내가 가야 한다는 생각이 들었다.

나는 바로 신청을 했고, 한 달 뒤 내가 그 4명의 장학생 중 한 명을 뽑히게 되었다. 그리고 매미가 짖고 유난히 무더웠던 2012년 8월 나는 시원한 남반구 호주 퍼스에서 다양한 학생들과 교류하고, 시 관계자들을 만나며 나의 세상을 키워 나갔다. 그리고 말도 안 되게 다시 돌아와서 두 달 후, 퍼스 유학을 결심하고 호주 학생들과 퍼스 소재의 일반고로 편입하였다. 그리고 2년 후 나는 호주 내에서 제일 아름답고 전 세계에서 살기 좋은 도시로 손꼽히는 멜버른에서 대학교를 다니며 뇌과학과 약리학 전공을 하였다.

대학교를 졸업할 무렵, 앞으로 무엇을 할지에 대한 미래가 불안하였지만, 두 가지는 명확했다. 첫 번째는 내게 약간의 쉬는 시간이 필요하다는 것이었다. 고등학교와 대학교 포함하여 약 6~7년간 16세부터 유학 생활을 시작했던지라 타지 생활이 지쳐가고 향수가 생기게 되었다. 우즈께 소리로 사람들이 왜 졸업 후 한국 왔냐고 했을 때, 내 이유는 정말 '엄마 밥이 먹고 싶어서요.'였다.

그리고 막 졸업한 나의 시장 가치를 당장 알고 싶었다. Pre-med 특색이 강했던 나의 학사 과정은, 대부분의 학생들은 의대 또는 박사 과정을 준비했다. 천리마처럼 더 이상 쉼 없이 당분간 또 학위 과정을 들어가고 싶지는 않고, 돈은 벌고 싶었던 나는 졸업하고 귀국하여 가족들과 시간을 가지며 쉬는 시간을 갖고 있었다.

연락하는 몇몇 안 되는 친했던 한국 친구 중 약대를 다니는 친구가 있었는데, 어느 날 나에게 혹시 진로 탐색의 날에 같이 가고 싶지 않냐고 물었다. 별생각도 없고, 집에서 쉬고 있던 나는 친구 따라가게 되었다. 그때 강단에서 커리어톡에 참여하던 한 분이 본인은 제약회사 학술부에서 MSL을 하고 있다 하였고, 본인은 대학병원 교수들과 만나 비싼 밥을 먹으며 과학을 논한다고 하였다.

물론 돌이켜 보면 많이 왜곡된 부분이 있지만, 당시 다는 7년 전 퍼스 호주 유학 기회를 찾았을 때처럼, 속으로 "저거다." 하는 본능의 소리가 들려 왔다. 그 후, 집으로 돌아가 링크딘 계정을 만들고, 무작정 정말 아무 생각 없이 외국계 제약회사 MSL 자리에 가리지 않고 지원서를 제출하였다. 당연히 아무 사회 경력도 없고, 대부분 석사 또는 박사급 이상만 뽑는 MSL 직책을 겁도 없이 초짜가 지원하니 몇몇 회사에서 1차 인터뷰만 보고 답이 오지 않고 있었다. 그러다 다른 외국계 제약회사의 공채 인턴십에 지원하였고, 다른 인턴 동기들과 퇴근 후 머리를 맞대며 어떻게 정규직으로 취직할 것인지 고민을 하고 한국에서 없었던 친구들도 사귀어 나갔다.

여느 때와 다를 것 없이 인턴 동기들과 같이 퇴근을 하던 어느 날, 이전에 1차 면접을 보았던 곳에서 연락이 왔다. 그 전화의 내용인즉 혹시 내일부터 당장 MSL로 출근을 해줄 수 있냐는 것이었다. 하늘에서 전화가 내린 것일까? 나는 기쁜 것은 둘째 치고 '이게 무슨 상황이지?'라는 생각밖에 들지 않았다.

들어보니, 내가 지원했던 팀의 팀원 중 한 명은 퇴사하고 나머지 한 명은 육아휴직에 들어가면서 공석이 생겨서, 인터뷰 때 나름 젊은 패기를 보여줬던 내가 인상이 깊어서 같이 일하고 싶다는 것이었다. 비록 육아휴직 대체 계약직 자리였지만, 어쩌면 여러 기회를 엿보고 시도해볼 수 있을 것 같아서 그 주 금요일에 인수인계 후 그다음 주 월요일부터 새로운 회사로, 당시 가장 원했던 MSL로 업무를 시작하게 되었다. 내 나이 만 22살이었고, 회사에서 10년 만에 처음으로 받았던 신입사원이었다.

18개월 동안 매니저의 부재, 멘토링이 필요해

돌이켜보면 첫 회사에서 나의 시작은 정말 말 그대로 우당탕탕이었다. 우선 7년간 한국을 떠나 해외 대학을 나와 다시 한국에서 일을 시작했을 때 여러 어려움이 있었다. 물론 글로벌 제약회사라 다른 국내사 보다는 수평적인 조직에 포함되었지만, 당시만 해도 직급별로 직원들을 불렀기 때문에, 대리-과장-부장-이사-상무-전무-부사장 등의 직급에 대한 이해와 위계 조직 문화에도 적응을 했어야 했다. 그리고 한국말로 메일을 갑자기 쓰자니 손가락이 키보드에 떨어지지 않고, 내가 읽어봐도 이상한 번역체로 글을 쓰고 있어서 신문사에서 진행하는 글짓기 수업도 주말에 다니기도 하였다.

처음엔 누가 누구인지도 당연히 몰랐고, 혹여나 해외 유학파라고 색안

경을 끼고 나를 바라볼까 봐 더 깍듯하고 신경 써서 예의를 지키려 노력했다. 어느 날은 아침 일찍 회사에 출근하였는데 항상 나보다 더 일찍 오시는 분이 계셔서 옆 팀 상무님인 줄 알며 열심히 인사를 했는데, 알고 보니 리더 분들의 아침 음료를 배달해주시는 야쿠르트 아주머니셨다. 그래서 아주머니와 친해지기 한 것도 하나의 여담이다.

회사를 여태 다니면서 내가 배운 가장 큰 레슨은, 그 어느 상황도 예측이 불가하며, 변화하는 환경에 얼른 적응해야 한다는 것이었다. 특히나 실무자 단에서는 윗단 리더십의 변화로 인한 조직의 변화에 따라 나의 업무의 범주가 많이 영향을 받는다. 따라서 고집부리고 한 가지만 한다고 한다거나, 아니면 그 변화를 불편해하면 회사 생활이 어려울 것 같다는 생각이 든다. 나 같은 경우에는, 우선 입사 후 가장 큰 두 가지 변화가 있었는데, 첫 번째는 수습이 끝나고 필드(외근 업무를 우리는 필드라고 한다.)를 나갈 무렵 대대적으로 코로나가 터졌다.

두 번째는 입사 후 6개월이 채 되지 않았을 때 당시 나의 매니저는 퇴사하여, 나를 코칭 해주고 가이드를 줄 매니저의 부재가 잇따랐다. 그리고 그 기간에 당시 회사 부서 내의 변화가 있어서 매니저를 그 이후 채용하기는 했어도, 만 3년간 다닌 첫 직장에서는 나는 매니저가 6번이나 바뀌었고, 그중 18개월은 매니저가 없어서 부서장에게 직접 보고하는 형식으로 지냈다. 또한 직접 발로 뛰어서 필드에서 고객들을 만나 대면 업무를 해야 하는 상황에서, 줌 등의 디지털화 전환도 빨리 해야 했고, 나의 고객들에게도 온라인 미팅에 대한 니즈를 계속 하이라이트했어야 했다.

만 22세, 갓 대학을 졸업 후 10년간 신입사원을 뽑아 본 적이 없는 회사에서, 장기간 매니저 없이, 모든 것이 셧다운 된 코로나 기간 동안, 클라이언트에게 한국어로 메일 하나 쓰는 것도 3시간이나 끙끙 앓았던 나는 정말 사파리 정글에 던져진 기분이었다.

돌이켜보면 뭐가 뭔지 몰랐기 때문에 패기 하나로 이 부서 저 부서 사람들에게 직접 다가가 조언도 구하고, 새파랗게 어린 직원이 클라이언트에게 찾아가 자문을 구할 때 그 누구보다도 예의를 갖추고 조아리며 대했던 것 같았다.

나의 직업 특성상 클라이언트를 만나고 그들과 임상 연구 등을 같이 작업해야 하는 일이 많기에 항상 조심스러운데, 내가 첫 회사 퇴사를 한다고 하며 같이 저녁 식사를 하던 중 클라이언트 중 내가 존경하면서도 무서워했던 교수님이 내게 그랬다.

"소은 씨 유학파라서 그럴 줄 몰랐는데, 일반 한국 사람보다도 더 예의를 갖추고 일해서 내가 사실 많이 놀랐어요."

나는 그 말씀이 찬사로 들렸다. 내가 그래도 지난 3년 동안 어떻게 해서든 매니저 없이 프로젝트를 이어 나가려고 아등바등한 시간들에 대해 보상을 받은 듯한 기분이었다.

돌이켜 보면 그 힘들었던 시간들이, 물론 과거이고 또 내가 견뎌냈기 때문에 미화가 되었을 수도 있지만, 정말 재미있게 일했던 시간들이었다. 매니저가 없어서 그래도 부서 내의 동료들과 타 부서 분들이 품앗이도 해주고 큰 도움을 주셨다. 아직도 기억 남는 당시 영업부 팀의 부장님이 힘들어하는 나를 위로해주신다고 하신 말씀이 기억난다 "매니저가 없으면 힘들고, 있으면 불편해."

다행히 이 시간 동안 고객들과 같이 연구 진행을 하여 논문도 두 개 공동저자로 올라가서 학회지에 등재하고, 코로나 이후 처음으로 회사에서 미국 해외 학회 출장도 보내주는 값진 경험을 하게 되었다.

거기서 만난 당시 글로벌 관계자들을 통해 나는 더 큰 꿈을 꿀 수가 있었다. 첫 직장에서 작게나마 몸부림치며 쌓았던 경험들로 재능개발 (Talent Development)에 더 투자를 많이 하고 다른 제품을 맡고 싶다는 생각에 퇴사하고 또 다르고 새로운 환경에서 적응해보고자 하는 응집을 키우고자 현재 다니고 있는 두 번째 직장으로 이직을 결정하게 되었다.

차분하고 실용적이다

이직하고서 새로운 회사에서 결국 이전 회사와 같은 업무를 이어 나가게 되었다. 고객들을 만나고, 제품에 대한 이해를 위해 국내 학회를 다니면서 공부를 하는 등 크게 내가 이전에 했던 것들과 별반 다르지 않았다. 물론 회사 체제도 다르고 분야도 약간 상이해서 캐치업을 해야 했지만, 그 시점에 다시 한번 나의 커리어를 돌이켜 보게 되었다.

처음 회사에 입문했을 때는 정말 큰 생각 없이 당시 나의 본능 (whim)에 이끌려 내가 갖고 있는 가방끈이나 실력으로 시장에서 얼마나 '팔리는지'가 궁금해서 여러 군데 회사에 지원하여서 다니기 시작한 것이었고, 그리고 언젠가 다시 대학원을 가야지 생각하던 찰나에 바로 코로나가 터지는 바람에 회사를 계속 다니게 되어, 어찌저찌하여 벌써 이직을 하고 나는 4년 전 대학 졸업 이후 했던 고민을 다시 하게 되었다. "그래서 난 무엇을 앞으로 어떻게 해야지?"

분기별로 찾아오는 이 실존주의적 깊은 고민에 우연히 내가 회사에서 따르는 선배가 좋은 프로그램을 추천해 주게 되었다. 우리 회사는 여러 직무를 '맛보기'할 수 있는 경험을 제공해주는 프로그램이 있다. 예컨대 한 부서에서 한 명이 육아휴직 중 단기간 부재가 있거나 아니면 인력이 필요할 때, FTE(Full Time Equivalent: 풀타임을 1로 둠)을 나누어서 일할 수 있도록 한다.

선배가 알려준 프로그램은 미국 본사에서 새로 신설하는 프로젝트에 0.3 FTE 인력이 필요하다는 것이었다. 그렇게 되면 현재 내가 하는 업무의 70%는 한국 지사 일을 하고, 나머지 30%는 미국 본사 일을 하게 되는 것이었다. 사실 그동안 해외 본사로 어떻게 가 보고 싶은 갈망이 정말 많았다. 첫 직장에서도 어떻게 시도를 해보려 했는데 부서 내 변화도 있었고, 당시 여러 사유로 이직이 좋을 것 같다는 판단에 그 꿈을 잊고 있었는데, 미국 팀원들과 그래도 일을 할 수 있는 기회라니, 너무 내게 이끌렸고 도전해보고 싶은 기회이었다.

감사히 그쪽 팀과 연락을 하여 캐주얼한 콜을 갖고, 또 내 현 매니저도 감사히도 나의 미래를 위해 허락을 해주어, 올해부터 미국 본사 프로젝트에 참여하게 되었다. 물론 뉴욕 동부 시간대라서 처음에는 두 가지 일을 병행하는데 물리적으로 밸런스를 하느라 어려움이 있었는데, 4개월이 지난 지금은 좋은 리듬에 들어간 것 같다.

나도 나름 해외 생활을 해서 업무 문화를 안다고 생각을 했는데, 막상 일을 같이 해보니 또 다른 분위기와 세계였다. 확실히 미국 본사에서는 다양한 인종과 국적을 갖은 사람들이 업무를 하고 있었고, 이슈가 있으면 미팅 그 자리에서 크게 Voice up 하는 걸 두려워하지 않는 적극적이고 역동적인 업무 환경이 이었다. 그리고 미팅도 최대 30분을 넘어가지 않았고, 말을 하지 않으면 아무도 모르기 때문에 한가지 코멘트라도 항상 준비해서 미팅에 적극적으로 참여해야 하는 분위기였다.

나는 그동안 남들이 나를 보았을 때, 사교적이고, 일을 잘 벌이고, 창의적인 사람이라고 해석할 거라고 생각을 했었는데, 어느 날 미국 프로젝트 리드와 리뷰를 하던 중 나에게 이런 피드백을 주었다.

"소은은 일할 때 굉장히 차분하고 실용적인 것 같아(Soeun, you have a very calm and a pragmatic approach to solving problems when working)."

살면서 처음 들어보는 나를 묘사하는 단어였다. 내가 차분하고 실용적이라고? 물론 프로젝트를 하면서 뉴욕에 있지도 않고 서울에 있는 내가 온라인으로 그들과 업무를 맞추고 커뮤니케이션을 하고 이슈를 해결하는 거는 쉽지는 않았지만, 그 기간 나에게 그런 모습이 있다는 것은 나도 모르고 있는 부분이었다.

이처럼 새로운 환경에 나를 노출시키고, 또 다른 문화권에서 업무를 하면서 나도 모르는 나의 모습들을 타인의 시선으로 나를 알아 가는 것 같다. 나와 전혀 무관한 두 단어, 차분과 실용이라는 피드백을 듣고, 너무 나를 "나는 ○○한 사람이야."라고 규정 짓기보다는, 나는 아직 공사 중, 아직 빚어지고 있다는 것을 다시 느낄 수 있었다.

화살통에 충분히
화살들이 있는가

로빈 후드처럼

첫 번째 회사에서 정말 운이 좋게도 코로나가 풀리자마자 해외 출장을 가게 되었다. 그동안 매니저의 부재 동안 묵묵히 팀을 지켜온 것도 있었고, 동료가 내게 힘을 실어주어 적극적으로 부서장에게 어필하고 그동안 고객들과 쌓아왔던 연구 실적들을 내세워 마침내 내 생에 처음으로 미국 해외 학회 출장을 가게 되었다.

글로벌 회사를 다니면서 가장 큰 장점의 중의 하나는 지사를 벗어나서 본사와 해외 각국 지사에서 근무하는 사람들과 교류를 할 수 있다는 것이다. 해외 출장이 잡혔을 때, 내 지사를 포함하여 아시아 지부에서 유일하게 나만 참석하는 학회이다 보니 설레고 책임감도 많이 느꼈다.

글로벌 학회는 의학 및 제약 업계 쪽의 최대 박람회 같은 거라고 이해하면 된다. 전 세계 주요 제약회사들이 와서 각 회사의 제품과 연구들을 뽐내고 광고를 하며, 현재 어떤 연구들이 학계와 업계에서 각광받고 트렌디한 것인지를 공부함과 동시에 네트워킹을 하기 위한 자리다.

당시 한 번도 해외 학회를 가 본 적이 없는 나는 첫날 누구를 만나고 어떻게 소화해야 할지 걱정이 되었는데, 첫날 학회장 앞에서 이전에 몇 번 이메일을 주고받았던 독일 본사에서 근무하는 매니저 직급의 동료를 만나게 되었다. 그 이름을 기억하고 있다가, 명찰표를 보고 무작정 다가가서 기억을 상기시키고 학회 4일 내내 옆에 붙어서 식사와 많은 대화를 나누게 되었다. 평소에 성격이 나는 활발하기도 하고 사람 만나는 것을 매우 즐기기 때문에 무조건 좋은 인상을 나는 남기고 싶었다.

그도 생각보다 나이가 젊지만 독일 본사에서 제품 마케팅을 담당하고 있었기 때문에 나는 무척이나 궁금한 것들이 많았다.

"Ed, how did you end up where you are now(에드, 너는 도대체 네가 있는 그 자리에 어떻게 간 거야)?"라고 단도직입적으로 물었다.

그러더니 Ed가 먹던 샌드위치를 내려놓고 웃음을 짓더니 내 눈을 마주치며 말했다.

"How many arrows do you have in your quiver(너 화살통에 화살이 몇 개 있어)?"라고 대답을 하였다.

"Some people can be really good at socialising to build up networks. But sometimes you ask them what they have done or do, and they struggle to answer. It's why you need to have at least two arrows in your quiver(어떤 사람들은 네트워킹에 뛰어난 사람들이 있어. 근데 막상 무슨 일을 했고 무슨 일을 하는지 물어보면 대답을 잘 못 해. 그래서 항상 본인 화살통에 내 것으로 만든 화살 두 개는 있어야 해)."

그 말인즉, 아무리 네트워킹을 잘하고 많은 사람을 알아도, 내실이 없으면 의미가 없다는 것을 말하고 있었고, 업무적으로 나만의 무기, 즉 화살들을, 로빈 후드처럼 화살통에 넣고 다녀야 한다는 것이었다. 한편으로는 너무 외향적인 나의 모습만 부각해서 한 내가 빈 수레가 요란해 보였는지는 않았는지 뜨끔하기도 하면서 내게는 큰 울림이 되는 조언이었다.

그래서 넌 무엇을 했느냐는 이 원초적 질문은 가끔 업무를 하면서 방향성을 잃거나, 업무가 쏟아지어서 왜 난 이렇게 힘들고 바쁜지를 라는 생각이 들 때마다 나를 다시 땅으로 끌어당겨서 앵커링(anchoring) 하는 질문이다. 따라서 오늘도 난 단단하고 재질이 좋은 화살들을 만들고 완성될 때마다 하나씩 차곡차곡 내 화살통에 넣어놓고, 쏘아야 할 때가 언제인지를 예의 주시하고 있다.

나만의 디아스포라

나의 배경을 보아도 그렇고 나는 항상 어딘가에 분류되지 않은 인간이었다. 내가 분류되고 싶지 않아서라기보다는, 어릴 적부터 나는 어딘가 항상 이질감을 느꼈던 것 같다. 항상 반에서 나 혼자 키가 크고 덩치도 웬만한 남자 아이들보다 컸고, 유행하는 가요나 프로그램도 나는 잘 이해하거나 따라가지 못해서, 크게는 '주류 문화'와 이질감이 있었고, 수학여행 가서도 나는 그 어느 그룹에도 속하지 않은 친구들과 일대일로 이야기하면서 학창 시절을 보냈던 것 같다.

나 혼자 미국 드라마 나 영국 드라마 문화를 소비하고(중학교 때부터),

다른 친구들 여름 방학 동안에 수학 학원 다닐 때 직장인들과 중국어 회화 학원을 다니는 등, 혼자 방향이 의도치 않게 달랐다.

유학 생활 후 한국에 돌아와서도, 대부분 미국에서 유학하고 온 친구들은 많아도, 호주에서 대학교를 다니고, 뇌과학을 공부한 그것도 학사만 한 친구들은 보지를 못했다. 유학도 고등학교 중간에 가서 더더욱 나의 길을 걸어온 표본을 주위에서 보지 못하여, 항상 이정표를 보는 게 아니라 내가 그냥 부닥치는 경우가 많았던 것 같다. 나는 지금 영어 발음도 미국와 호주 발음이 애매하게 섞여 있어서 나를 처음 보는 외국인 친구들은 내가 어디서 영어를 배웠는지부터 게스를 한다. 따라서 나는 스스로 그 어디에도 분류되지 않아서 불편함과 나를 항상 증명해야 한다는 부담감을 갖고 있었다.

그런데 어느 순간부터 나의 '다양성'을 잘 활용하고 어쩌면 이것이 나의 무기가 될 수 있다는 것을 알게 된 계기가 있었다.

현 직장에서 내가 존경하는 부서 내 선배와 밥을 먹으면서 이런저런 나의 회사 내 고충들을 털어놓고 있었다.

"저는 제가 생각했을 때 정식적인 코스를 밟고 있지 않은 것이 약간 콤플렉스인 것 같아요. 남들과 다른 것이 어떤 땐 개성이 있는 것 같아서 좋기도 하지만, 롤모델을 찾거나 앞으로 어떤 것을 해야 할지 갈피 잡기에는 어려워요. 잔다르크도 아니고 말이죠."

그러더니 선배가 해준 말은 다음과 같았다.

"네가 너만의 디아스포라(diaspora)를 만들어봐."

디아스포라는 말이 정말 신선하게 느껴졌다. 역사적 문맥 속에서만 이해했던 디아스포라라는 말.

처음에는 그게 어떤 의미인지 잘 와 닿지 않았다. 그러나 곰곰이 생각해보니, 디아스포라는 한마디로 공동체를 찾으라 의미로 느꼈다. 이것을 기업적 언어로 치환한다면 단순히 '네트워크를 찾아라.'라고 생각이 될 수도 있는데, 그보다는 조금 더 정서적 울림이 있는 말이었다.

이 대화 후 지하철역에서 선배와 헤어진 후 집으로 돌아가는 내내 나는 이 뜻에 대해 여러 번 생각하게 되었다. 나를 이루는 여러 가지 키워드 한국인, 여자, 20대, 호주 유학, 제약회사, 학술부, 항암제(내가 맡고 있는 제품이다.) 등 현재 이 시간에 내가 업무적으로나 나를 구성하는 많은 요소를 활용하여 나와 같이 '흩어져있는 사람'들을 만나고 연대를 조성하라는 의미로 다가왔다.

특히나 업무적으로도, 내가 맡고 있는 제품에 대한 경험, 나만의 인사이트(insight)를 해석하여 내가 다른 사람들을 또 영향을 주며 공동체 역할을 하라는 것으로 해석되었다.

디아스포라를 만들라는 것은 어쩌면 사회생활 팁의 범주에서 조금 벗어나거나 난해한 이야기일 수도 있다. 어떻게 나를 포장하고, 매니저에게 어떻게 보이고, 자료는 어떻게 준비하는 등의 실용적인 팁들을 기대할 수도 있지만, 나는 이런 대주제와 의미를 찾고 디테일을 채워나가는 게 중요하다고 생각한다. 내가 무엇을 위해 일하지, 내가 왜 내 하루의 1/3의 시간을 여기서 있지. 어떤 날들은 이러한 질문들에 대한 답이 '왜긴 왜야, 돈 벌고 싶어서지.'라고 생각이 들 수도 있지만, 그래도 나의 긴 여정을 생각하고 내가 그림 그리는 삶 속에 최소한 '직업'이 있다면, 기왕 직업을 나를 완성하는 데 좋은 도구로 삼으려는 거다.

대부분 다른 직장인 친구들과 대화를 하면, 종일 대다수의 직장인들이 하는 업무는 메일 보내기와 전화이다. 우리는 매일 누군가와 소통을 하고, 일정을 잡고, 여럿이 만나서 미팅을 한다. 고대적 사람들이 둘러앉아 어떻게 마을을 지킬까 대화를 하는 것과 오늘날 부서에서 줌 미팅으로 어떻게 우리 부서를 위해 일을 할까 대화하는 모습이 나는 눈앞에 겹쳐진다. 돌이켜보니, 내가 몸담고 있는 EMPOWER 그룹이 내게는 일종의 디아스포라로 다가온다. 물론 우리의 출신, 업계, 나이, 취미가 다 각양각색 다르지만, 우리는 스스로를 empower하고, 한국에 여성으로서 근무하면서 그래도 다음 세대에게는 더 나은 환경을 만들고, 또 현재 상황에 부족함을 느끼며 한국 사회에서 여성 근로자로서 더 꿈을 꾸고자 하는 그 무언가의 목마름이 강하게 있다는 것에 우리는 우리들만의 디아스포라가 만들어진 것이다.

즉, 단순히 업무라는 일의 개념에서 조금 더 가서, 이것이 나라는 사람한테 어떤 영향을 주고, 내가 더 의미 있고 더 단단하게 어떻게 갈까 하는 그 중심에는 나는 연대가 있다고 생각이 든다. 그래서 디아스포라를 만드는 것 흩어진 기업 내 부족들이 만나서 연대를 이루고, 서로의 한(디아스포라는 주로 아픔의 역사와 연관이 있기 때문에)을 공유하고 뿌리를 한 곳에 내리지만, 또 떠날 때가 되면 다른 디아스포라로 이주하는 것의 연습이 나의 커리어 장기전에 중요한 역할이 될 것이라 생각이 든다.

할머니, 엄마, 그리고 딸

오늘 아침 다음 주 미국 출장을 준비하면서 잠깐 본가에 다녀왔다. 어제 봤는데도 불구하고, 엄마가 너무나 반갑게 나를 맞이하며 진수성찬을 차리고 맛있게 먹고, 내가 출장에서 입을 옷들을 옷장에서 찾고 고르는 것을 엄마와 같이 했다. 2주 동안 출장에 다녀올 예정이라 엄마가 떠나는 나를 엘리베이터로 마중 나와 잘 다녀오고 많은 경험하고 오라고 말을 해준 뒤, 나를 그윽하게 쳐다보며 그랬다.

"엄마가 도움이 안 되어서 미안하네."

"뭐가 미안하다는 거야 엄마?"

"아니 엄마가, 이럴 때 미국에 아는 사람이 있으면 '엄마가 전화해 놨어, 누구누구 만나고 와.'라고 멋있게 말해주고 싶은데 그런 걸 해줄 수가 없네."

"엄마는 무슨, 그런 거 낙하산 같은 거 안 좋은 거야. 그리고 나 영국 같이 다녀온 EMPOWER 분들이 계시잖아. 엄마는."

그러고는 엘리베이터가 도착해서 엄마 손을 흔들며 나는 집을 나섰다.

갑자기 직장 생활 얘기하다가 우리 엄마 얘기로 넘어가자니 약간 뜬금없는 소리라고 생각할 수도 있는데, 우리 엄마는 정말 내가 생각하는 제일 유능한 사람이다. 어릴 적부터 모범생은 당연하고, 국내 최고의 대학을 나와 결혼 전까지는 외국계 투자 회사에서 근무했다. 옛날에 우연히 엄마가 모아둔 서류를 보다가 엄마의 90년대 월급 명세표를 보았는데, 그 당시 나랑 지금 같은 연차 수준에 있을 때 나보다 훨씬 더 많이 돈을 번 유능한 사람이다.

아쉽게도 엄마는 결혼 이후, 당시 가부장적인 한국 문화가 그랬듯이, 첫째인 나를 낳고 시댁과 친정으로부터 무언의 압박을 받고 또 육아휴직도 없던 시대인지라, 직장을 그만두고 자식들을 돌보는 데 전념했다. 엄마가 직장을 그만두고 미용실에 간 적이 있다고 했다. 그때 머리 파마를 기다리며 잡지를 보는데 '커리어 우먼' 관련된 인터뷰가 있으면 손으로 그 인터뷰가 적힌 페이지를 가리고 다음 장을 넘겼다고 했다. 엄마가 그 인터뷰를 읽으면 본인이 놓친 기회들에 대해 너무 속상해할 것 같아서라고 했다. 그리고 다시 오늘날로 돌아와서 출장을 준비하는 '커리어 우먼' 나의 모습을 돌이켜 본다.

내가 보면 우리 엄마가 훨씬 나보다 똑똑하고 일을 잘할 것 같은데, 엄마의 희생(한 여자의 희생)이 나(또 다른 여자의 기회)에게 기회를 주는 이 모습을 보고 참 아이러니하다고 느껴졌고, 동시에 내가 성공하고 앞으로 더 큰 기회를 모색해서 잘 살아야겠다는 책임감을 느꼈다.

간혹 롤모델을 찾을 때 우리는 위(나보다 사회적으로 성공하고, 나이가 많은 사람)을 보지만, 한편으로는 나는 우리 엄마와 또 이와 못지않은 더한 사연을 갖고 있는 우리 할머니에게 그들의 희생과 놓친 기회들이 3세대를 거쳐 발현될 수 있다는 것을 보여주고 싶은 마음이 생겼다.

길고 장황하게 설명했지만, 이것이 내가 직장 생활에서의 일종의 활력이자 동기이다. 내가 왜 커리어를 쌓고 어떻게 버티느냐에 대한 답이다.

이러한 얘기를 이번 영국 워크샵 때 영국 의회 상원에서 EMPOWER 그룹을 소개하며 언급하였다. 당시 할머니가 물려주신 빨간 재킷을 입고 연설을 했었는데, 그 재킷의 기원에 관한 이야기를 하였더니, 영어로 "no dry eyes left in the room."이라는 말이 적합할 정도로 모두가 눈물을 글썽거렸다.

이야기는 다음과 같았다. 내가 영국 워크샵 준비하면서 할머니가 내게 영국과 걸맞게 빨간 재킷을 입으라고 권유하셨고, 재킷을 픽업하러 할머니 댁으로 갔다. 갔더니, 할머니 옷장 한편에서 거의 한 번도 입은

흔적이 없는 재킷들이 걸려 있었다. 평생 가정 주부로 살아오신 할머니께서 마치 정장스러운 재킷이 왜 이리도 많을까 하여 여쭈었더니, 할머니의 젊었을 적 꿈이 아침에 정장을 골라 입고 커리어 우먼처럼 회사 출근 준비를 해보는 것이라고 하셨다.

물론 그 꿈이 건너 내 세대에서 이루어졌지만, 또 한 번 우리 엄마의 이야기와 비슷하게, 내 주위에 영향을 주는 것이 내가 직장 생활을 단단히 해줄 수 있고, 역경이나 시련이 와도 나를 다시 잡아 줄 수 있는 중심이라고 다짐하게 되었다.

888
8시간 일하고, 8시간 자고, 8시간 나를 위해

이전 회사 동료가 내게 888의 법칙을 알려준 바 있다. 인간은 8시간 자고, 8시간 일하고 8시간 본인을 위해 시간을 써야 한다. 워라벨의 또 다른 제안일 수도 있는데, 그 이후 나라는 사람의 정체성을 그 8시간 회사 밖에서도 찾으려고 하는 것 같다.

호주 유학 후 한국에 돌아왔을 때, 몸과 마음이 많이 지친 상태였다. 생각해보니 취미 하나도 없는 것 같았고, 그간 공부한다는 핑계로 몸도 돌보지 않아서 몸도 많이 살이 찐 상태였다.

그때 나는 달리기 동호회에 가입하였고, 살면서 한 번도 뛰어본 적도 없었던 나는 10개월 뒤 춘천 마라톤에서 42.195km를 완주하는 마라토너가 되어있었다.

주위에 우리 아빠 세대를 보면, 은퇴 후 직업이라는 것이 없어졌을 때 정체성의 혼란이 뒤늦게 오는 케이스들을 보았다. 평생 회사에 본인을 갈아 넣어서, 회사라는 곳이 없을 때의 자기 자신이 어떠한 사람인지 상상을 못 하는 경우를 보며 정말 안타까웠다.

물론 그 세대의 피나는 노력으로 내 세대에서 의식주 걱정 크게 없이, 이상과 꿈이라는, 어쩌면 당시에는 사치였을 수도 있는 단어들을 내뱉으며 나는 살고 있는 것일 수 도 있지만, 일을 시작하면서 나는 그래도 나라는 사람의 뿌리를 잃지 말아야겠다는 다짐도 했다.

그것의 큰 축이 된 것이 운동과 여행이었고, 지금은 그 두 가지를 접목하여 나는 자전거 여행에 푹 빠졌다. 두 바퀴에 짐을 정말 간단히 실어서 국내 군데군데를 내 두 다리로 페달을 하여 다니는 것은 자연 속에서 해방감을 느끼게 해주는 최고의 탈출구이다. 작년 말에는 혼자 대만 반 바퀴를 혼자 자전거 여행을 하고 왔고, 동료들에게 우스갯소리로 복권 당첨되면 세계 자전거 여행을 다녀올 거라며 시시콜콜한 이야기를 하고는 한다.

이처럼 나의 탈출구, 나의 직장 외에서의 나를 정의할 수 있는 취미를 찾는 것도 회사 생활을 하는 데 있어 중요한 부분이라 생각이 들고, 또 이러한 경험들이 다시 회사 생활의 큰 동력이 되고 또 간혹 회사 내에서 새로운 사람들을 만날 때도 좋은 소재 거리가 되는 것 같다. 벌써 해가 길어지고 따뜻한 바람이 불기 시작한 걸 보니, 이번 출장 다녀오면 주말에 짧게, 자전거를 재정비해서 한 바퀴 돌고 와야겠다는 생각에 설렌다.

03.

쵸보는 운전에만 붙나?
리더입에도 붙찌!

쵸보 리더 엉망 가이드

김민영

'어제보다 조금 나은 오늘, 어제보다 한 뼘 더 자란 나'를 북극성 삼아 매일의 작지만 의미 있는 성장 스토리를 만들어 가는 삶을 산다. 인생의 다양한 경험이 옹골진 삶과 단단한 삶의 내공을 만든다는 믿음으로 성장의 기회와 가능성이 있는 곳이라면 주저하지 않고 일단 도전하고 본다. 환경 컨설팅 회사에서 첫 사회생활을 시작한 것을 계기로 정부부처와 국제기구, 국책연구기관, 국내외 컨설팅 기업 등 일곱 개 직장을 넘나든 자칭 타칭 '프로 이직러'로, 기후변화와 지속가능성, ESG(환경·사회·지배구조) 분야의 13년 차 전문가로 다이내믹한 커리어 성장 여정을 이어가고 있다.

초보 리더
일상 분투기

　　"부문장님, 한국 시장 전략 자료 초안 수정해서 메일로 송부 드렸습니다. 확인 부탁드립니다."

　"부문장님, 이번에 채용하시는 세일즈 포지션 오퍼 검토하셨을까요? 금일까지 승인 요청드리겠습니다."

　"부문장님, 조직 핵심 가치(core value) 론칭 캠페인 영상 촬영 건으로 연락 드립니다. 차주 중 언제 일정 가능하실까요?"

　매일 아침 회사에 출근해 노트북을 켜면 나를 기다렸다는 듯이 마구마구 토해내는 각종 메일과 메시지들. 업무와 일상의 철저한 분리로 정신적 건강을 사수하는 것이 무엇보다 중요한 나는 아직도 고집스럽게 개인 핸드폰에 업무용 메일과 메신저를 설치해 놓고 있지 않다 보니 아침만 되면 가히 총성 없는 전쟁터가 따로 없다.

　지난밤 퇴근 이후 검토와 확인, 업데이트와 코멘트, 승인 등을 요청하는 숱한 메일과 메시지들이 데드라인 화약가루를 가득 머금은 총알이 되어 나를 과녁 삼아 사정없이 날아오는 느낌이랄까?

"호오옵! 후우." 양 가슴을 활짝 들어 올리며 숨을 한 번 쫙 길게 들이마셨다가 잠시 멈추고, 다시 긴 호흡을 내뱉는다. 오늘의 전선에 나서기 위한 진중한 준비 자세다. '이걸 위해 인도까지 가서 프라나야마(Pranayama) 호흡법을 배운 것은 아닌데….' 뭐가 됐든 도움이 되면 됐다. 지금 나의 삶은 일말의 미련이나 아쉬움을 느낄 시간적 여유조차도 사치다. 앙증맞지만 그렇다고 화력이 딸리지는 않는 그레이 로지텍 마우스를 권총 삼아 오른손을 살포시 올려놓는다. 마우스 휠의 부드러운 리듬에 맞춰 드르륵드르륵 스크롤을 시작하며 전쟁터의 망을 보듯 아웃룩과 사내 메신저의 창을 빠르게 스캐닝한다. 오늘을, 아니 오늘 하루도 무사히 살아내기 위한 전술전략 구상 시간. 급하게 대응이 필요한 할 일 목록을 머릿속에 입력시키는 동안 자동으로 하루 치의 업무 로드 견적이 산출된다. '하아, 오늘도 빼박 야근각이로구나.'

본격적인 진격을 앞두고 시원한 라떼 한 잔을 테이크 아웃한다. 사내에는 매일 하루 두 잔씩 전 직원들에게 생명수를 무료 공급해 주는 감사한 카페테리아가 있다. 음료가 준비되는 몇 초간 아침의 활력을 가득 머금고 흘러나오는 클래식 리듬에 몸을 맡겨본다. '오늘도 잘 해보자!' 결연한 의지를 다지고 자리로 걸음을 재촉한다. 발걸음을 내디딜 때마다 쟁그랑쟁그랑 텀블러에 얼음이 부딪혀 나는 소리가 마치 힘찬 행군을 북돋우는 행진가 같다. 몇 발자국 되지 않는 짧은 이동 시간 동안 브레인 엔진에 시동이 걸린다. 로보트처럼 정해진 루틴에 따라 바깥을 향해 있는 책상 앞에 앉는다. 라떼 한 모금을 입안 가득 물고는 다시 깊은 심호흡 한 번, 그리고 드디어 전진이다.

오전 동안 연이은 세 개의 회의를 마치고 나니 다음 회의까지 삼십 분의 짬이 생긴다. 사물함에 대량 보급품으로 비치해 둔 오트밀 선식

한 통을 꺼내 아몬드 우유를 섞어 쉐낏쉐낏. 오후를 달릴 에너지를 빠르게 보충한다. 포만감이 차오르기도 전 메일을 확인하는 사이 어느새 오후 회의 시작 알림이 울리고 다시 전시 태세 돌입!

나는 에너지 관리 및 산업 자동화 전문 글로벌 기업에서 지속가능성 사업부의 한국 시장을 이끄는 조직의 장이다. 이곳에 입사한 지 이제 갓 9개월 차에 접어들었다. 내가 속한 지속가능성 사업부는 북미, 유럽, 아태·중동·아프리카 세 개 지역이 각각 원 팀(one team) 체제로 기능하다 보니 같은 지역에 속한 팀 간 온라인 협업이 필수다. 종일 영어를 사용해야 하는 어려움은 차치하고, 모든 소통을 짧게는 30분, 길게는 45분, 1시간 단위의 화상 회의로 진행하다 보니 절대적인 회의 횟수와 양이 가히 상상을 초월한다.

출근부터 퇴근까지 부여된 가용 시간은 하루 여덟 시간인데 같은 시간대에 여러 회의가 겹치는 것은 부지기수. 업무와의 관련성을 고려해 중요한 회의를 먼저 참석한다고는 하지만 그렇다고 나머지 회의를 참석하지 않아도 되는 것은 아니다. 국가와 지역 간 시차를 고려해 대부분의 회의가 녹화되어 사후 공유되기 때문에 참석하지 못한 회의는 추가 시간을 확보해 영상으로 시청하고 팔로업해야 한다.

업무 로드 +1. 이런 회의가 하나둘 누적되다 보면 시청 목록이 넷플릭스 구독 목록에는 비할 바도 아니다. 평소 TV나 넷플릭스는 근처에도 가지 않는 나인데 엔터테인먼트 영상 같은 흡입력은 기대해서도, 할 수도 없고, 줄곧 집중력을 발휘해 현업과의 연관성을 검토하고 적용 계획을 고민해야만 한다.

온·오프라인 회의들을 오고 가는 사이 오후가 다 지난다. 분초를 다

투며 시시각각 채워지는 메일과 메시지함의 범람 속에 휩쓸려 가지 않도록 멀티태스킹과 짬 나는 시간을 적절히 활용한다고는 하지만, 그럴수록 정신의 산만함은 더해지고 집중력을 그러모으는 힘은 점점 더 버거워진다. 퇴근 시간이 지나니 비로소 오늘 하루 챙겨야 했던 나머지 업무들을 살펴볼 여유가 찾아든다. 그런데 이마저도 퇴근 이후까지 회의가 잡혀 있다면 말짱 도루묵. 여기에 조직 관리자로서 감당해야 하는 업무 책임까지 고려한다면 하루 24시간은 도무지 턱도 없다. '칼퇴근'이 무엇인지? 내 업무 사전에는 이 단어가 누락된 지 오래다.

이런 것을 예상이나 했을까? 물론이다. 리더십 포지션으로의 커리어 점프와 그에 따르는 적응이 그렇게 호락호락하지 않을 것이라는 것쯤은 진작에 예상했고, 각오도 되어 있었다. 10년이 넘는 시간 동안 일곱 개의 직장에서 커리어 사다리를 오르며 리더십 포지션으로의 이직은 자연스러운 과정이자 선택이었다.

나의 또 다른 한계를 시험하고 확장하는 한편 무한한 잠재력을 일깨우기 위한 도전으로 이만한 것이 없을 테니까. 내 인생사 대부분의 결정이 이러한 자기 성장 욕구로 이루어져 왔던 터였다.

그렇게 사회 초년생 말단 김 대리는 12년이 지나 부문장이라는 리더 직함을 달았다. 이제 그간 축적한 업무 내공이 으라차차 빛을 발해주기만 하면 되겠다고 생각했다. 하지만 안타깝게도 지난 9개월간 정신없는 업무 일정을 소화하며 깨달은 바는 일개 '구성원'과 '리더'는 하늘과 땅 차이라는 것.

무엇이든 처음이 어렵고, 이 또한 숙달되어 지나갈 테지만 초보 리더 9개월 차인 나는 아직도 이 자리가, 이에 따르는 막중한 책임감과 부담감의 무게가, 또 이 위치에서 느낄 수밖에 없는 구성원과의 꽤 먼 심적 거리감이 여전히 어색하고 낯설다. 매일 좌충우돌의 연속이고, 어떻게 하면 '나다운 리더십'을 만들어 갈 수 있을지를 몇 번이고 되뇌어 고민한다.

자칭 타칭 '프로 이직러'로 나 잘난 맛에 승승장구한다고만 생각했지 이제야 그 뒤에 마음껏 성장하고 역량을 발휘할 수 있는 무대와 환경을 만들어 준 리더들이 있었다는 것을 새삼 깨닫는다. 부모를 여의고 나서야 효도를 다하지 못한 것에 대한 슬픔을 풍수지탄이라 했던가? 이제는 가까이에서 앞서거니 뒤서거니 나를 이끌어주고, 내가 직접 보고 배우며 의지할 수 있는 리더가 없다는 사실이 초보 리더로서 홀로서기를 해나가는 지금의 어려움과 외로움을 한층 더 부각하는 것 같다.

분명 나만의 속도로 천천히 숙달하고 성장해 가겠지만 지금 내가 할 수 있는 건 나를 이 자리로 이끈 리더의 흔적들을 찾아 현실에 적용하는 것뿐일까?

리더와 나의 거리
1cm

    인도네시아 자카르타 소재 UN 국제기구에서 기후 변화 및 녹색경제 부문의 프로젝트 매니저로 1년 반의 계약 근무를 마친 참이었다. 귀국 전 발리에서 한 달간의 집중 요가 수련에 매진하고 있을 때 Deputy Country Director인 스티븐으로부터 메일 하나가 날아왔다.

    "이메일 고맙게 잘 받았어요. 당신이 우리 팀의 일원이었던 것은 참으로 기쁜 일이었습니다. 당신의 기여에 깊은 감사를 표해요. 우리 팀과 더 오래 함께할 수 있었으면 하는 바람도 있지만, 앞으로 펼쳐질 길에 큰 행운을 빌어요. 당신의 잠재력을 믿으니 새롭게 시작할 챕터에서도 모든 것이 순조롭게 흘러가기를 진심으로 응원합니다. 언제든지 도울 일이 있다면 편하게 연락해요. :-)"

    근무 종료를 앞두고 본국으로 휴가를 떠난 스티븐에게 직접 인사를 전하지 못한다는 것이 너무 아쉬웠다. 지난 시간 그가 나에게 베풀어준 마음을 생각한다면 응당 감사를 표해야겠다고 생각했다. 전 직원에게 보내는 그룹 메일과 함께 그에게는 지극히 개인적인 감사 인사를 담은 메일을 따로 하나 더 보내 둔 뒤였다. 마지막으로 업무를 정리하고 자카르타를 떠난 지 며칠이 지나서야 그에게서 답신이 도착한 것이었다.

스티븐은 기존에 내가 가진 리더십의 전형을 신선하게 깨뜨려준 사람이었다. 이미 한국에서 4년 넘는 직장 생활로 통상적인 상사와 직원 간의 관계와 그 안의 행동 원칙에 대해 나름의 기준이 어느 정도는 잡힌 상태였기에 그를 통해 겪었던 경험 하나하나가 단순한 새로움 그 이상이었다. 한국에서는 보통 직속 상사의 상사는 쉽게 마주할 기회도 없었을뿐더러 다가가기에도 상당히 부담스러운 존재이기 마련인데, 그는 입사 초부터 인도네시아인 직속 상사보다도 더 친밀한 관심을 갖고 내게 먼저 다가와 주었다.

"민영, 잠깐만! 대체 사무실에 있기는 한 거야? 꼭 일에 관한 것이 아니어도 좋으니까 종종 내 집무실에 들러 그냥 '안녕(just say 'hello')'이라도 하고 가~."

근무를 시작한 지 얼마 되지 않아 그의 집무실을 지나치던 참이었다. 같은 층에 내가 근무하는 사무실이 있었기 때문에 종종 다른 팀에 볼일이 있을 때 코너를 돌아 그의 집무실을 지나쳐 가는 경우가 있었는데 그날 따라 그가 역시나 인사 없이 지나가는 나를 포착하고 멈춰 세운 것이었다. 입사 후 직속 상사의 안내에 따라 그의 집무실에서 첫 인사를 했을 때 '언제든지 편하게 찾아오라.' 말을 하기는 했었는데 당연히 예의상 건넨 말로 치부했던 터였다. 그 뒤 단 한 번도 찾아가지 않은 나를 콕 집어 약간의 농담 섞인 말투로 재차 비슷한 당부 아닌 종용을 해오니 이를 어찌 해석해야 할지 난감했다.

리더들은 항상 바쁘고, 중요한 의사결정이 필요하지 않은 한 사소하고 불필요한 용건으로 업무 방해를 해서는 안 되는 존재로 각인되어 있었기에 언제든지 마음이 내킬 때 찾아가 그냥 인사만 하고 간다는 것이 도통 가당키나 한 일인가 싶었다. 그 자리에서는 그러겠노라 대답하며 면피했지만 그것도 그때뿐. 습관으로 체화되지 않은 나는 곧 평소의 나로 돌아갔고, 업무 보고로 그의 집무실을 찾았을 때 또 한 번 이를 마주해야 했다.

"민영, 이렇게 정식으로 보고할 용건이 없어도 업무 진행 상황을 간단히 집무실로 와서 업데이트해주겠어? 같은 팀 일본인 토모도 특별한 일 없어도 편하게 오고 가며 한두 마디 던지고 가거든."

경고 카드 두 장. 일에 관한 한 대쪽 같은 선비처럼 겸손함을 겸비하고 묵묵히 하는 편을 선호하기에 그의 집무실에 찾아가 시시콜콜한 업무 진행 상황을 일일이 공유한다는 것이 어쭙잖게만 느껴졌다. 답답함에 토모를 찾았다.

"토모, 스티븐이 자꾸 집무실에 와서 가볍게 인사하고 가라는데 너는 대체 어떻게 하는 거야?"

"하하하! 여기가 국제기구잖아, 소위 날고 기는 사람들이 한데 모인다는. 여기서는 없는 것도 있는 것처럼, 모르는 것도 아는 것처럼, 작은 일도 큰 의미를 부여해 자기 능력과 성과를 강조할 줄 아는 게 중요해. 그렇다고 거짓말까지 하라는 건 아니고, 알지?

나도 일본인이지만 확실히 아시아인이 상대적으로 그런 능력이 부족하기도 하고, 남이 알아주기만을 기다리다가 손해 보는 경우가 많은 것 같아 안타까워. 국제기구에서 잔뼈 굵은 스티븐이 아마도 이제 막 첫발을 뗀 너에게 그걸 가장 먼저 트레이닝 시켜주려는 걸 거야. 나도 너한

테 액티브(active)를 넘어 프로액티브(proactive)해져야 한다고 했던 게 이거랑 일맥상통하는 거고. 마음 편히 생각해. 처음이 어렵지, 오히려 격식 없이 업무 조언을 구하기도 좋고, 평소 네가 어떻게 일하고 있는지도 수시로 업데이트할 수 있으니 이점이 더 많아."

영국 유학 중 세미나 시간마다 적극적으로 의견을 표현하고 논리적으로 반박하는 동기들을 보며 그 적극성과 대담성에 몇 번이고 기가 죽었던 기억이 되살아났다. 원어민에 대한 부러움과 질투를 넘어 말을 트고 그런 마인드와 자세를 장착하기까지 꽤 오랜 시간이 걸렸는데, 한국에 돌아와 일하는 사이 원점 복귀되었던 것이 분명했다.

몇 번의 당부에도 행동의 변화가 없다는 것을 느낀 스티븐은 급기야 커피 챗(coffee chat)을 제안해 왔다. 역시나 뜸 들이면 손해, 이제야 행동 좀 취해볼까 했더니 상대방은 이미 다음 단계로 넘어가 버린 상황. 약속된 시간에 맞춰 사무실 건물 1층 로비에 작게 마련된 커피숍을 찾았다. 먼저 자리해 기다리고 있던 그가 일어나 반갑게 악수로 나를 맞이하며 볼 키스를 건네왔다. '우왓, 이건 또 무엇?!' 상사와의 볼 키스는 또 다른 문화적 충격이 아닐 수가 없었는데 이를 체 소화할 여유도 없이 금세 대화의 물꼬가 트였다.

여기까지 이르게 된 과정부터 시작해 취미와 주말 루틴, 인생의 목표 등을 아우르는 지극히 개인적인 대화가 약 한 시간 남짓 이어졌다. 이날의 대화 이후 윗사람을 마주하고 대하는 나의 마음가짐과 자세에 자연스레 변화가 생겼다. 좋으나 싫으나 받들고 따라야 하는 약간은 어렵고 불편한 존재에서 이제는 같은 동료로 함께 걸어가며 보조를 맞추는 사람으로 보이기 시작한 것. 그리고 이를 증명기라도 하듯 남은 근무 기간 내내 그는 상사라기보다는 함께 일하는 동료로, 필요할 때면 언제나 도와줄 준비가 되어 있는 든든한 지원군으로 자리했다. 인니 정부의 기후변화 신탁펀드를 설립하는 중요한 프로젝트임에도 항상 업무에 관한 한 내 의견을 먼저 구하고 존중해 주었기에 실무 담당자로서 기본적인 책임의식을 갖고 임할 수 있었던 것은 물론이고, 기회가 있을 때마다 관련 애로사항은 없는지를 확인해 왔다. 거기에 종종 업무 메일 말미에 내가 좋아할 것 같다며 개인적으로 감명 깊게 본 영화를 추천해 주거나 취미로 찍은 예술 사진 등을 추신으로 함께 달아주는 우정의 제스처도 잊지 않았다.

나의 근로계약이 끝나갈 즈음에는 스티븐과 업무 관련은 물론이고 인생의 고민과 상담까지 나눌 수 있는 친분이 쌓이게 됐다. 기존 1년 계약이 만료되기도 훨씬 전, 반년여의 계약 연장에 힘을 실어 준 것도 다름 아닌 그였다. 내가 심혈을 기울여 작성한 프로젝트 최종보고서의 초안이 문법이나 표현상으로 수준에 한참 못 미쳐 원어민 동료의 검토와 수정을 지시했던 그였다. 그랬던 그가 직접 작성한 추천서를 받아 들고 너무 칭찬 일색이라 얼굴이 발갛게 달아올랐던 기억이 난다. 날렵하고 시원한 필체의 서명이 담긴 그의 추천서는 자카르타를 떠나는 날까지 책상머리에 찰싹 달라붙어 인생의 다음 챕터를 시작하기 위한 마르지 않는 열정과 동기의 원천이 되었다.

일과 조직관리, 리더십은 물론이고 인생 전반에 걸쳐 닮고 싶은 롤모델이자 멘토를 만날 수 있었던 건 내가 인도네시아 오피스에서 일하며 얻은 많은 보배들 중 으뜸으로 손꼽히지 않을까? 마르고 훤칠한 키에 날렵한 카리스마를 가졌으나 그 속에는 자메이카인으로서의 선천적인 흥과 개구쟁이 같은 면모를 함께 품고 있었던 스티븐, 여전히 나에게 따뜻한 우정의 리더십 모델로 자리하고 있다.

숨 가쁘게 달려온 10년,
나를 지켜온 힘 세 가지

나의 첫 사회생활은 환경 컨설팅 회사에서 시작됐다. 경영을 전공하고 여기저기 물불 가리지 않고 지원서를 넣었던 와중에 가장 첫 번째로 합격 통지를 받았다는 단순한 이유 하나가 전부였다. 살다 보면 그렇게 어처구니없는 방식으로 새로운 인생의 챕터가 시작되기도 하니까. 어찌 됐든 그게 연이 되어 지난 13년간 정부부처와 국제기구, 국책연구기관 및 국내외 컨설팅 기업 등 총 일곱 개의 다른 조직에서 기후변화 대응과 지속가능발전 촉진과 관련된 업무 경력을 이어 오고 있다.

대부분 정책과 전략 수립, 프로젝트 관리와 이행, 국제협력과 자문을 제공하는 업무 등을 담당했다. 환경 컨설팅 회사에서는 3년이 조금 넘는 시간 동안 다양한 프로젝트를 수행하며 컨설턴트로서의 기본 실무와 역량을 다지는 동시에 나의 적성을 여러 방식으로 테스트했다. 그렇게 찾아낸 다음 단계가 환경정책 석사과정을 통한 이론적 지식 보강이었다. 그 이후에는 환경 국책연구기관에서 실제 정책 수립 과정에 참여하고, 인도네시아 소재 UN 국제기구에서 기후변화 프로젝트 관리를, 한국으로 돌아온 뒤에는 정부부처 소속으로 온실가스 감축 관련 국제협력을 담당하며 실무 경험을 차근차근 쌓았다. 파리협정 이행과 함께 민간 부문의 온실가스 감축 노력이 더욱 중요해짐에 따라 최근 몇 년 전부터는 컨설팅으로 다시 자리를 옮겨와 많은 국내외 기업들의 탈탄소 전환 여정을 지원해 오고 있다.

잦은 이직으로 점철된 나의 커리어 여정은 나 자신을 믿고 내면의 목소리를 따라온 과정에 지나지 않는다. 늘 항상 자기 성장의 기회를 찾아 새로운 도전에 임해왔고, 그 과정에서 도전의 결과에 상관없이 어떠한 도전이라도 버려지는 경험은 없다는 것과 그 경험 자체로 커리어 내공이 쌓이고 힘이 된다는 것을 체득했다.

이는 커리어 관점과 시야의 확장으로 이어져 이전에는 알지 못했던 새로운 기회의 문을 열어주었다. 하지만 매번 도전에 임하는 결정이 쉬웠던 것만은 아니다. 당연히 선택과 결정의 매 순간 감수해야 할 리스크와 포기해야 할 옵션들이 산재해 있었다. 영국 유학을 위해 첫 직장에서 3년 넘게 일하며 모은 전 재산을 탈탈 털어야 했던 것이 그러했고, 아무런 계획도 없이 회사가 제안한 휴직 옵션을 포기하고 퇴사를 감행한 것, 꽤 보람되고 안정적인 공무직을 내려놓은 것, 내 인생과 커리어의 성장을 위해 숱하게 결별을 선언한 과거의 연인들이 그렇다.

당시에는 대부분의 결정이 주변 사람들에게는 꽤 심각한 인생 실수처럼 여겨졌지만 나는 오히려 이를 동력 삼아 어떠한 결정이든 후회하지 않을 결과로 만들어낼 자신이 있었다.

무조건적인 나에 대한 신뢰와 자기 효능감은 반평생 이상에 걸친 저널링과 독서, 그리고 꾸준한 운동 습관에서 기인한다. 내 커리어를 단단히 지탱해온 단순하지만 아주 강력한 힘이다. 무엇보다 나에 대한 메타 인지 능력을 책임지는 저널링은 초등학교 1학년 때부터 쓰기 시작해 근 30년 넘게 이어오고 있다. 매일 밤 하루를 마감하기 전 책상 앞에 앉아 그 날 하루의 주요 사건에 대한 교훈과 감정, 감사한 일들을 중심으로 내 안의 나와 조우하는 시간을 반드시 갖는다. 매일의 기록을 모아 월간 단위로 리뷰하고, 연말에는 하루 이틀의 시간을 마련해 셀프 연례 평가 세션을 진행한다. 여기에 시기에 따라 개인적인 생각과 고민, 내면의 감정을 조금 더 면밀하게 바라보고 기록하는 두어 권의 노트가 추가되기도 한다.

대학교 1학년 때부터 이어오고 있는 독서와 운동은 심신의 건강을 지켜주는 든든한 양대 산맥이다. 특히 직장인으로서 시간적 제약에 뒤로 밀릴 수밖에 없는 독서는 나름의 궁여지책으로 점심시간을 이용해 최소한의 시간을 확보하려고 노력했다. 그러자니 점심시간만 되면 동료와의 점심은 뒷전이고 으레 자리에서 간단히 요기하며 책을 읽거나 이마저도 불편한 시선과 방해를 피해 가까운 서점 또는 도서관을 줄기차게 찾아다녔다.

아직 우리나라 직장 문화가 점심을 같이 먹으며 관계를 돈독히 다지는 편이다 보니 내 욕심만 차리는 것이 눈엣가시였겠지만 이렇게라도 하지 않으면 내적 성장을 위한 절대적인 시간 확보가 어렵다는 것이 너무나 명확했기에 나에게는 절대 타협할 수 없는 사안이었다. 특히나 불철주야가 기본값으로 설정된 컨설팅 회사에서는 야근이 엄청 많다 보니 내 시간을 확보하기 위한 집념과 투쟁이 더 유별나게 도드라져 보였을 테다.

점심시간 외에도 예정에 없던 야근과 갑작스레 잡히곤 했던 저녁 회식 일정 등에 불편한 내색을 거침없이 드러내는 편이었다 보니 주변 동료들에게 잦은 오해를 사고 심지어는 업무 성과 평가에까지 영향을 미치기도 했다. 선천적으로 사회성이 부족하지 않은 이상 원만한 직장 생활을 위해 적당한 융통성의 발휘도 어느 정도는 필요함을 모르는 바 아니었으나 나에게는 시간 확보가 그만큼이나 절실했기에 타인의 시선이나 평가는 크게 괘념치 않았다. 어차피 모든 것을 만족하고 가질 수 없는 이상 선택과 집중이 필수이니까.

운동에 대한 열정도 마찬가지. 보통 출근 전 새벽 혹은 퇴근 후 저녁 시간을 활용해 수영, 스쿼시, 기구 및 웨이트 트레이닝, 요가, 필라테스, 폴댄스, 조깅 등 시기와 컨디션에 따라 종목을 바꿔가며 매일의 습관으로 이어왔다. 특히 단순한 체력 운동의 의미를 넘어 삶의 철학으로 받아들이고 있는 요가는 직장을 옮기는 사이사이 긴 휴가를 활용해 인도 마이소르와 발리, 하와이까지 찾아가 몇 달에 걸쳐 강사 트레이닝과 집중 수련 과정을 이수하며 아쉬탕가 요가 수련을 10년 넘게 이어오고 있다. 덕분에 직원들 대상으로 요가 클래스를 열어 달라는 요청이 단골 멘트처럼 따라다닌다.

매일 같이 새벽 수련을 목숨처럼 지켰던 때에는 2주 넘게 빡빡한 일정으로 채워진 해외 출장에까지 매트를 챙겨가 잠을 줄여가면서 수련했는가 하면, 그보다 짧은 일정에는 호텔에 있는 피트니스센터에서 고집스럽게 수련을 사수했다 보니 이런 내 모습과 집념이 적지 않은 동료들에게 꽤 유별나고 대단한 일로 받아들여지곤 했다.

컨설팅 프로젝트 업무로 잠 한숨 못 자고 서른네다섯 시간 이상 초 강행군을 달려야 했던 시기마저도 지쳐 쓰러져 종일 잠만 자거나 친구들을 불러내 부어라 마셔라 스트레스를 풀기보다 가까운 산을 찾아 가열차게 정상에 오르며 에너지를 충전했을 정도이니 나에게 숨쉬기나 다름없는 운동에 대한 열정은 더 이상 말이 필요 없을 정도다.

철저한 자기관리 원칙이 바로 서고 온전히 행동으로 지켜졌을 때 커리어 성장의 가능성도 한 뼘 더 높아진다고 믿는다.

성장할 기회와 환경을 제공하는 리더의 역할도 물론 중요하지만 내 삶이 건강한 토양 위에 자리하고 있지 않다면 어떠한 기회의 씨앗도 키워낼 수 없다. 나에게는 저널링과 독서, 운동 이 세 가지가 내 삶에 무한한 긍정성을 갖게 하고 어려운 시기를 강한 자기 회복력으로 이겨낼 수 있도록 해주는 신선한 원천으로 작용한다.

가까이에서 나를 지켜보는 지인들이 가끔 놀라 혀를 내두를 정도로 직장 생활에 헌신을 다해 임할 수 있는 것도, 종종 피할 수 없이 찾아오는 업무 매너리즘과 무기력의 늪에서 사정없이 허우적댈 때 나를 다시 힘껏 건져 올릴 수 있는 것도 다 이 세 가지 힘 덕분이다.

What's Next?

　　　　　나는 이제 리더십의 포지션으로 새로운 커리어의 전환점을 지나고 있다. 작년 8월 나를 포함해 여섯 명으로 시작한 작은 팀이 올해 두 배로 커질 예정에 있다. 확실히 나 혼자만의 성장보다는 우리 모두의 성장, 조직 전체의 대의적 성장에 시선이 향한다. '팀이 성장하지 않으면 내 성장도 없다.'라는 전제가 내가 팀을 기본적으로 이끄는 방향과 철학에 녹아 있다. 지금까지는 기후변화와 지속가능성 분야에서 내가 세상을 위해 만들어 낼 수 있는 긍정적인 영향이 무엇일지가 주된 관심사였다면 이제는 어떠한 모습의 리더로 조직과 개별 구성원 모두에게 선한 영향력을 발휘할 수 있을까를 늘 항상 고민한다.

　'리더'라는 그릇 안에 스티븐처럼 언제든지 마음 편히 찾아갈 수 있는 친근하고 정감 있는 리더 모습 한 스푼, 구성원의 커리어 목표를 세심하게 파악하고 이를 적극적으로 지원하는 스폰서의 모습 한 스푼, 저널링과 독서, 운동의 탄탄한 삼박자로 다져진 자기관리 끝판왕 롤모델로서의 모습 한 스푼을 덜어 넣어 나만의 리더십을 만들어 간다. 바늘로 찔러도 피 한 방울 나지 않을 것처럼 자기중심적이던 나도 영락없는 피플 매니저로 거듭나는 데에 9개월은 실로 충분한 시간이었나 보다. 하루하루 정신줄을 쏙 빼놓는 좌충우돌의 나날 속에서도 리더십의 씨앗은 그렇게 서서히 뿌리를 내리고 움을 틔우고 있었다. 내가 원해 제 발로 찾아 들어온 길이지만 역시 자리가 사람을 만든다는 사실을 다시 한번 깨닫고 있다.

하지만 리더가 된다는 것이 과연 여기에서 끝일까 생각한다면 오산. 롤러코스터만 같았던 지난 9개월이 나에게 또 한 가지 똑똑히 가르쳐 준 것이 있다면, 리더란 그저 단순히 사람과 조직을 관리하는 일차원적인 수준에서 머무는 것이 아닌 조직의 방향을 정하고 개인이 지닌 의사결정권의 힘으로 실질적이고 의미 있는 변화를 만들어 가야 한다는 점이었다.

여태 내 앞에 선 리더를 전적으로 믿고 그들의 꽁무니만 마음 편히 뒤쫓던 내가 그들의 위치에 올라 조직이 나아갈 방향을 내 손가락 끝으로 가리키려니 그 책임감이 가히 막중하다. 여기가 맞는 길이라고 친절히 알려주는 안내원도 이정표도 단 하나 없다. 나를 대신해 방향을 결정하고 그 결과를 오롯이 책임질 든든한 백이 있는 것도 아니다. 오로지 내가 가진 철학과 원칙, 조직을 이끄는 뚜렷한 목적 의식에 준해야 한다. 더 이상 일만 잘하면 되는 문제가 아니니 한편으로는 더욱 겸손해 지면서도 다른 한편으로는 내 생각과 의지로 어떠한 그림도 그릴 수 있는 하얀 캔버스를 앞에 둔 것처럼 고무적이다. 나의 성장만을 우선시하며 커리어를 쌓아온 이전과는 확실히 다른, 조직에 대한 헌신의 마음가짐과 구성원의 바람막이가 되어야겠다는 책임의식이 자연스럽게 동시에 인다. 리더가 되어도 배움에는 역시 끝이 없다. 하루하루 보이지 않는 속도로 리더로서의 정체성과 모양을 잡아가는 오늘의 성장 여정이 무엇보다 각별한 이유가 여기에 있다.

나는 여기에 개인적인 욕심 한 가지를 더 보태어 보려고 한다. 나의 직장 생활 전반에, 아니 내가 여성으로 태어나고 자란 인생 전반에 따라다닌 질문 한 가지, '왜 여자들은 동등한 기회를 누리지 못할까?'에 대한 답과 해결책을 만들어 갈 시점이라는 판단이 들기 때문이다.

"나 혼자만 여자인 거 알아? 회의실에 들어가면 죄다 검은색 수트로 무장한 남자들뿐이야."

직전 직장에서 영국인 직속 상사가 경영진 미팅에 들어가는 길에 거북한 얼굴 표정으로 나를 붙잡고 던진 한마디. 이 메시지가 내 마음을 몇 번이고 울렸던 이유는 지난 10년이 넘는 직장 생활 동안 피라미드형 조직구조를 따라 위로 올라갈수록 여성의 자리가 급진적으로 감소한다는 꽤 불편한 진실을 나 또한 줄곧 목도해 왔기 때문이다. 남녀 성비가 비교적 크지 않고, 처우상의 차별도 달리 느껴지지 않는 곳에서 대부분 경력을 이어왔어도 그렇다.

리더가 되기 이전에는 여성 리더 롤모델의 부재로 느껴왔던 바이고, 리더가 된 이후에는 나의 현실로 체험하고 있는 문제이기도 하다. 대체 그 많던 여자 동료들은 어디로 갔는지, 여전히 삶의 여러 영역에서 온갖 희생을 강요받는 성 역할에 따라 자의로든 타의로든 누군가를 위해 자리를 넘겨줄 수밖에 없는 것인지, 어린 시절 명절 때마다 극명하게 갈렸던 성 역할 대비에 느꼈던 심적 불편함과 답답함을 어른이 된 이후에도 또 다른 차원으로 마주하고 있다.

각종 언론사에서 다루는 고위급 행사 스냅샷 속 홍일점(홍일점이라도 있으면 그나마 다행이다.)을 직면할 때마다 이 시대를 살아가는 한 여성으로서 느끼는 시대적 좌절감이 이루 말할 수 없다. 통탄하는 마음으로 도대체 어디서부터 어떻게 바로잡아 가야 하는지, 개인으로서 내가 할 수 있는 일은 무엇이 있을지를 끊임없이 묻고 또 묻는다.

우리는 일 년에 딱 한 번 여성 역량 강화와 성 평등 실현을 부르짖는다. 매년 3월 8일이면 찾아오는 세계 여성의 날이다. 우연하게도 내가 태어난 날이기도 하다. 하지만 이날이 가진 의미를 알게 된 어느 시점 이후부터는 생일보다는 세계 여성의 날을 기념하는 것에 더 무게를 두어왔다. 여성 역량 강화와 성 평등을 왜 365일 중 단 하루만 상기해야 하는지에 대한 문제는 차치한다 하더라도 이날 하루조차도 모르고 지나가는 사람들이 너무나 많기 때문이다.

여성으로서 유리 천장을 넘어 리더십 포지션으로의 커리어 점프를 목표로 했던 이유도 리더만이 가질 수 있는 목소리와 의사결정권의 힘으로 작지만 의미 있는 변화를 만들어내고 싶었기 때문이다. 마침 작년부터 참여 중인 '엠파워 프로그램(주한영국대사관·영국상공회의소 주관 한국 여성 직장인 리더십 향상 프로그램)'이 이러한 개인적 고민과 열망을 각계각층의 여성 동년배들과 함께 나눌 수 있는 뜻깊은 소통 창구가 되어 주었다. 특히 프로그램 말미에는 영국 주요 기관과 기업에 소속된 저명한 여성 리더들과의 네트워킹을 통해 나의 사명을 구체적으로 실천할 수 있는 많은 희망의 단초를 얻을 수 있었다.

여성 리더가 가뭄에 콩 나듯 있는 팍팍한 한국 직장에서는 이러한 기회는 물론이고 마땅한 롤모델 찾기도 하늘의 별 따기이기에 그간의 갈증을 시원하게 해소하는 시간이었달까?

"정치에서 여성의 자리 확보가 왜 중요할까요? 그래야만 국가 정책

입안에 참여할 수 있고 실질적으로 작동하는 제도를 마련할 수 있으니까요. 비즈니스도 다르지 않아요. 경영진에 여성이 속해 있어야 직장 내 성비와 처우 불균형의 문제를 해결할 수 있어요. 목소리를 높여야 해요. 앞으로 나와 당당하게 자리를 차지해야 해요. 사회 구성원 모두가 공정하게 번영할 수 있는 환경은 그 결정을 만들어내는 자리에 남녀가 모두 균형적으로 존재할 때 가능해요."

"여성 역량 강화와 성 평등이 과연 여성 개인 혼자만의 문제일까요? 저출산 문제를 필두로 해서 우리가 현재 지불하고 있는 사회적 비용을 고려하면 명백하지 않나요? 문제의 관점을 확대해야 해요. 이는 성별 구분 없이 우리 모두가 하나 되어 나서야 하는 사회적, 조직적인 도전 과제예요."

"남성을 흔히들 성 평등 실현을 위한 여성의 '지지자(ally)' 또는 '협력자(supporter)'라고 하는데 이 단어부터 바꿔야 해요. 말이 사람의 생각과 행동을 규정하잖아요? 남성은 여성과 마찬가지로 이 문제에 직간접적으로 관여된 '이해관계자(stakeholder)'에요. 남성을 협력자로 치부하지 말고 서로가 동등한 위치에서 능동적인 문제 해결을 위해 함께 힘을 모아야 해요."

기후변화와 지속가능성 이슈에서 여성 역량 강화와 성 평등으로 범위를 넓혀 말로만 빚어내는 사상누각 리더십이 아닌 행동하는 리더십으로 긍정적인 영향력을 만들어내는 것. 나 혼자가 아닌 우리 모두가 함께할 때 사회를 변혁시키는 힘이 강해질 수 있음을 믿고 리더십에 더 많은 여성이 참여할 수 있도록 주도적인 목소리를 내는 것. 내가 경험한 희망의 울림이 아름다운 선순환으로 계속 이어질 수 있도록 하기 위한 나의 첫 번째 미션이다. 직장과 우리 사회 전반에 여성이 차지

하는 자리와 목소리가 확산될 때 지금의 불편한 사회적 현실에 조금씩 금이 가고, 새로운 변화가 생겨나지 않겠는가?

이 시대 한국의 오늘을 살아가는 한 여성 리더로서 나만의 리더십으로 나다운 길을 개척하며 의미 있는 발자취를 만들어 갈 다음 10년의 커리어 여정이 몹시 기대되는 이유다.

04.

20년 차 기자의
워라범벅 속 독립 육아기

박세영

중국에서 금융 MBA를, 영국에서 국제전략과 외교를 공부했다. 미국에서 미중 경쟁과 한국의 전략을 연구했다. 전 베이징 특파원, 현 디지털 콘텐츠부 차장. 금주머니 TV 기획 및 진행자. 지루한 걸 힘들어하고 새로운 걸 배우는 것을 좋아한다. 중국에서 코이카 소속으로 파견돼 한국어 강사를 2년간 했다. 책을 좋아하고 말이 많고 글도 많이 쓰는 아들과 대화가 끊이지 않으며 서로 존경하는 사이다.

서면 취재, 앉으면 기사, 누우면 기획

오전 4시 30분, 두어 번 알람이 울리면 일어나 뉴스 앱을 켜고 뉴스를 확인한다. BBC4를 알람으로 2년간 설정해 둔 게 루틴이었지만 시끄럽다는 가족들의 불평에 요즘은 그냥 평범한 알람이다.

오전 5시 20분, 외모나 복장에 신경 쓰지 않는 신문 기자로만 살았지만, 유튜브 방송 촬영을 하는 날은 의상도 머리도 조금은 신경이 쓰인다. 택시를 부른다. 이 시간 시내 쪽으로 가는 대중교통이 없다. 그동안 택시비로 얼마를 썼을까?

오전 5시 50분. 회사에 가면 대체로 누군가 먼저 와 있다. 컴퓨터를 켜고 앉아 창 여러 개를 띄운다. 우리 회사 웹 편집 페이지, 포털에서 데이터와 기사들을 체크한다. 동시에 어떤 기사를 쓸지 빠르게 고민해야 한다. 각 부서의 취재 기자들의 기사가 웹 전송되어 오기 전까지 필요한 기사들을 처리해 준다. 예전 신문에 쓸 기사만 준비할 때와는 타임라인이 다르다. 거의 10분 단위로 판단+ 행동+ 아웃풋까지 이뤄져야 하니 아침 시간에는 정신없이 바쁘다.

오전 7시 30분, 숨 가쁘게 한 시간 반을 일하다가 어느 정도 굴러가는 상황이 되면 화장실에 가거나 카페에 가서 커피를 사 온다.

오전 8시 30분, 이제 국내 기사 속보들을 빠르게 확인해 처리한다. 총선 직전에는 정치 기사들이 쏟아졌다. 오늘 편집회의 결과를 전달받으면 오늘 어떤 기사들이 들어올지 알게 된다. 그걸 보면서 오전에 어떤 기사를 어떻게 처리할지도 판단한다. 마감 시간이 다가올수록 지면 기사 배치와 편집에 더 촉각을 세우게 된다. 오늘 각 부서의 취재기자들이 지면용으로 준비한 기사 중에 어떤 걸 우선 채널에 걸지 후보들을 정해볼 수 있는 시간이다.

오전 11시 30분, 예전 지면에 들어가는 기사를 준비하는 시절에는 이쯤이면 거의 할 일이 끝나가고 오늘 기사가 잘 들어갔는지 확인을 하며 마무리를 할 시간이다. 하지만 디지털콘텐츠부에서 아주 중요한 부분 중 하나는 우리 신문이 오늘 생산한 콘텐츠들을 각종 플랫폼에 배열하고 편집해 온라인 독자들에게 보여주는 것이다. 어떤 방식으로 뭘 우선으로 전달할지, 배열할지를 빠르게 결정해야 한다. 쏟아지는 기사들을 읽으면서 엠바고(보도유예) 시간이나 오류도 확인한다. 엠바고가 걸린 기사가 지정 시간 전 온라인에 릴리즈되는 건 사고다.

오후 00시 20분, 오늘 신문에 들어간 콘텐츠(기사)들의 웹 전송이 마쳐지고 나면 그걸 베이스로 한 편집판을 만든다. 점심시간에 핸드폰으로 기사를 보는 독자들이 많기 때문에 이 시기의 배열은 아주 중요하다. 그리고 빠르게 점심을 먹는다. 가끔 약속을 잡아 나가기도 하지만 예전처럼 점심을 편안한 마음으로 먹을 수는 없는 건 단점이다. 중간에 중요한 속보는 없는지, 편집해 놓은 기사를 교체해야 하는데 뭘 교체해야 하는지 신경이 쓰인다.

오후 1시~5시, 뉴스 편집판을 업데이트하고 속보를 쓰는 일을 계속한다. 때로는 취재 부서나 각부 데스크들의 온라인 기사 수정 처리나 편집 관련 요청들을 처리한다. 오후에 유튜브 촬영이나 준비도 한다. 금융 재테크 이슈를 다루는 채널인데 내용 기획, 외부 출연자 섭외, 대본, 진행을 맡아 한다. 촬영을 마치고 영상 스텝들이 편집해 오면 자막 감수나 썸네일 컨셉 조율 등 피드백을 주고 최종 OK까지 하는 일도 내 책임이다. 저녁 약속이 있는 날은 시간이 애매하니 회사에서 밀린 일들을 처리한다. 기자는 서면 취재 앉으면 기사 누우면 기획이라 하던가? 낮 시간 동안 채널 관리 등으로 밀린 방송 섭외나 기획, 대본 작성, 편집 검토 등의 일들을 처리한다.

오후 5시, 저녁에 일정이 없으면 요가센터로 걸음을 옮긴다. 장시간 높은 수준의 집중력으로 신경을 곤두세워야 하는 업무로부터 휴식이자 충전 타임이다. 순간 잘못하면 수백만 명, 또 네이버, 다음, 구글 등 온라인으로 우리 콘텐츠를 보는 모든 독자들에게 우리 콘텐츠가 오류를 내보이는 상황이 발생할 수 있기 때문에 업무 긴장도가 상당하다. 수면이 부족한데도 가능한 요가를 가려고 노력하는 또 다른 이유는 핸드폰과 50분간 떨어져 내 호흡과 뻐근하게 당겨오는 내 몸에 집중할 수 있는 시간이 소중하기 때문이다. 핸드폰을 요가룸에 못 들고 오게 하는 요가센터의 방침이 감사하다.

오후 7시 20분, 퇴근길에 알림장과 준비물 등을 확인한다. 때로는 영상 편집을 확인하기도 한다. 수다스러운 아이와 저녁을 먹고 숙제를 시키고 자라고 독촉하다 보면 훌쩍 11시를 향해 간다. 못한 일들이나 다른 일정을 체크하고 누워서 기사나 유튜브나 SNS 등을 뒤적이다 잔다. 이렇게 일반적인 하루는 끝난다.

야간근무를 하는 날은 오전에 푹 잘 수 있다. 아침 등교를 책임져주는 친정어머니의 희생 덕분이다. 그런 날은 낮에 집안일을 처리하고 운동을 하려고 애쓴다.

오후 4시 반부터 주간 채널 담당자들이 인수인계를 해주면 혼자서 다음날 새벽 1시까지 오롯이 모든 속보와 채널 업데이트를 감당한다. 가끔 중요한 기사가 있으면 1시 이후까지 근무할 때도 있다. 총선 날이나 대통령 해외 순방, 프랑스 파리에서 발표했던 엑스포 개최지 발표 등의 뉴스 등이다.

최근에는 데스크(부장) 부재 시 대리 역할까지 해야 하는 일도 종종 생긴다. 편집회의에 들어가거나 경영진들에 일대일 대면 보고를 하는 건 어색하고 긴장도 되는 일이다. 이런 업무와 나의 하루는 보통의 기자들과는 조금 다른 것이다. 현장 기자들의 업무는 출입처로 출근, 조간신문 및 타사 관련 분야 기사 스크리닝과 기사 발제(기사 계획) 등을 하고 퇴근하거나 저녁에 식사를 겸해 취재원을 만나는 경우가 많다.

어쩌다 20년 차 기자

기자가 되기 전 외교부 산하 국제협력단, 코이카 소속 봉사단원으로 중국의 한 대학에서 한국어 강사로 2년여간 활동한 적이 있었다. 그 외에는 기자 외에 다른 직업을 가져 본 적이 없으니 비교는 어렵다. 하지만 워라밸은 남의 나라 얘기고 딱히 승진이나 경제적 보상이 큰 것도 아니며 "요즘 누가 종이 신문 보냐."라는 말이 자연스러운 시대가 될 때까지 나는 왜 이 직업을 가지고 있는 걸까.

활자 중독 어린이, 떡엉을 찾다

왜 하필 기자가 되었느냐, 왜 힘든데 계속하느냐고 사람들이 종종 묻는데 "나랑은 잘 맞았다."라고 대답하는 편이다. 어릴 때부터 글 쓰고 책 보는 것을 좋아했고 신문을 즐겨 읽었다. 탈냉전이 도래한 1990년대 신문의 주요 내용 중 북한 핵 문제, 김일성 사망, 등소평 사망, 선거, 성수대교 붕괴 등 관련 신문들이 아직도 생각난다. 신문은 물론이고 시사주간지, 월간지, 문호이신 집안 어른 월탄께서 쓰신 삼국지나 각종 대하소설도 읽었다. 옛날 책들은 세로로 쓰여 있었다. 심지어 요리책이나 성경, 백과사전, 국어사전, 마트 전단지까지도 활자로 된 것들은 다 몇 번씩 읽었던 것 같다.

중학교 때 선물 받은 『대륙의 딸』이라는 책을 보고는 삼국지의 나라이면서도 공산국가, 죽의 장막 뒤에 있는 가까운 나라 중국에 대해 엄청난 흥미를 가지게 됐다. 당시 학교를 마치면 집 근처 서점에 가서 책을 읽고 친구와 만나 간식을 먹고 집에 오는 게 루틴이었는데 과학, 철학, 역사, 그냥 각종 소설 등 닥치는 대로 읽었었다. 지금 돌아가신 서진영 교수님의 『중국 정치론』을 보고 가슴이 뛰었다. 『죽은 경제학자의 살아있는 아이디어』를 읽고는 감명받아 "나중에 이런 훌륭한 책을 번역하고 싶다."라는 생각도 했다. 삼국지도 원서로 보고 싶었고 중국 정치 관련한 문서나 중국 신문도 그대로 읽는 날을 꿈꿨다.

그렇게 외고 중국어과를 거쳐 중국정치의 대가였던 서 교수님이 계신 대학의 정치외교학과를 진학하게 됐다. 대학에 가면 빨리 내가 공부하고 싶은 걸 할 수 있게 되는 줄 알았는데 웬걸. 갑자기 도입된 학부제로 2년 뒤에야 전공을 들을 수 있다고 했다. 답답했지만 학교생활을 다양하게 즐기기로 마음을 돌렸다. 각종 학회, 동아리, 모의국회, 다 참여하며 대학생활을 즐기던 끝에 학보사에 들어가게 됐다. 군기도 세고 만만치 않았다.

학점도 안 좋아졌지만 내 적성을 제대로 찾았다. 학보사를 계기로 나는 직업을 신문 기자로 정하게 됐다. 아이템을 기획하고 취재를 하고 글을 써서 신문으로 낼 때의 짜릿함이란. 야간 대학원들의 문제점에 대해 해설보도(심층보도)를 해서 학교 당국을 거의 뒤집어 놓기도 했고 고려대 후문의 명물(?) 신문 할아버지 기사를 쓴 뒤 그 기사를 본 KBS 기자가 내 인터뷰를 해 9시 뉴스에 초췌한 모습으로 나가기도 했다. (전날 마감이라 밤을 새웠다.)

고졸 수습기자

중국의 대학에서 한국어 강사를 2년여 동안 하다가 귀국한 뒤 취업 준비를 하려니 마음이 조급했다. 이미 다른 친구들은 기자가 되어 있었다. 직속 '후배'가 되면 불편해질 것 같았다. 몇몇 회사에 마음속으로 'X'를 그렸다. 운이 좋은 것인지 아닌 것인지, 졸업이 한 학기 남은 상황에서 처음 원서를 낸 곳에 최종 합격이었다. 그렇게 '고졸 대학 강사'에 이어 '고졸 수습기자'로 사회생활을 시작했다. 잠 잘 시간도 부족한 1년 차 수습기자였던 나는 마지막 학기 수강신청한 몇 개 과목에서 F를 면하기 위해 꽤 스트레스를 받았다. 이후 몇 년 동안 뒤늦게 한 학점이 부족해서 졸업이 취소됐다는 학교의 연락을 받는 악몽을 꾸곤 했다.

첫 출근 뒤 당황스러웠던 것은 출근 시간이 너무 이르다는 것이었다. 석간이 저녁 석(夕) 자라서 저녁에 나가서 일하면 되는 줄 알았었다. 오후에 독자들에게 신문을 보게 하기 위해서 새벽부터 나와서 일해야 하는지 몰랐던 것이다. 하지만 뽑는 인원은 적고 지원자는 많아 '언론고시'라고 불리는 기약 없는 '고시생' 생활을 하고 싶은 생각은 눈곱만큼도 없었기 때문에 그냥 'go' 하기로 했고 지금까지도 하고 있다.

내가 생각하는 이 직업의 장점은 지루하지 않고 계속 배울 수 있다는 것이다. 기자는 세상 돌아가는 얘기들에 귀를 쫑긋 세우고 계속 새로운 얘기를 듣고 알고 이해하고 또 독자에게 전달해야 한다. 그러려면 눈이든 머리든 손(입)이든 쉬지 않는다.

한 분야만 오래, 깊게 해 온 타입의 기자들이 있다. 내 경우는 체육부를 제외하고 거의 모든 부서를 다 경험했다. 돌발 상황이 발생하는 경우 스트레스일 수 있지만 적당한 자극이 되기도 한다. 다양한 사람들을 만나 소통하고 관계를 맺는 점도 매력이다. 경찰, 법조(검찰, 법원), 경제(각종 경제 관련 부처들), 문화(대중문화, 방송국, 가요, 엔터 기획사 등), 금융(증권, 은행, 보험, 금융위, 금감원, 한국은행), 국제(중국, 국제경제 등등), 정치(외교 안보, 북한), 산업(유통, 소비재) 등을 다뤄봤는데 평균 2년 길면 3년 정도다. 이 중 비교적 많이 한 이른바 '전공'을 꼽자면 국제관계와 경제를 꼽을 수 있겠다. 하지만 계속 바뀌니 지루할 틈이 없다.

최근에는 디지털콘텐츠라는 완전히 새로운 일을 하고 있다. 다양한 온라인 채널을 통해 독자에게 다가가는 법을 배우고 있다. 워라밸이 아니라 '워라범벅'의 생활이지만 새롭고 성장하는 분야라 배워 가고 만들어 가는 즐거움이 있다. 계속 뭔가를 받아들이고 배우는 것을 좋아한다면, 세상 문제에 관심이 많은 사람이라면, 사람들과 소통하고 글을 쓰는 걸 좋아하는 사람이라면 여전히 기자는 할 만한 직업이라고 말하고 싶다.

단점은 사람에 따라 느끼는 게 다를 수 있지만 하는 일에 비해 보수가 적다 생각할 수 있고 새로운 뭔가를 찾아야 하고 데드라인에 맞춰 글을 빨리 써야 하는 데 스트레스를 받을 수도 있다. 현장에서는 취재 경쟁도 치열하고 위계질서도 강한 편이어서 이 역시 개인별로 호불호가 갈리는 점이다. 새로운 사람들 만나는 데 스트레스를 받거나 소극적이면 스스로 좀 괴로울 수 있을 것 같다. 내가 느끼기에 장점과 단점 중에 장점이 더 크기 때문에 계속 일하고 있다.

원래 목표(꿈)는?

어릴 때 글을 좋아하고 활달하니 기자가 잘 어울린다는 얘길 들었다. 걸프전이 발발했을 때 한국에서 MBC와 조선일보에서 여성 기자 선배가 가서 현장 르포를 했었다. 그 두 분 다 스타 기자가 되셨는데 그때 어머니가 "저렇게 해라.", "잘할 수 있을 것이다."라고 독려해 주신 기억이 난다. 하지만 어릴 때 직업을 꿈으로 삼은 적은 없었다. 누가 "네 꿈이 뭐니?"라고 내게 물으면 고등학교 때까지도 "얘깃거리가 많은 멋진 할머니가 되는 것."이라고 말했었다. 지금까지 얘깃거리가 풍부해졌고 많은 직간접 경험을 할 수 있었기 때문에 내가 바라는 모습에 가까이 가고 있다는 생각이 든다.

기자가 되고자 했을 때 "나중에 특파원이 되고 싶다."라는 포부가 있었는데 결국 그런 기회도 누릴 수 있었다. 지금은 구체적으로 '무엇이 되겠다.'라는 직책이나 직업, 혹은 금전적 목표를 가지고 있지는 않다. 세상은 넓고 배울 것은 끝이 없으니 일하고 배우면서 주변에 긍정적인 영향을 줬으면 한다.

사회인이자
엄마로 살아보니

내 결혼 여부가 왜 문제지?

나는 4년 차에 다시 신입들이 주로 하는 사회부 경찰 기자를 하게 됐다. 경찰서에 화재와 대형 시위 현장은 물론이고, 어떨 때는 갑작스레 지방에 갑자기 가서 일주일간 돌아오지 않기도 했다.

거의 매일 밤 폭탄주 세례에 새벽 한두 시쯤 집이 아닌 경찰서 2진 기자실(말이 기자실이지 꼬질꼬질한 담요 몇 개와 바닥이 따뜻한 남녀 구분도 없는 퀴퀴한 냄새가 나는 끈적한 골방)로 들어가 잠시 몸을 뉘었다가 술이 덜 깬 채 다시 새벽 경찰서를 돌며 사건을 캐는 생활을 했다. 이런 생활을 이해하고 존중하는 사람을 만나 결혼을 하게 됐다. 그때 '이제 연애 여부 같은 걸로 입에 오르내리는 귀찮은 일들이 "저 결혼했어요!"라는 한마디로 정리되겠군.' 이렇게 생각했다.

하지만 웬걸. 결혼 전 내 부모님 안부를 묻는 말을 한 적이 없던 사람들이 일면식 없는 남편의 안부를 묻기 시작했다. '애는 어쩌고', '남편 밥은 어쩌고', 기혼 여기자들이 "주택담보대출이 있어서 열심히 벌어야 하거든요.", "육아는 걱정 안 합니다.", "아이 안 낳으려고요." 등의 얘기들을 하는 것을 듣는다. 그녀들은 자신이 배제될까 봐 저런 대답을 해왔을 것이다.

불과 10여 년 전 '라떼 출산'

지금은 자녀가 셋인 여기자도 육아 칼럼을 연재할 정도로 많아졌지만 10여 년 전만 해도 분위기는 달랐다. 취재기자 중 출산과 육아를 겪으며 회사 생활을 이어간 여자 선배는 지금보다 훨씬 적었다. 배가 부른 채 돌아다니는 내 존재는 튀었다. 당시 편집국의 간부가 "어이, 이인분!" 이렇게 부르기도 했던 게 생각난다.

매일 새벽 5시 20분까지 출근해서 국제부에서 빠르게 전 세계 외신들을 스크리닝하고 빨리 각을 잡아 발제하고 기사를 쓰는 게 일을 하고 있었다. 다행히 출입처를 다니면서 점심 저녁으로 사람들 만나야 하는 부담은 적었던 때였다. 그러나 여전히 중요한 인사와의 저녁 자리, 전체 회식은 빠지지 않았고 전용 '무알콜 맥주'를 서너 개씩 챙겨다니며 저녁에는 폭탄주와 같은 색을 만들어 건배하곤 했다.

나는 더한 얘기를 들은 적도 있어서 내가 무리한다는 생각은 들지 않았다. 지금은 언론계에 안 계시지만 정치부 사회부에서 잔뼈가 굵은 다른 회사의 한 여기자 선배는 임신하고도 폭탄주를 다 마셨다는 얘기들이 전해졌다. 그때는 무알콜 맥주가 없었겠지.

감사했던 건 당시 데스크가 임신하고 배불렀다고 해서 일을 줄이지 않고 더 시켰다는 점이다. 덕분에 상도 받고 배부른 채 국제행사 포럼 취재 현장 반장 역할도 맡으면서 선후배들과 즐겁게 일했던 기억이 있다. 지금 생각하면 무지하고 용감하다고 할 수도 있는데 다행히 모자 모두 건강했다. 앉았다 일어나기도, 잠자기도 힘들고 어떻게 해도 숨이 차던 출산 직전, 나는 출산예정일 전날까지 출근했었다. 당시 육아휴직을 쓸 생각이 없었기 때문에 했던 미련한 방법이었다.

이미 9년 차 기자였지만 일주일 이상 손을 놓아 본 적이 없었던 나는 3개월 이상 손을 놓고 기사를 쓰지 않으면 그동안 갈고 닦은 내 능력이 퇴보할까 두려웠다. 또 당시 회사에 육아휴직은 취재 기자 중 쓴 사례가 전무하기도 했다. 출산휴가를 들어가며 인사를 하고 퇴근을 하는데 숨은 턱까지 차고 배는 그야말로 남산만 하고 걷기도 서기도 힘들었다. 언제 진통이 올지 몰라 운전은 더 이상 할 수가 없고 택시를 타야겠는데 하필 금요일 저녁, 극심한 정체였다.

고민 끝에 집에 빨리 가는 게 우선이란 생각에 버스를 탔다. 자리가 없었다. 배가 너무 크니 똑바로 서지도 못했다. 임산부석에는 어떤 중년 여성이 당당히 앉아 있었다. 봉에 두 손으로 매달리다시피 허리가 꺾여 헐떡이다 남산 터널에 밀리는 채 들어가면 끝장이란 생각이 들었다. 버스 전용차로가 끝나기 전 마지막 정류장에서 앉지 못하면 더 버틸 수 없을 것 같았다. 그야말로 시야가 캄캄해지는 순간이었다. 그 마지막 정류장에서 그 중년 여성이 날 슥 쳐다보면서 내렸다.

드디어, 숨을 몰아쉬며 몸을 천천히 돌려 앉으려는 순간 어디선가

힐을 신은 날씬한 젊은 여성이 그 사이에 쏙 들어와 앉았다. 버스는 다시 출발했고 이젠 터널이다. 여기서 쓰러지면 어쩌지. 떨리는 목소리로 "혹시 임산부세요?" 묻는 말에 그녀는 답했다. "네." 만약 그때 근처에 있던 대학생이 자리를 양보해 주지 않았으면 그대로 쓰러졌을 것이다. 임신하고 평소 대중교통을 자주 타지 않아서 예상하지 못했었다. 서럽기도 하고 좀 무섭기도 했던 순간이었다.

바쁜 워킹맘의 육아

모든 걸 가르쳐주는 종합 MBA

기왕 엄마가 되어서 인생을 살다 보면 다른 세상이 펼쳐진다. 말 못하는 아기가 뭐가 문제인지 어떻게 해야 하는지 엄마는 공부하고 마음을 읽어낸다. 위기 상황에 대처하며 인생의 노하우가 쌓인다.

육아에 도움을 주시는 시어머니와 합가해서 지내는 며느리들은 고부 관계를 풀어가면서 친하지 않은 상사와 지내는 노하우가 쌓일지도 모른다. 시터를 고용하다 보면 사람 보는 인사와 노무 관리의 능력치가 쌓일 것이다. 남편과의 육아 조율을 하는 건 만만치 않은 거래처와 협상하는 과정 못지않을 것이다. 업무 와중에 어린이집에 가 있는 아이를 체크하고 퇴근길에 장을 보고 아이의 준비물을 온라인으로 쇼핑하는 동시에 회사 단톡방도 놓치지 않는 것 역시 멀티태스킹 능력이다.

아이를 어떻게 양육할지 어떻게 훈육할지를 고민하고 장단점을 파악하면서 소질을 키워주려는 것. 부모는 무한한 책임감을 느끼기에 아이를 키워내는 것은 리더십의 정수에 가깝다.

개인적으로는 엄마가 된 뒤 내면에 생긴 변화라면 이해나 공감능력과 겸손이라는 게 들어섰다는 점이다. 내 아이는 내 책임이지만 내가 100% 컨트롤할 수 없다. 독립된 개체이지만 내가 책임져야 한다. 통제되지 않는 상황은 계속 벌어지고 누구의 도움을 언제 받아야 할지 모른다. 우는 아기는 뚝 그치라고 말로 한다고 되는 것도 아니고 윽박지른다고 되는 것도 아니며 협상 가능한 것도 아니다.

중국에서 어린이집에 보낸 지 얼마 안 됐을 때, 아기가 다른 아기의 팔을 물었다. 원장 선생님 호출에 불려가 공손히 벌 받듯이 앉아 한동안 자초지종을 듣고 물린 아이 엄마에게 열심히 사과했다. 하지만 과연 다시는 물면 안 된다고 혼낸다고 한들 내 아기가 정말 기억하고 다른 아기들을 다시는 물지 않을지 장담할 수 없다. 아직 기저귀도 못 뗀 아기에게 뭘 바랄 수 있을까?

다만 아기가 쫓겨나면 안 되니 "혹시 집에 가정폭력이 있느냐?" 하는 모멸감이 드는 질책에도 고개를 숙일 수밖에 없었다. 또 이 아이가 어떻게 클지 알 수 없는 노릇이니 일단 겸손해져야 한다는 생각이 들었다.

아기띠를 맨 특파원

회사에서 베이징 특파원으로 선정되었을 때는 막 아기가 돌이 조금 지났을 때였다. 이미 아기는 4일은 친정집에서 이틀은 시댁에서 생후 3개월부터 자동차에 실려 왔다 갔다 하는 생활을 하고 있었다. 남편은 본인은 안 따라가겠다며 잘 다녀오라 했다. "입주 시터를 쓰든 알아서 데려가 키우겠다."라는 말에 친정어머니가 감사하게도 직접 키워주겠다며 중국행을 자처하셨다.

　차에 아기를 태우고 공항에 가던 그 겨울. 이삿짐으로 부친 짐은 두 달이나 돼야 베이징 집으로 올 터였다. 캐리어 두 개에 당장 입을 옷가지와 가장 얇은 전기장판, 당장 쓸 수저 따위까지 챙겼다. 앞에는 아기띠를, 뒤에는 노트북이 담긴 배낭을, 옆으로는 아기가 당장 먹어야 하는 우유와 젖병이 든 배낭을 메고 대한항공에 올랐다. 아기가 있어 앞 좌석에 앉을 수 있었다. 200ml짜리 우유 6개를 챙겨 하나는 공항에 도착해서 먹이고 또 하나는 비행기에 탑승한 뒤에 바닥에 앉아 젖병에 넣어 먹였다.

　아기가 먹어야 하는 것이라면 액체도 반입된다는 걸 그때 처음 알았다. 이착륙할 때는 아기띠로 안아야 하는데 아기가 울거나 몸을 비틀고 때 쓰기 일쑤였다. 그때마다 앞에 앉은 스튜어디스는 불안한 눈빛으로 나와 아기에게서 눈을 떼지 못했다. 그렇게 비행기 안에서 또 한 팩, 집에 도착해서 또 한 팩, 비행기에서 받은 빵 따위와 함께 저녁으로 하나, 자기 전에 또 한 팩을 먹였다. 호텔도 아니고 그냥 빈 아파트에 먼지 쌓인 바닥을 닦고 간신히 누였는데 이제 아기가 깨면 먹일 게 없다!

　그렇게 자는 둥 마는 둥 베이징에서 첫 밤을 보내고 어슴푸레한 새벽. 동네를 찾아 헤매다 한국 빵집 체인점을 발견했다. 구세주를 만난 기분이었다. 들어가니 익숙한 한국 빵에다 연세우유! 연세우유라니! 만만세였다. 두 봉지 한 아름 사 들고 들어가 온 식구가 우유와 빵으로 그날 점심까지 해결했다.

뒤에는 노트북 가방을, 앞에는 아기띠를 옆에는 기저귀와 아기 가방을 메거나 드는 건 그 이후 짐으로 부친 유모차가 오기 전까지 외출의 기본 착장이 됐다. 재미있는 건 날 보는 중국인들이었는데 일면식 없는 낯선 사람들도 그 모습을 보고는 '찌아요(加油)'를 외쳐주거나 "엄마가 힘이 세네."라면서 공감과 응원의 눈빛과 말을 보내줬다는 것이다. 중국의 출입국 담당 공무원들은 나 혼자 먼저 갔을 때는 "서류 작성한 볼펜이 검은색이 아니다.", "사진 배경이 파란색이어야 하는데 회색이다.", "예약했어야 했는데 안 했다." 등 갖가지 이유로 계속 '빠꾸'를 주며 갑질을 일삼았다.

그런데 온 가족이 함께 와야 한다는 두 번째 '빠꾸'에 세 번째 아기를 업고 나타나니 갑자기 '프리패스'였다. 그러면서 "아이고 친정엄마가 같이 오셨냐, 중국 여성 외교관들도 외국 파견 갈 때 그렇게 똑같이 고생 많이 한다."라면서 동정해 주는 것이었다.

아기가 두 돌도 되지 않아 어린이집에 가게 된 건 말 안 통하고 공기 나쁜 베이징에서 바쁜 딸 때문에 집에 갇혀 지내야 했던 엄마의 우울 증상 때문이었다. 일단 가자마자 온 식구가 아팠다. 한겨울 미세먼지 농도는 웬만하면 300이 넘었고 목이 너무 메케해서 잘 수가 없었다. 앞 동에 사는 다른 회사의 특파원 선배가 '아기도 있는데 여기서는 공기청정기는 필수'라면서 소형 청정기를 빌려주셨지만 그건 연로한 친정어머니와 아기가 자는 방에 둬야 했다.

잠을 못 잘 것 같아 N95 마스크를 끼고 누우니 이러다가 아침에 질식사한 채 발견될 것 같았다. 기관지염이 떨어지지 않았다. 외출도 못하고 아기와 갇혀 계시던 어머니는 결국 한 달 반쯤 됐을 때 울면서 "내가 아기 데리고 한국에 가겠다." 하셨다. 온 식구가 너무 아프니 더 버틸 수도 없었다. 결국 아기와 친정어머니가 한국에서 겨울을 나고 다시 들어오기로 했다. 그동안 계속 기침이 나고 기관지염은 낫질 않았지만 다행히 한국에서 부친 짐이 도착해 제대로 된 공기청정기는 틀고 살 수 있게 됐다.

그렇게 친정어머니와 아기가 봄에 왔을 때는 반드시 두 사람을 적응시켜야 했다. 아기를 받아주는 어린이집에 보내고 어머니는 '왕초보' 중국어 학원에 보내드리고 나니 점차 안정을 찾을 수 있었다.

엄마가 흔들리지 않는다면

"아이가 있으세요? 그러면 보물 1호겠네요!"

"전 제가 보물 1호입니다만."

한 지인분과 서로에 대해 잘 모르던 시절 나눴던 대화다. 왜 엄마가 되면 인생 자체가 육아가 되어야 마땅하다고 여기는 걸까? 바쁜 엄마가 신경을 못 쓰니 합리화를 한다고 말할 수도 있지만 나는 아이를 믿고 존중하되 상황과 엄마의 인생에 대해 아이도 존중하게 해 오고 있다. 나는 아이를 사랑하지만 내가 불행해지지 않게 나를 중심에 둔다. 엄마가 행복해야 아이도 행복할 수 있다고 믿기 때문이다.

그래서 엄마가 흔들리지 않고 중심을 잡는 게 중요하다고 생각한다. 나는 고가의 물건이나 고급 식재료, 대단한 교육 프로그램을 아이에게 시킨 적도 아예 알아본 적도 없다. 그런 것 없이도 아이는 잘 컸다. 많은 육아, 교육 관련 '정보'들이 정말 엄마가, 혹은 아기에게 꼭 필요한 것일까?

베이징 왕징에는 한국 어린이집들이 두어 군데 있었다. 신호가 없어 차들이 쌩쌩 지나다니는 큰길을 건너야 했다. 늦게 시작해서 일찍 끝나고 무엇보다 두 돌이 안 된 아기는 받아주지 않았다. 가까운 중국 사설 어린이집의 문을 두드렸다. 거기서 내 아이는 첫, 유일한 외국 아이, 가장 어린 아기였다. 아직 한국어로 '엄마, 맘마, 더, 시러(싫어)' 정도만 할 줄 아는 아기를 기저귀를 채운 채 중국 현지 어린이집에 보냈다.

동네 한국 엄마들은 걱정했다. "만 5세까지는 모국어가 기반을 잡아야 하는 시기인데 현지 어린이집을 보내도 되겠어요?" 중국 어린이집은 믿을 수 없는데 말도 못하는 아기를 어떻게 보내느냐, 기름진 중식을 먹일 텐데 어떻게 하느냐고도 했다.

하지만 나에겐 아침 7시부터 등원을 시작해 8시 이후에 받지 않고 삼시 세끼를 먹여주며 오후 5시 전에는 찾으러 갈 수 '없는' 이 어린이집이 너무나 고마웠다. 큰길을 건너지 않아도 안전하게 인도를 따라 데려갈 수 있고 아이들 등원이 끝나면 '쇠사슬로' 정문을 칭칭 감아버린다. 다소 살벌해 보이기는 하지만 아이들 납치와 인신매매가 횡행하는 중국에서는 오히려 안심이 됐다. 그렇다고 무작정 받아주기만 한다고 보낸 것은 아니었다. 선생님들의 책임감 있는 케어를 봤고 궁금한 건 모두 질문했고 음식도 직접 보고 먹어봤다. 납득이 안 가는 부분은 없었고 마음에 들었다.

주변의 우려와는 달리 아이는 잘 적응했다. 한식도 잘 먹고 중식도 잘 먹었다. 남자, 여자 친구들도 많이 사귀고, 어린이집의 '인싸'가 됐다. 한국어는? 그때 걱정해주던 사람들에게 업데이트를 전하자면 '따발총처럼' 말하고 글도 잘 쓴다.

그럼 중국어는? 그렇게 3년을 보내고 귀임하던 길. 한국에 돌아오는 택시에서 계속 중국어로 농담하면서 "한국어로 뭐에요(~用韓語怎么說)?"라고 물었었다. 그만큼 중국어가 현지 아이들과 구분되지 않을 정도로 유창했다. 이렇게 이중언어 구사자가 되는 건가 싶기도 했다.

귀국 후 이사와 출근으로 정신없어 시댁에 맡겼던 아이를 일주일 만에 만나 중국어로 물었다. 한국어로 대답이 돌아왔다. 다시 중국어로 물었다. 아이는 한국어로 대답하면서 "엄마, 여기는 한국이잖아요. 한국말 해야죠."라고 답했고, 그 이후 중국어는 대부분 잊었다.

당당한 엄마에게 죄책감의 자리는 없다

직장을 다니는 엄마들이 '아이에게 미안해서'라며 죄책감을 호소하는 것을 들었다. 그럴 필요가 없다. 나는 아이를 위해 모든 시간과 에너지를 쏟거나 나 자신을 몽땅 희생하지 않는다. 하지만 사랑을 듬뿍 주고 아이를 존중하는 당당한 엄마다.

배 속에 있을 때나 5학년이 된 지금이나 양육 원칙의 우선순위도 그대로다. 안전, 몸 건강, 마음 건강, 사회성. 그리고 자신이 뭘 좋아하는지 알기. 그다음이 인생을 즐기는 법이다. 맨 끝 즐기는 법 속에 성취감이 포함된다.

아이는 자신이 만든 장난감이나 학교에서 뭔가를 잘했다는 성취에 관한 얘기하는 것을 좋아한다. 칭찬을 해주지만 거기 더해서 도움을 준 가족이나 양육자에 대한 감사를 일깨운다. 수학을 잘했다면 예전에 자기 전에 누워서 엄마가 내던 '다람쥐 수학(다람쥐가 주인공인 스토리텔

링으로 셈 퀴즈를 냈다.)'을 했던 것을 상기시킨다.

할머니 댁에서 지내게 되면 "엄마가 출장을 가야 해서 미안해. 최대한 빨리 올게."라고 말하지 않고 "와, 할머니 댁에 새로운 책을 갖다 놓으셨대. 재미있겠다. ○○이는 얼마나 행복하니?" 이렇게 말하는 식이다. 회식이 있는 날 "늦어서 미안해, 최대한 빨리 갈게."라고 말하기보다는 "○○이는 정말 좋겠다. 할머니가 요리를 잘하셔서."라고 그야말로 '덕분에'를 말한다. 그러니 아이가 자주 하는 말은 "엄마, 나는 정말 운이 좋은 것 같아요!", "감사합니다."이다. 요즘 세상에는 아이가 원한다고 의사표시를 하지도 않았는데 '알아서' 주어지는 것들이 너무 많아 보인다. 주어진 것에 대한 감사와 노력해서 얻는 성취감을 느꼈으면 한다.

엄마가 부지런하게 아이를 교육하기 위해서 지나치게 신경을 많이 쓰는 경우를 보곤 한다. 하지만 남보다 더 빨리, 어려운 것을 더 많이 배우게 하는 게 정답이 아니라는 건 잘 안다. '학원', '진도', '레벨' 같은 데 둔한 이유다. 멀쩡한 초4 아이를 '레벨 테스트'를 시키고는 "어머니, 이대로면 수능 5등급 받고 인서울 대학 못 갑니다."라고 겁주기를 시전한 대치동 상담선생님의 얘기를 듣고 속으로 기막힌 웃음이 나왔다.

나는 교육열이 높은 지역과 학교에서 자랐다. 공부를 억지로 강요당했을 때, 지나친 경쟁 속에서 좌절했을 때 정신 건강이 망가지는 경우도 봤다. 아이에게 뭔가 부족하게 해주는 것이 아닌가 하는 불안감 대신 아이가 자랄 여지를 줬다고 생각하자. 나는 아이에게 전집을 사 준 적이 없다. 서점에서 아이가 원하는 책을 고르고 골라 낱권으로 사주었다. 중고서점도 많이 이용했다. 시간이 있으면 아이와 대화를 나누고 보드게임을 하고 뛰어놀았다. 그런데 오히려 책을 귀하게 생각하는 아이가 됐다. 외국 생활을 마치고 한국에 왔을 때 엄청난 속도로 독서욕을 불태우며 책들을 읽어 치워 교내 1등 독서왕이 됐다. 장난감 없이 설거지하는 할머니 옆에서 냄비와 주걱을 들고 놀던 아기는 장난감을 만들어 놀더니 해외 출장 중이던 엄마의 도움 없이 발명품 경진대회에서 상도 타 왔다.

처음 과학영재원을 가고 싶다고 신청서를 엄마한테 들이밀었을 때 반려했더니 다음 해 기어이 가겠다고 설득했다. 그런데 엄마가 신청 기한을 놓친 적도 있다. 그러니 진짜 가고 싶으면 정신을 바짝 차리고 엉성한 엄마를 독촉하는 게 원하는 걸 얻어내는 길이다. 친구에게 수학 학원 얘기를 듣고는 여러 번 설명을 한 뒤에야 학원을 다닐 수 있게 되었다. 엄마가 모든 걸 알아서 준비해주지 않아도 스스로 원하는 걸 먼저 생각하고 준비하고 설득하는 아이로 자랄 수 있다.

이미 많은 어려움과 불이익, 신체적인 위험까지 감수하고 엄마가 된 사람들에게 말해주고 싶다. 일을 한다고 해서 자녀에게 죄책감을 가지지 않아도 된다고. 조바심을 내지 않아도 된다고. 스스로 행복하고 아이에게 좋은 본이 되는 어른의 인생을 살면 아이도 그걸 보고 잘 자라 줄 것이다.

05

왜 이렇게 열심히 일하세요?

김나래

새로운 사람, 새로운 기술을 만나면 에너지가 샘솟는다. 첫 직장이었던 외국계 기업에서는 적응 못 하고 3개월 만에 뛰쳐나왔다. 두 번째 회사는 13년동안 다니며 공학기술 정책 기획과 국제협력을 담당했다. 운이 좋게 영국 정부 장학생으로 선발되어 영국에서 혁신 경영 석사를 공부했다. 그 후 영국 컨설팅 회사로 이직해 국내외 테크 기업들의 해외 진출을 돕고 있다. 최근에 한국 지사 부대표로 승진도 했다. 하지만 성공보다는 '성장'이 나에겐 더 중요한 키워드이다. 어제보다 나은 내가 되고, 주변 사람들이 그렇게 되도록 돕고 싶다.

루틴이 없는 게
내 루틴이야

　　　　　내 루틴을 설명하고 싶은데 딱히 설명할 말이 없다. 더 정확히 말하면 내 회사 생활은 루틴이 없는 게 루틴이다. 내 인생도 좀 그렇다. 똑같은 일을 반복하는 것을 힘들어하기 때문에 한 가지 일을 하다 가도 갑자기 생각이 확장돼서 다른 아이디어가 떠오르기 일쑤다. 그리고 그 아이디어를 주변 사람들과 공유하는 것이 즐겁다.

　컨설팅 회사의 가장 큰 목적은 클라이언트를 만족시키는 것이다. 그 지점에서 컨설팅이라는 비지니스가 태어난 것이기 때문이다. 클라이언트들이 직접 못하는 부분을 외부의 도움을 통해 실현시켜 주는 것이 컨설팅이다. 내 직업을 잘 모르는 사람들에게 내가 하는 일을 소개하기 위해 지난주 금요일 내 하루를 적어 보겠다.

　사실 내 금요일은 목요일 저녁 잠들기 전에 이메일을 확인하는 것으로 시작한다. 미국 클라이언트와 13시간의 시차가 있으므로 내 취침 시간은 그들이 내 이메일에 응답하고 필요한 일을 요구하는 시간이다.

회사에서는 업무 시간에만 일하는 것이 체력과 정신 건강에 좋다고 권유하지만 직장인이 실제로 그렇게 사는 사람이 얼마나 될까? 적어도 나는 혹시나 다음 날 아침부터 급하게 해결해야 할 일이 있을까 봐 걱정돼서 메일 박스를 체크하지 않으면 잠이 안 온다.

자기 전에 가볍게(?) 이메일을 체크하고 나서 금요일 아침 출근길, 지하철에서 내가 맡은 클라이언트와 관련된 뉴스를 읽는다. 출근하자마자 한 팀원이 쓴 보고서를 검토한다. 한국, 일본, 대만 오피스가 함께 쓰는 보고서라 세 팀이 마음을 모으는 게 여간 쉬운 일이 아니다. 팀원들과 상의하면서 최대한 부드럽게 의견 차이를 좁혀 보려고 노력하지만 데드라인이 다가오니 모두의 신경이 많이 예민하다.

그래도 클라이언트에게 해당 산업에 포진된 비지니스 기회를 제안하기 위해 다양한 소스를 통해 여러 번 체크하고 고민하고 또 고민한다. 아시아의 뉴스나 산업 보고서들이 영어로 번역되어 실시간 오픈되는 것이 아니기 때문에 우리 회사 보고서는 외국 기업들에게는 꽤 중요하다. 이 보고서를 보고 한국 시장에 진출하거나 진출을 미루는 결정을 할 기업들이 있을 것이라고 생각하면 한 문장도 허투루 쓸 수 없다.

격주 금요일 아침마다 회사의 임원 격인 디렉터 회의가 있다. 프로젝트 현황을 공유하고 잘된 것은 칭찬하고 고민되는 부분은 공유하면서 도울 방법이 있는지 같이 찾아본다. 한국 지사의 40%는 외국인, 60%는 한국인이라 사무실에서 모든 회의는 영어로 진행된다. 모두 한국말을 잘하지만 영어로 회의하면 한국어로 할 때보다 나이나 연차에 구애받지 않고 수평적인 대화가 가능하다. 언어에 그 문화가 반영되기 때문인 것 같다.

그래서 좀 불편해도 영어로 회의하는 것을 선호한다.

회의 후에는 함께 일하는 프로젝트 매니저들과 개별적으로 진행사항을 검토 한다. 외국 회사들과 한국 회사의 간극을 좁히기 위해 매니저와 신랄한 토의를 하며 어떻게 클라이언트와 한국 회사가 윈윈하는 방향으로 협의할 수 있을지 해결책을 생각해본다.

우리 클라이언트의 기술은 대부분 신기술, 세상에 없던 기술이다. 그래서 어떻게 적용해야 할지 어디에 적용해야 할지에 대한 확실한 답이 없다. 양사가 함께 고민하고 개발해야 하는 부분이 대부분이다. 시간과 품이 많이 든다. 양사의 기술 성숙도, 업무 방법, 회사 문화, 규제 등에 따른 의견 차이도 많이 일어난다. 시간을 두고 고민해야 하며 답이 없을 때도 많고 답이 많을 때도 있다. 그래서 늘 여러 가지 경우의 수를 염두에 두어야 한다.

우리의 중재 역할로 적게는 수천만 원에서 수십억, 수백억 상당의 거래가 왔다 갔다 한다. 스타트업의 경우는 그 회사의 존폐가 결정될 수도 있는 사안이다. 그만큼 우리 회사와 해외 클라이언트사, 한국 기업의 긴밀한 협력이 중요하다.

점심은 업무로 만났지만 친해진 다른 회사 분과 식사를 하며 업계 동향이 어떤지 나누고 편안한 수다를 떨었다. 나는 저녁 약속보다는 점심 약속을 선호한다. 특히 금요일 점심시간은 나도 상대방도 기분이 좋고 약간 들떠 있는 시간이라 이날 약속을 많이 잡는 편이다.

사무실에 돌아와서는 우리 회사 직원들이 잘 지내고 있는지 살폈다. 마침 요즘 다운되어 있는 사람이 있어서 커피 한 잔 들고 같이 청계천을 걸었다.

오후부터는 유럽 클라이언트들과 온라인 회의가 시작된다. 한 주 업무 이슈를 공유하고 함께 다음 플랜을 짠다. 클라이언트 콜 후에는 영국 본사 BD(Business Development) 팀과 미팅이 이어진다. 한국 진출에 관심 있는 회사가 있어서 해당 산업의 한국 기업들이 어떤 관심사를 갖고 있는지 공유했다. 그 이후로는 이메일과의 싸움이다. 다른 클라이언트에게 보낼 문서들을 리뷰하고 우리 회사 비지니스에 관심 있다는 회사들에게 답변한다.

그리고 나의 상사인 한국 지사 대표님과 이런저런 회의를 하며 사무실의 운영을 돌아본다. 오늘의 안건은 채용이었다. 한국 진출에 관심 있는 기업들이 빠르게 늘어나 직원을 고용해야 한다. 이러다 보면 밖은 벌써 어두워져 있다. 금요일에 야근할 수는 없다. 일단 집으로 간다. 집에서도 또 노트북을 켜겠지만….

적어 놓고 보니 종일 한국, 미국, 유럽, 대만, 일본의 동료들과 클라이언트들이랑 어제는 생각지도 못한 문제들을 함께 씨름하면서 금요일을 보낸 것 같다. 나는 커뮤니케이션을 통해 배우고, 놀고, 일해야 사는 사람이라 이 과정이 스트레스라기보다는 꽤 즐겁다.

세상에 회사는 많다
진짜 많다

또 일수해도 괜찮아!

15년째 직장 생활을 하고 있다. 대학교에 다닐 때는 어떤 일을 할 수 있을지 몰랐다. 그저 멋진 커리어 우먼이 되고 싶다는 두루뭉술한 마음으로 가지고 회사에 지원했다. 졸업 후 가질 수 있는 직업이 매우 다양한 인문대생으로서 여러 기회를 찾아보았다. 취업박람회에도 가보고 직업 상담도 받았지만 특별하게 와 닿는 직군이 없었다. 꽤 이상적이었던 20대의 나는 국제기구에서 활동하면서 있어 보이는 곳에서 대단한 사람들과 함께 세상을 더 나은 곳으로 만들고 싶었다. 이윤을 창출하는 회사에는 흥미가 가지 않았다. 그러나 국제기구의 관문은 매우 높았기에 직장을 다니면서 차근차근 준비해 보기로 했다.

그러다 강남에 있는 외국계 기업에 취업했다. 그곳에서 Supply

Chain Management팀에서 물류 업무를 맡게 되었다. 회사 위치도 마음에 들었고 입사하자마자 시드니로 트레이닝도 보내주었다. 회사 상사와 동료들도 친절했고 모든 것이 순조로워 보였다. 하지만 3개월 동안 울면서 회사를 다닌 것 같다. 주로 했던 일은 한국에 필요한 제품을 미국이나 말레이시아 등에 걸친 전 세계 공장에 주문하는 일이었다. 또한 주문이 제때 도착하도록 확인하고 도착한 제품들의 재고를 관리해야 했다. 창고의 면적이 한정되어 있고 오래 쌓여 있는 만큼 비용이 발생하므로 알맞은 수량을 알맞은 타이밍에 주문해서 국내 총판들로 내보내야 했다.

난생처음 사용하는 오라클 시스템이 익숙하지도 않았고, 잘하기 위해 긴장하니 더욱 실수하고 실수를 하니 더욱 위축되는 악순환이 일어났다. 그래서 또 실수할까 봐 걱정하느라 일을 배우는 속도가 더 느려지고 더 작아져 갔다. 지금 생각해보면 25살의 신입사원이 실수할 수도 있었고 '죄송합니다!' 하고 천천히 다시 했으면 되는 일인데 그때는 한없이 소심했다.

실수가 매번 반복되는 것은 문제가 있지만, 실수할 때마다 위축될 필요는 없다. 신입사원이 모든 일을 완벽하게 일을 한다는 것은 거의 불가능하다. 적어도 1년은 실수하고 사과하고 다시 시도 하는 일이 반복되어야 일을 배운다. 그때는 나에게 이런 말을 해주는 사람이 없었던 것 같다. 할 수만 있다면 2008년 8월, 점심시간에 회사 비상구 계단에서 울고 있는 나에게 돌아가 꼭 말해주고 싶다.

"김나래, 실수해도 괜찮아! 다시 하면 돼!"

그리고 지금 이 순간에 이불킥 하면서 괴로워 하고 있는 신입사원들이 있다면 꼭 말해주고 싶다. 당신의 눈에 엄청나게 대단해 보이는 상사도 신입사원 때는 다 당신 같았다고, 아마 그중 어떤 사람은 당신보다도 못했던 상사도 많을 것이라고. 그러니 실수 몇 번 했다고 쫄지 말고 내일 씩씩하게 다시 해보라고 말이다.

3개월 만에 퇴사한 회사 부적응자, 그다음은?

나는 결국 신입사원 3개월 차에 회사를 그만두었다. 실수 때문에 위축된 내 모습을 보는 것도 힘들었지만, 더 결정적인 이유는 업무가 재미없었기 때문이다. 매뉴얼 대로 시스템에 입력하고 창고에 물건이 잘 들어갔는지 확인하는 일이 기계적으로 느껴지고 지루했다. 게다가 외국계 회사라고 해서 외국인들과 일하는 줄 알았는데 실제로 한국 지사에는 한국 사람만 있었다.

짧은 기간이지만 내가 첫 직장 생활을 통해 배운 것은 내가 좋아하는 일을 해야 한다는 것이다. 모두가 그런 거 아닌가 하고 생각하는 사람도 있겠지만, 바꿔 말하면 나는 싫어하는 일을 버티는 인내심이 부족한 사람이라는 말이다. 당시에는 첫 직장에서 적응하지 못하고 3개월 만에 그만둔 루저(loser)라는 생각이 들어서 좀 힘들었다. 가족도 친구들도 직장 생활은 다 힘든 거라고 조금 버티면 좋은 날이 올 거라며 퇴사를 말렸다. 그래도 아랑곳하지 않고 뛰쳐나왔다.

지금 생각해보면 그때 그만두길 참 잘했다. 안 그랬다면 원점으로 돌아가 내가 정말 좋아하는 일이 무엇인지 고민할 기회가 없었을 것이다. 이 상황이 견디기 힘든데 상황이 변화될 여지가 없을 때는 스스로 돌아서는 것이 맞다. 그 회사에서 내 업무가 변화될 가능성은 없었기에 그만두었다. 이 계기로 나는 종일 데스크에 앉아 반복되는 일을 하는 것을 힘들어하고, 제품보다는 사람을 만나는 일이 적성에 맞다는 사실을 깨달았다.

그래서 이번에는 회사의 이름이나 연봉보다는 사람과 국가를 연결하는 업무, 새로운 프로젝트를 기획하고 추진하는 업무로 포커스를 바꾸어서 지원했다. 그리고 정부 산하 공학기술 정책 연구를 지원하는 재단에 합격했다. 그곳에서 하는 공학기술 정책 과제 기획 및 국제협력 사업을 추진하는 업무를 맡았다. 전 세계 방방곡곡을 누비며 새로운 프로젝트를 기획하고, 각 분야 전문가들을 설득해 한 자리로 모아 혁신 전략을 제안하는 사업들을 진행했다. 내가 하고 싶은 일을 하면서 월급을 받는다는 게 감격스러웠다. 글로벌 공학기술 석학들과 일하며 그분들의 지혜와 경험을 몸으로 배웠다. 속상하고 힘든 일도 있었지만 업무가 좋아서 13년을 다닐 수 있었던 것 같다.

나는 인생에서 큰 결정을 할 때일수록 내 마음에 집중한다. 나에게 솔직하게 물어보고 내 마음이 원하는 방향으로 정한다. 평범한 사람인 내가 유일하게 온전히 결정할 수 있는 것은 내 삶밖에 없다고 생각한다. 주변에 신뢰하는 사람들에게 조언을 구할 수 있지만 결정은 내가 하는 것이다. 그래야 나중에 후회해도 남 탓을 할 일이 없다. (세상에 남 탓하는 사람이 가장 못났다고 생각한다.) 그리고 결과가 예상대로 잘 되지 않아도 그것을 책임질 사람은 결국 나다.

그리고, 세상에 회사는 많다. 진짜 많다!

나는 왜 이렇게
열심히 일할까?

　　　　　나는 일을 찐으로 좋아하는 사람이다. 나에게 일이란 곧 나를 찾아가는 과정이었다. 일하면서 내가 무엇을 좋아하고 싫어하는지, 어떤 가치를 중요하게 여기는지 직접 경험을 통해 배우게 되었다. 일하는 동안 다양한 사람들을 끊임없이 만나고 하루에도 수많은 결정을 하면서 고통스럽고 실패를 할 때도 있다. 그 과정이 반복되면서 나의 한계와 잠재력을 수십 번 발견한다. 그리고 그것은 내 삶을 더욱 열심히 사는 동력이 된다.

"왜 이렇게 열심히 일하세요?"

"어쩜 항상 에너지가 넘치세요?"

심심치 않게 받는 질문이다. 나는 무엇보다 문제를 해결하는 과정을 즐기는 사람인 것 같다. 현재 영국 컨설팅 회사에서 한국에 들어오려는 해외 테크 기업, 한국 기업을 유치하려는 미국 주정부를 클라이언트로 두고 있다. 새로운 지평에 도전하는 사람들을 돕는 일은 고무적이지만 그만큼 정해진 답이 없다.

특히 유럽이나 미국 기업 및 기관들에게 한국은 아직도 잘 모르는 국가이다. 강남스타일, BTS, 기생충 등 한류 열풍에 힘입어 세계 속의 한국의 존재감은 굳혔지만 여전히 비지니스 세계에서는 한국을 경험해본 기업들이 많이 없다. 한국에는 삼성, LG, 현대 말고도 수많은 알짜 기업이 있다는 점, 한국 기업의 의사결정 과정, 각 기업의 독특한 문화, 외국 사람들은 알지도 못하지만 한국 사람들에게는 중요한 비니지스 매너들, 반대로 한국 사람에게는 별거 아니지만 외국 사람에게는 중요한 이슈들을 한국과 해외 기업에게 설명하고 때로는 설득해야 한다. 이들을 연결하다 보면 별거 아니지만 무지와 고집에서 오는 오해들도 있고 정말 심각한 금이 가는 경우도 있다.

"저 본부장님은 아무래도 저를 싫어하는 것 같아요. 혹시 내가 뭐 잘못했나요?"

내 클라이언트였던 외국 기업 CEO가 회의 끝나자마자 나에게 한 이야기였다. 한국 굴지의 기업에서 자신들의 기술에 관심이 있다고 해서 한국까지 부푼 마음을 안고 날아온 터였다. 미팅이 시작하자마자 클라이언트는 오늘 날씨가 얼마나 멋진지, 자신이 비행기에서 먹은 비빔밥이 얼마나 맛있었는지 이야기하며 친근하게 대화를 이끌었다.

그런데 반대편에 앉아있던 한국 회사 본부장님이 무표정으로 눈을 깔고 외국인 CEO에게 말했다.

"Good, good. 그래서 당신 회사 비지니스 모델이 뭔가요?"

3초간의 정적.

"네? 아, 그건 말이죠…."

CEO가 머리를 긁적거리면서 대답하기 시작한다.

보통 미국이나 유럽 회사들은 스몰토크(small talk)로 미팅을 시작한다. 반면, 한국 회사들은 미팅이 시작하면 바로 회의 아젠다부터 훑는다. 그렇게 큰일이 아니라고 생각할 수 있지만 미팅의 전체 분위기를 좌지우지한다. 한국 회사들은 회의부터 하지 않으면 초조해하고, 외국 회사들은 그런 한국 회사가 너무 딱딱하고 자신들에 대한 호감이 없다고 생각한다. 그래서 나는 내가 회의를 개회하고 분위기를 주도한다. 회의 동안 나는 한국 사람도 아닌 외국 사람도 아니다. 그 둘의 중간 어딘가에 서있을 뿐이다.

한 번은 외국 회사가 한국 회사에 기술을 이전하면서 위험관리대장(Risk Register)을 만들어서 상부에 보고하자는 아이디어를 냈다가 한국 회사가 뒤집힌 일도 있다. 한국은 프로젝트 중 위험 요소가 있으면 이를 해결하고 보고하는 것이 순서다. 하지만 외국 회사의 경우 문제가 있을 여지가 발견되면 바로 위로 보고(Flagging)해서 위험 요소가 더 커지지 않도록 함께 해결해야 한다고 생각한다.

이 일로 몇 주간 회의하며 양 사간의 언성이 높아졌다. 과연 누가 맞는 걸까? 답은 없다. 결국 양사 실무진간 위험 관리 미팅을 매주 하기로 했고, 위험성이 높고 시급한 부분만 상부에 보고하는 것으로 타협점을 찾았다.

쉽지 않다. 그런데 이상하게 들릴 수도 있겠지만 나는 이런 애매모호한 상황을 즐긴다. 어떻게 이 상황을 돌파할지 고민하면서 나도 기업도 성장하는 것을 경험하기 때문이다. 순간의 결정과 잘못된 판단으로 인해 뼈아픈 실패로 돌아갈 때도 있지만 그렇다고 우리 인생이 끝나는 건 아니다. 수많은 시도를 하면서 배울 수 있고 포기하지 않는 한 기회는 다시 온다.

내가 열심히 일하는 또다른 이유는 내가 하는 일의 가치를 중요하게 여기기 때문이다. 이전 직장에서 대한민국 광복 70주년 기념 한국 산업 기술발전사 사업의 총괄 간사를 맡았던 적이 있다. 산업통상자원부에서 예산을 받아, 산업별 대부들을 모았다. 기업, 연구소, 대학, 정부 전문가 400여 명을 모아 10개 산업별 편찬 위원회와 기획위원회를 운영했다.

아침 7시부터 저녁 10시까지 회의를 하는 것이 일상이었고 하루에 5개 이상의 회의를 진행했다. 회의자료, 회의진행, 회의록, 정부 보고 자료, 스케줄 관리, 출판사 입찰까지 모두 내 손을 거쳐야 했던 멀티테스킹의 끝판왕이 되어야 했다. 그 결과 한국 최초의 〈한국산업기술발전사〉 11권이 발간되었다. 이때 업무량이 너무 많았지만 나와 회사와 사회에 의미가 있는 일이라는 생각에 힘든지 모르고 일했다. 나는 기술을 개발한 사람도 아니고 내 책도 아니었다. 하지만 이 프로젝트가 세상에 끼칠 영향력이 동기가 되어 더욱 열심히 일했다.

지금도 일을 할 때면 내 일상이 세상을 바꾸고 있다는 사실에 전율을 느낀다. 그래서 더 탁월하고 프로답게 일하고 싶다. 나는 항상 더 나은 세상을 만들고 싶었다. 어렸을 때는 이 일은 꽤 거창한 곳에서 대단한 규모로 일해야 가능하다고 생각했다. 하지만 이제는 한국과 외국 회사 사이의 아주 작은 연결점 하나를 찾아내는 것, 이 기술이 어디에 어떻게 쓰이면 좋을지 고민하는 것, 팀원들과 답 없는 문제를 놓고 치열하게 토론하는 과정 모두가 세상을 변화시키는 일이라는 것을 안다.

우리 회사는 세상에서 가장 크고 유명하지 않지만 기술과 기술을 연결함으로써 세상을 더 좋은 쪽으로 변화시키고 있다고 믿는다. 그것이 내가 일에 진심과 영혼을 담는 이유이다.

직장 생활 10년 차,
새로운 도전을 하기엔 너무 늦지 않았을까?

직장 생활 10년 차가 넘어가면서 국제협력팀을 총괄하고 있었고 후배들이 늘어났다. 회사에서는 더 큰 역할을 맡아 주기를 바라는 차였다. 하지만 직업 만족도는 점점 떨어지고 있었다. 여전히 하는 일은 좋아했지만, 10년이 지나면서 직장에서의 긴장감이 사라졌다. 기관의 특성상 업무에 많은 변화가 없는 곳이기도 했다. 경험할 수 있는 일은 웬만해서 다 해 보았고 좋은 성과도 내서 칭찬도 받아 보았지만 시간이 지날수록 공허함이 느껴졌다. 성장을 멈춘 것 같다는 생각이 든 이후부터였던 것 같다.

'내 커리어는 여기서 끝인가?' 하는 질문이 시작되었다. 나를 믿어주는 상사와 동료들에게는 미안했지만, 이 회사에서 내 인생이 끝난다고 생각하니 아쉬웠다. 아직도 더 배우고 성장하고 싶었다. 그래서 새로운 기회를 찾아 나섰다.

그 기회는 다름 아닌, 해외 석사였다. 국내파로 국제 협력 업무를 하던 나에게 해외 석사는 항상 도전하고 싶었던 꿈이었다. 그러던 중 중국 파트너 기관의 직원들이 영국 정부 취브닝(Chevening) 장학금으로 석사를 다녀온 것을 알게 되었다. 내가 고민을 하던 것을 알고 있던 한 중국 직원이 나를 도전했다. 우리 기관에서 그 장학금을 받거나 지원한 사람이 여태껏 한 명도 없었다고 말했더니 돌아온 말은 이러했다.

"아직 아무도 안 되었다고 네가 안 된다는 말은 아니잖아? 일단 해 봐! 나도 했는데 너라고 왜 안 되겠냐?"

정신이 번쩍 들면서 용기가 솟았다. '그래, 나라고 못 할 게 있나?' 일단 정보 수집에 들어갔다. 합격한 사람의 조언을 좀 얻고 싶었는데 정보가 너무 없었다. 한국에서는 한 해 5명 이하로 선발하는 바늘구멍 같은 장학금이었다. 선발 수가 적으니 이 프로그램이 유명하지도 않았고 인터넷으로 찾을 수 있는 정보가 거의 없었다.

그렇다면 내가 가장 잘하는 것, 일단 부딪혀서 배우는 수밖에! 일단 지원해서 떨어진 후 제대로 준비해서 그다음 해에 합격하겠다는 전략을 세웠다. 게다가 30개국 이상이 참여하는 국제기구 총회를 계획하고 있었기에 바로 출국이 어려운 상황이었다. 맡은 프로젝트를 멋지게 마친 후에 출국하는 걸로 계획을 짜고 지원서를 냈다.

몇 달이 흘렀고 서류 심사에 합격했으니 직장 상사 2인의 추천서를 받아오라는 이메일을 받았다. 지원서가 15페이지나 되어서 놀랐는데 추천서도 만만치 않은 분량이었다. 아직 최종 합격도 아닌데 회사에 털어놓을 수는 없었다. 당시에 함께 프로젝트를 하고 있던 교수님과 연구원 박사님께 찾아가 부탁을 드렸다. 함께 호흡을 맞추어 오랫동안 프로젝트를 진행하고 있었기에 내 부탁에 모두 놀래기는 하셨지만 선뜻 추천서를 써 주셨다. 혹시나 거절하시거나 꾸중하시면 어쩌지 하고 걱정해서 며칠을 고민했다. 어떤 말을 드릴지 적어 보며 시나리오까지 준비했는데 쓸데없는 걱정이었다. 두 분 모두 오히려 새로운 도전을 하는 마음을 지지해주셨다.

중요한 것은 그때까지도 합격하리라는 확신이 없었다. 대학원을 3개 지원해야 하는데 인터뷰 볼 때까지 지원하지 않았다. 대부분은 석사와 장학금을 동시에 지원하는데 아마 장학금만 지원한 사람은 나밖에 없었을 것이다. 마침내 인터뷰를 보고 나서 약간 합격할 수도 있겠다는 불안감이 밀려왔다. 9월에 출국인데 3월에 부랴부랴 대학원 지원을 시작했다. 지금 생각해보면 나를 좀 더 믿고 더 대범하고 꼼꼼하게 준비했으면 하고 좀 후회가 된다.

결론은 '합격'했다. 전액 장학금, 왕복 항공료, 매달 주거비, 용돈까지 나오는 장학금 말이다. 5명 중 한 명에 합격했다니! 많은 사람들의 축하를 받았다. 하지만 합격보다 휴직 승인을 받는 게 더 힘든 과정이었다. 지금까지 누구도 학위 휴직을 한 전례가 없다는 이유로 회사 내 의견이 분분했다. 내가 그동안 어떻게 일했는지 봐왔기 때문에 지지해주는 분도 있었고, 중요한 행사를 앞두고 꼭 이때 가야 하냐며 약간의 원망도 들었다.

뭐든지 처음 깃발을 꽂을 때는 맨 앞에서 서서 오는 바람을 몸으로 맞아야 한다. 내가 지금까지 이룬 성과, 이 석사의 필요성, 향후 계획을 문서로 만들어서 제출했다. 내 석사 휴직을 위해 인사위원회가 열렸고 결국 인사위원회와 회장단의 허락을 받아 우리 기관 최초로 해외 유학 휴직을 허락받았다.

중요한 프로젝트를 앞두고 자리를 비워서 마음이 많이 무거웠다. 너무 이기적인 건 아닐까 생각하며 선후배들에게 미안했다. 그래서 마지막까지 대학원 지원도 미룬 것 같다. 1년 후에 갈 수 있다면 더 좋지 않을까 하고 대사관에 문의도 해보았는데 학교는 가능하지만 장학금은 미뤄질 수 없다고 했다.

왜 유학을 가고 싶었는지 돌아보았다. 배우고 싶은 마음도 있었지만 10년 넘게 전속력으로 달려왔기에 좀 쉬고 싶은 마음도 있었다. 몸과 마음이 많이 지쳐 있었다. 그래서 좀 이기적인 결정을 하기로 했다. 막상 가겠다고 결정하니 회사에서도 잘 다녀오라고 응원해 주었다. 책임감과 미안함으로 마지막까지 유학 짐을 들고 독일 출장까지 굳이 갔다가 독일에서 유로스타를 타고 다른 학생들보다 영국에 한 주 늦게 입국했다.

그렇게 우여곡절 끝에 석사를 시작하게 되었다. 영국에서 공부하면서 훌륭한 교수님과 친구들을 만났고 내 인생의 잊을 수 없는 즐겁고 멋진 경험을 하며 한 해를 보냈다. 논문 작성이 가장 힘들었는데 한국인의 의지력인지 하늘이 도왔는지 우수 논문으로 지정되어 다음 후배들에게 내 논문이 샘플로 쓰이고 있다.

그리고 영국에 있는 동안 코비드 팬데믹이 터졌고 그 여파로 다음 해부터는 장학금 선발 규모가 1~2인으로 축소되었다.

10년 차 넘은 내가 얼마나 다른 인생을 살겠냐며 도전하지 않았다면 나는 어떤 인생을 살고 있을까? 주변의 만류에 못 이겨 이 기회를 미루었다면 어떻게 되었을까? 지친 내 마음을 돌아보지 않고 다음 프로젝트를 위해 계속 직진했다면 어땠을까? 기회는 항상 오지 않는다.

15년 직장 생활을
유지하게 해 준 세 가지

　　　　　15년 동안 일했다고 하면 놀라는 젊은 친구들이 종종 있다. 이것에 대해 비결이라고 말하기가 민망하다. 그저 주어진 하루하루 충실하게, 때로는 무모하게 산 것 같다. 내가 하는 일을 좋아하는 편이지만 언제나 좋은 결과와 인정을 받았었던 것은 아니다. 즐거운 기억만큼 분노하고 지루해 미칠 것 같아서 그저 버텨야 할 때도 있었다. 그런 순간을 어떻게 극복했는지 공유해 보고자 기억을 더듬어 본다.

직장 동료들에게 진심으로 대하기

　직장 생활은 적당히 하면 된다고 하는 사람들도 있다. 직장 동료는 친구가 될 수 없다고 말한다. 하지만 내 경우에는 시작부터 직장 동료라고 선을 긋는 인간관계는 하지 않았다. 내가 마음을 연만큼 상대방도 마음을 열 것이라고 생각했기 때문이다. 모든 직장 동료들과 베스트프렌드가 되라는 이야기는 아니다. 하지만 사회생활은 타인과의 끊임없는 소통과 협업을 필요로 한다는 것을 기억해야 한다.

일하다 보면 애매한 상황에서 누군가에게 질문해야 할 일이 많이 생긴다. 그럴 때 편하게 물어보고 솔직한 내 상황을 알릴 수 있는 사람을 만들어 놓는 것은 중요하다. 또한, 내 잘못이 아닌데 누명을 쓰는 일도 꽤 있다. 이럴 때 내 마음을 알아주는 사람과의 따뜻한 대화만으로도 마음이 풀어질 때가 있다. 하루에 8시간을 함께 보내면서 나의 하루를 누구보다 가까이에서 관찰한 사람들이므로 그들이 내 상황을 가장 잘 알고 있다.

나는 최대한 진심으로 동료들을 대하려고 애썼다. 이 사람이 나에게 도움이 될지 아닐지 계산하지 않았다. 언젠가는 모두가 나에게 도움이 되는 것을 알고 있기 때문이다. 처음에는 나를 경계하던 사람들도 있었지만 여러 번 시도하면 진심은 통한다. 물론 끝까지 나에게 계산적으로 대하거나 경계하는 사람들은 걸렀다. 내 소중한 시간을 굳이 나와 다른 방식으로 사는 사람들을 설득하느라 보낼 필요는 없다고 생각했다. 그렇게 나는 몇몇의 마음 맞는 동료들을 만들었고 힘들었던 날을 더욱 쉽게 지나갈 수 있었다.

전 직장 동료들 중에 몇 명은 평생 친구가 되어서 지금도 만난다. 같은 목표를 이루기 위해 희로애락을 같이 한 경험은 소중하기에 일종의 '전우애' 같은 것이 생겼다고나 할까? 만날 때마다 어설펐던 서로의 모습을 추억하며 깔깔대기도 하고 서로의 마음을 되잡아 주고 앞길을 응원해 주기도 한다.

상사와 적극적으로 소통하기

이 부분은 나도 쉽지 않았던 부분이라 누군가는 나보다 지혜롭게 대처하길 바라는 마음에 적어 본다. 나는 어려서부터 소통이 자연스러운 가정에서 자랐다. 중요한 일은 가족회의를 통해 결정했고, 내 의사를 표현할 때마다 부모님은 내 의견을 존중해 주셨다. 대학교까지는 내가 보통 사람보다 소통을 잘하는 사람이라고 생각했고 이 부분에서 어려움이 겪은 적이 없었다. 하지만 직장 생활을 시작하면서 충격을 받았다. 직장에서의 소통은 내가 지금까지 경험한 종류의 소통이 아니었다.

나의 어떤 말이라도 경청해주던 부모님, 친구들, 선생님과의 소통과 직장 상사와의 소통은 그 결과 난이도가 달랐다. 지금까지는 상대방에게 나를 잘 표현하는 것이 소통의 시작이었고 그 부분에 자신이 있었다. 많은 경우, 직장에서 만나는 사람들은 내 말을 들을 준비가 되어 있지 않다. 그들은 본인이 듣고 싶은 말을 듣고 싶어 한다. 그리고 대부분 눈코 뜰 새 없이 바빠서 내가 주저리주저리 말하면 인내심을 잃는다. 잘못했다가는 다음부터는 말할 기회를 아예 잃을 수도 있다. 그래서 우리는 상사와의 소통에 소극적이 되기 쉽다. 잘한 일 또는 확실한 결과만 공유하고 싶을 수 있다. 나도 그랬다.

하지만 의외로 상사들이 내가 일하는 과정을 알면 더욱 너그러워진다. 상사들이 내 프로젝트에 대해 상세히 아는 만큼 그 프로젝트에 자신이 많이 관여되어 있다고 생각한다. 세세한 것을 모두 보고하라는 것은 아니지만 중요한 일, 상사가 알고 싶어 할 일 혹은 상사가 알았으면 하는 일이 있다면 그때그때 공유하는 것이 좋다. 상사들은 모두 바쁘다. 하지만 그들은 누구보다 우리의 업무에 관여하면서 자신의 가치를 확인하고 싶어 한다. 소통하는 과정에서 상사에게 조언을 얻을 수도 있고, 이 기회를 통해 상사를 내 편으로 만들게 된다.

평소에 해보고 싶었던 일을 회사에서 도전하기

회사만큼 탁월한 배움의 장소는 없다고 생각한다. 일을 오래 한다고 해서 그에 대한 자격증이나 학위가 주어지는 곳은 아니지만, 그동안 해보지 않았던 일들을 배우고 도전해 볼 수 있는 곳이다. 워드프로세서나 파워포인트 같은 프로그램을 회사가 아니었다면 이렇게 빨리, 적극적으로 배울 수 있었을까?

나는 하고 싶은 일이 많이 있고 새로운 아이디어가 시도 때도 없이 떠오르는 편이다. 그럴 때면 회사 일과 내 아이디어가 접목될 수 있는 것이 있을지 고민해 본다. 사실 대부분 시간을 회사에서 보내는 내가 하고 싶은 일이라고 해봐야 회사와 관련된 일일 경우가 많다. 그럴 때는 상사에게 살짝 가져가 본다. 그리고는 반응에 따라 회사의 상황을 파악해서 내 아이디어를 다듬어서 다시 가져간다. 내 경험으로 볼 때 대부분 회사는 새로운 아이디어를 가져오는 사람을 적극 환영한다. 내 아이디어가 채택되면 나는 월급을 받으면서 내 자아실현 또는 미래 비지니스를 연습할 기회가 된다. 도전했다가 잘 안 되는 경우에도 어차피 내 메인 업무는 아니었으므로 경험으로 생각하면 된다. 또한, 실제로 해보면 이 일이 내 적성에 맞는지 알 수 있는 기회가 된다. 아이디어가 잘 실현되면 회사에서 인정받는 계기가 된다. 향후에 이 일을 내 개인 사업으로 가져갈 수도 있다. 돌아보면 이런 기회를 스스로 만들면서 15년 넘게 직장 생활을 유지한 것 같다.

Let's Stay The Course!
돌아는 가도 되는데 꺾이지는 맙시다!

　　"해외 출장 가면 남편 밥은 누가 해주나요?"

　출장이 잦은 내가 자주 받았던 질문이다. 내 남편은 나보다 요리를 잘하는 데…. 아직도 이 사회에서는 집안 살림이 여성의 주요 역할이고 직장 생활은 서브 역할이라는 생각이 팽배한 것 같다. 이런 인식을 가진 사람들을 어떻게 대해야 할지 고민을 많이 한다.

　난 한국이 자랑스러운 한국 사람이지만 여성으로서 한국에 산다는 것은 조금 다른 의미이다. 물론 이렇게 여성이라서 주목을 받았던 시대는 없었던 것 같다. 감사한 일이다. 하지만 아직도 이 사회가, 이 사회의 여성들이 가야 할 길은 멀다.

　영국에서 공부를 마치고 복직을 했고, 이번에는 해외 취업이 하고 싶었다. 학교에서 배운 기업 혁신을 국제적인 환경에서 활용해보고 싶었고 한 기업의 벨기에 지사에 합격했다. 연봉 협상을 마쳤고 비자 신청을 위해 여권을 보냈다. 그곳에서 내 꿈을 펼칠 수 있는 진짜 무대가 시작될 것을 상상하며 설레서 며칠 밤을 새웠다. 언제 어떻게 회사에 이야기할지만 고민하던 차였다.

그 주에 아빠가 암 선고를 받았다. 내 동생은 임신 중이었다. K 장녀라 불리는 한국 가정의 큰딸인 나는 인생 일대의 기회 앞에서 절망에 빠졌다. 무슨 일이 있어도 나를 지지해주는 남편은 아무 일 없을 거라고 가라고 했다. 가족과 직업, 둘 다 놓칠 수 없었다. 아니, 놓치지 싫었다. 어느 하나도 결정하기 싫어서 눈물만 나왔다. 결국, 일주일 만에 죄송하지만 갈 수 없게 되었다는 이메일을 보냈다. 지금도 부모님은 이 사실을 모르신다. 그렇게 나는 부모님을 최선을 다해 돌보았고 아빠는 수술과 치료를 무사히 마치게 되었다.

벨기에 직업을 선택하지 않았던 이유는 의외로 간단했다. 나에게 가족이 나의 커리어만큼 중요했기 때문이다. 한평생 나에게 삶으로 사랑을 보여주신, 내 샘솟는 에너지의 근원인 엄마 아빠를 선택한 일은 지금 돌아보며 생각해도 잘한 것 같다. 그렇다고 내 선택이 내 인생의 끝이라고 생각하지 않았다. 나는 어쨌든 계속 그 방향으로 갈 것이기 때문이다.

그러다가 부모님도 나도 풍파를 보내고 안정을 찾았을 때, 현재 다니고 있는 회사에서 사람을 뽑는다는 이야기를 들었다.

"어라, 딱 나를 뽑고 있네?"

내가 정확하게 하고 싶던 '기업 혁신', '기술 연결'을 컨설팅해주는 회사였다. 인터뷰 때 대표님이 내 경력의 많은 부분을 차지했던 기술 정책이랑 비즈니스는 좀 다르다고 말씀하셨다. 내가 오랫동안 고민했던 부분이었다. 한 회사가 한국에 진입하기 위해 정책을 이해하는 것이 얼마나 중요한지 말씀드렸다. 비즈니스와 정책이 얼마나 맞닿아 있는지, 그리고 내가 그 일을 얼마나 잘할 수 있는 사람인지 읊어나갔다. 대표님의 입꼬리가 살짝 올라갔다. 직감이 들었다. "오예, 붙었다!"

그렇게 이 회사로 조인해서 딱 맞은 옷을 찾은 사람처럼 신나게 일하고 있다. 게다가 동기부여가 된 동료들과 일을 하니 의욕이 사라질 날이 없다. 침대에 눕자마자 얼른 다음날이 되어서 출근하고 싶다는 생각도 한 적도 많다. 그리고 2년 만에 한국 지사 부대표로 승진했다.

생각보다 내 주변의 여성들이 여러 가지 이유로 직장을 그만두는 것을 본다. 안타깝게도 어떤 사람은 그들의 오랜 꿈을 포기한다. 가정을 선택하는 일이 결코 가치가 없거나 틀렸다고 생각하지 않는다. 하지만 많은 질문이 든다. 가정과 나의 삶이 번갈아 가며 우선순위가 될 수는 없을까? 왜 여성이라서 둘 중 한 가지를 선택해야 할까? 무언가를 위해 자기 삶의 방향을 전부 포기하는 것이 옳은 일일까?

살면서 내 방향성을 잃게 할 장애물을 많이 만났다. 사회적 통념, 결혼 생활, 주변의 시선, 어찌할 수 없는 내가 선택하지 않은 사건들이 수도 없이 일어났다. 하지만 나는 심플했다. '나를 추구하는 길'을 선택하고 앞을 보며 걸었다. 물론 돌아갈 때도 있었다. 그러나 내 방향성이 꺾이지 않도록 나를 유지했다.

작년에는 EMPOWER 프로그램을 통해 나와 비슷한 13인의 여성들을 만났다. 그들과 내 고민이 많이 다르지 않았다. 멀리서는 꽤 멋진 프로같이 보이지만 매일 자기 자리에서 다양한 이슈로 좌충우돌하고 있었다. 하지만 어떻게 해서라도 자신의 트랙 위에 서 있으려는 그들의 에너지와 끈기를 발견했다. 어려움도 있지만 금방 다시 일어서서 자신의 방향을 잡는 이들을 보며 회복 탄력성이 이들 커리어의 비결일지도 모르겠다는 생각도 들었다.

혹시 누군가에게 공감될까 해서 매달 워크샵, 식사, 카톡 채팅방, 영국 여행에서 나누었던 우리의 이야기들을 모으게 되었다. 나는 이런 쿨한 여성들과 함께 앞으로도 쉬었다 가고 돌아가는 한이 있어도 끝까지 계속할 예정이다.

이 자세로 내 인생의 다음 챕터를 기다려 본다.

06

째미와 행복이
기준이 될 수 있나요

쵸긍졍 아이콘 쎄레나가 걸어 온 커리어의 길

정유경(Serena)

우연히 시작한 아르바이트에서 알게 된 MICE 업계에서 인턴 이후 영어 좀 한다는 대학생들이 한 번쯤은 생각한다는 해외영업을 하다 어느 날, 행복하지 않아서 그만두기로 했다. 이후 무작정 떠난 런던으로의 한 달 여행. 남들의 의견이 아니라 나에게 정말 중요한 커리어 기준을 세워보며 인생 2막을 새로 시작해 보기로 했다. 더 많은 사람들이 좋아하는 일을 하면서 즐길 수 있게, 각자가 본인의 강점을 살려 성장할 수 있게 도와주는 채용 컨설턴트이자 팀의 코치로 일하고 있다.

보통의 하루

　　　　여러 고객사와 일하고, 많은 후보자들을 만나는 헤드헌팅업의 특성상 나의 특정한 하루를 그리기에는 너무 매일이 다르다. 아침에 일을 시작하는 잠깐의 루틴한 업무를 제외하고는 일상이라는 것이 정형화되어 있지 않지만 보통의 하루를 그려본다.

　오피스에 출근하는 날에는 짐을 두고는 물 한 컵을 마시면서 시작한다. 아침에 눈 뜨자마자 하는 루틴이기도 한데, 오피스에서도 동일하게 물 한 컵으로 스스로에게 시작을 알린다. 마치 나만의 의식 같은 거랄까? Recruitment firm, 헤드헌팅 회사에서의 메인은 사람(People)이고 이 사람을 상대하는 사업의 특성상 한 치 앞을 예측할 수가 없다. 그래서 가장 작은 나만의 루틴으로 하루를 시작하려고 한다.

　물 한 잔 마시고, 아침의 시작은 이메일 정리 그리고 실적 검토로 시작한다. 이를 통해 오늘의 우선순위를 세팅할 수 있는데, 현재 맡은 부서 안에 총 6개의 다른 산업군의 팀이 있기 때문에 이 팀들을 균형 있게 잘 운영하려면 우선순위 세팅이 정말 중요하다.

컨설턴트 시절에는 내가 담당하는 포지션만 보면 됐었고 어찌 보면 업무가 명확했다. 하지만 지금은 부서 전체의 성과를 내는 것은 당연하고, 팀에서 하지 못하는 부분을 찾고 또 장기적인 성장에 대해 고민을 해야 하는지라 고민의 시간과 내부 미팅의 시간이 이전보다 늘어났다. 일찍 출근해서 조용할 때는 이런 고민, 전략 등을 세우고 내/외부 커뮤니케이션 등 혼자 할 수 있는 일을 처리한다.

이른 오전, 대표님과의 주간 미팅이 있다. 이 미팅을 가기 전에는 어떤 내용을 이야기하고 싶은지 먼저 생각해서 가는 편이다. 현재 상황과 실적 포케스트(예상 실적 보고)에 관한 것은 기본이고 그 외에 논의하고 싶은 내용이나 건의하고 싶은 것들을 미리 정리한다. 주니어 시절에는 묻는 것에 답하는 것이 익숙했는데, 매니저가 묻기 전에 내가 먼저 상황을 브리핑해주면 미팅 시간도 줄일 수 있고 나도 업무를 전체적으로 볼 수 있어서 포맷을 조금씩 바꿨다.

미팅을 끝내고 자리로 돌아오면, 팀원들이 찾아온다. 오전 중에 생긴 고민이나 이슈들을 가져오면 함께 문제를 푼다. 고민들은 사람마다, 각 프로젝트 케이스마다 워낙 다른데 보통은 '고객사/후보자가 이럴 때 어떻게 대처하면 좋을까요?' 혹은 '팀원이 이런데 어떻게 이야기하는 게 좋을까요?'와 같은 정답은 없는, 전략이나 커뮤니케이션에 대한 이야기들이다.

항상 강조하는 건, 우리 일은 답이 없는 일이기에 컨설턴트 당신의 역량이 굉장히 중요하다는 것. 고객사나 후보자가 보지 못하는 것에 대한 부분을 '컨설팅'해드려야 한다는 것이다. 그냥 이력서 제출하고 혹은 후보자에게 직무 분석표(Job description) 뿌리는 하수처럼 일하지 말자고 한다. 그게 우리 회사의 지향점은 아니니까. 여러 채용 건을 담당하는 우리만이 가질 수 있는 인사이트, 트렌드에 대한 안내, 다른 케이스 진행 시 레퍼런스 등에 관해서 이야기하도록 트레이닝한다.

점심은 회사분들과 약속을 잡는 경우도 있고 고객사나 후보자와 먹기도 한다. 각 회사 대표님이나 디렉터급 분들과 점심을 많이 하는 편인데, 첫 만남에 점심을 먹는 경우도 많다. 어떤 분들은 초면에 점심이라 부담스럽다 하시는데, 워낙 많은 사람을 만나는 직업이다 보니 점심시간까지 활용하지 않으면 그 사람에 대해, 혹은 그 회사에 대해 더 깊게 알기가 힘들기 때문에 나도 소중한 점심시간을 아껴서 활용하려고 한다. 오늘도 처음 뵙는 분과의 런치. 어떻게 성공하셨냐는 질문에 다른 많은 리더분들처럼 '운이 좋았다.'라고 겸손하게 말씀해 주시는 모습에 나도 다시 한번 마음가짐을 다잡는다.

강남역 부근에서 늦은 점심을 먹고 나서는 예전에 이직을 도와드린 후보자를 다시 만나는 커피챗 타임이다. 우리 회사는 을지로입구에 위치하고 있어서, 강남-삼성 부근을 오면 그쪽에서 가능하신 분들과 만나는 스케줄을 잡는다. 대면미팅을 위한 이동시간을 최소화해야 더 많은 분들을 도와드릴 수 있기 때문에 시간 관리는 필수다.

이직을 도와드리고 나서도 후보자분들을 종종 만난다. 헤드헌터지만 당장 이직 이야기만 하는 게 아니다. 산업군 이야기, 리더십 이야기 혹은 개인적인 이야기까지. 다양한 주제로 서로 win-win 하는 관계를 만들 수 있다는 게 이 직업의 가장 큰 장점 중 하나가 아닐까 싶다.

　미팅이 끝나고 핸드폰을 보니 몇 명이 시간 가능할 때 연락 달라는 메시지가 와 있다. 그럼 각자에게 어떤 일인지 간단히 물어보고 거기서도 우선순위 순으로 전화를 한다. 이동시간을 효율적으로 활용하기 위해서는 걸어 다니면서도, 택시에서 계속 전화를 한다.
　거의 종일 미팅으로 시간을 보내지만 마지막 마무리는 간단하게라도 하루를 정리하는 시간을 가진다. 그래야 오늘 진행했던 건들에 대해서 기억이 왜곡되거나 희석되지 않기 때문이다. 다른 팀에 요청해야 하는 자료가 있으면 그것까지는 마무리한다. 업무마다 일의 진척 속도가 다르기 때문에 협업이 필요한 일은 최대한 빠르게 요청해 두려고 한다.

　이렇게 하루를 마무리하고 나면 비로소 퇴근! 집에 가는 길이 버거울 정도로 녹초가 되어 있긴 하지만 이렇게 사람들을 만나고 이야기하면서 좋은 에너지를 얻을 수 있기에 감사하다는 생각을 하면서 하루를 마무리한다.

행복을 따르는 법

퇴사의 기준은 게 행복인데요

이런 기업이라면 괜찮겠는데? 한국인이라면 한 번쯤은 들어봤을 법한 의료기기 기업에 가기로 결심한 건 대학교 졸업논문을 쓰면서였다. 마지막 학기에 들은 경영학 수업에서 국내 강소기업을 리서치할 기회가 있었고, 거기서 우연하게 찾은 기업이었다. 마침 공고를 보니 해외영업 채용 건이 있었다.

영어를 좀 한다는 대학생들은 한번쯤 생각한다는 직무. 영업을 해본 적은 없지만 재밌어 보이길래 덜컥 지원해 봤다. 인적성 검사가 싫어서 대기업은 생각도 안 하고 있었는데 이 기업에서는 인적성 검사 비슷한 걸 봤다. 준비가 없었던지라 떨어지겠지 했는데 웬걸. 인적성 검사 문제에 대해서 대표님과 리뷰하는 독특한 방식의 면접을 포함해서 여러 차례 절차를 걸치고 덜컥 합격 소식을 받았다. 빠르게 사회생활을 시작하고 싶었던 나는 조건 같은 건 생각도 안 하고 일단 가기로 결심했다. 생각보다 처우도 괜찮았고, 모든 게 다 처음이라 재미있었고 사람들도 좋았다. 어느 날 부사장님이 왜 일을 하는지, 왜 회사에 다니는지 여쭤보시길래 나는 "행복해서 다닌다."라고 했다. 꿈에 그리던 해외 출장도 가 보고.

2년을 조금 넘은 시점. 사회 초년생 티를 조금 벗을 때쯤 이해하기 힘든 회사의 문제들이 보이기 시작했다. 겉으로는 웃고 있지만 뒤에서는 서로 비난한다든지, 처리해야 할 일이 있음에도 불구하고 업무 시간에 당당하게 무역영어와 같은 개인 공부를 한다든지 하는. 어찌 되었든 내가 몸담았던 조직이기에 더 긴 말은 하고 싶지 않지만 내 기준에서는 이 문화에 있다가는 나도 비슷한 사람이 될 것 같다는 생각이 들었다.

나는 선택을 해야 했다. 이 문화에 내가 맞추든가 떠나든가. 당시에도 취업난이 심각하다는 뉴스가 계속 나왔고 또 3년을 채우면 퇴직금이 나온다는 주변의 만류가 있었지만 나는 큰 결심을 했다.

"리셋하자."

2년 반여의 경력을 살릴 생각 말고, 최대한 빨리 나가서 다시 시작해야겠다는 생각이 들었다. 동기들 중에서 가장 빠르게 취업을 했고 다른 회사와 비교하지 않고 이 조직에 빠르게 들어온 이유도, 실패하더라도 빠르게 실패하기 위해서였다. 누군가 보기에 늦을 수도 있는 나이지만, 중고 신입이라면 아무 경력도 없는 신입보단 낫지 않을까? 라는 생각이었다. 뒤의 계획은 생각하지 않은 채, 이대로 이 회사에 다니면 소중한 내 시간이 버려질 것만 같아 무작정 퇴사를 결정했다.

그렇게 회사에 퇴사 노티스를 하고 나니 부사장님이 지나가던 길에 물어보셨다. "왜 퇴사해? 행복하다며." 사실 물어봤다기보다는 비꼬는 듯한 말투였다. 그때 다시 생각했다. 아, 퇴사 결정 정말 잘했다. 그리고 대답했다.

"네, 여기서 더 이상 행복하지 않아서요"

무작정 떠났던 여행

그렇게 첫 직장과 안녕을 고하고, '이때 아니면 언제 하겠어?'라는 생각으로 훌쩍 유럽으로 비행기 표만 끊고 한 달 여행을 떠났다. 나를 반기는 걸까, 런던의 디폴트 날씨는 비라던데 이상하게 내가 마주한 런던은 맑음이었다.

덕분에 아침에 조깅도 하고, 하이드파크 벤치에 앉아서 멍 때리기도 하면서 정말 현지인보다 더 현지인처럼 지내봤다. 어느 날, 다음날은 어느 코스로 뛰어볼까 하고 구글 지도를 열었는데, 마침 '더블린(Dublin)'이 보였다. 기네스의 도시 아니던가! 당시 맥주를 사랑했던 나는 그냥 내 마음이 이끌리는 대로 갑자기 더블린행 비행기를 예약했다. 이번에도 그냥 그런 생각이었다. '이때 아니면 언제 가겠어?'

정말 처음으로 완전한 자유를 맞이한 느낌이었다. 교육열이 높은 환경에서 자랐던 지라 학생 시절에는 학업에 치였고, 회사를 다니면서는 그놈의 책임감 때문에 휴가 중이더라도 처리해야 할 일들로 인해 항상 무언가를 '해내야 한다'라는 강박에 살았던 것 같다.

이렇게나 막연하고 생각 없이(?) 지낸 시절은 정말 오랜만이었다. 생각이 떠오르는 대로 행동해 보기도 하고, 낯선 곳을 혼자 여행하다 보니 자연스레 나 스스로와 대화할 시간이 많아졌다. 그를 통해 내가 어떤 사람인지, 진짜 좋아하는 게 무엇인지, 어떤 일을 하고 싶은지 등등 나에 대해 깊게 알 수 있게 되었다.

그렇게 우선순위를 3가지 세웠고, 귀국 후 나는 그 우선순위 3가지가 모두 부합하는 회사로 이직하게 된다. 생소하고 아는 것도 없는 분야였지만 오랜 대화를 통해 찾은 나만의 우선순위 덕분일까. 천직이라 생각하며 8년째 즐겁게 다니고 있다.

이 경험을 바탕으로, 커리어 컨설팅을 본업으로 하면서 항상 드리는 질문은, "왜 이직하세요?", "우선순위가 어떻게 되세요?"인데. 생각보다 많은 분들이 본인의 '진짜' 이직 사유와 '우선순위'를 잘 알고 계시지 못하더라. 그렇게 되면 힘들여 이직한 회사에서 만족하지 못하고 또다시 이직의 여정에 오르는 경우가 많은데, 3년, 5년 등 때가 되었으니 혹은 이직해야 할 것 같아서와 같이 두리뭉실한 이유가 아니라 본인만의 기준을 세우고, 그를 검토하고 나서 이직을 고려하는 걸 추천한다.

간략하게나마 내가 일기장에 적었던 우선순위 3가지를 공유한다. 연봉, 복지 혹은 회사의 네임밸류와 같은 사람들이 주로 고려하는 건 없었다. (사실, 이 우선순위는 잊고 있다가 이직하고 몇 년 후 일기장을 보다가 발견한 것이다. 내가 여행 중에 적어둔 노트가 마치 예언처럼 실현되어 있어 깜짝 놀랐다.)

1) 사람 만나는 일 — 사람에게서 에너지를 얻는 편이고 첫 직장에서 해외영업을 했을 때도 미팅이 즐거웠다. 이런 생각을 하다 보니 크게 3가지 정도의 직군 — 영업/컨설팅/인사 —이 나랑 잘 맞을 것 같았다.

2) 문화가 맞는 곳 - 의견이 있으면 개진을 할 수 있고, 자율성이 있고, 책임을 가질 수 있는 곳에서 일하고 싶었다. 잘한 것은 잘했다 칭찬하고 못한 건 못했다고 이야기해 줄 수 있는 솔직한 피드백을 줄 수 있는 문화가 있었으면 좋겠다고 생각했다. 그러다 보니 '아마 외국계는 그렇지 않을까?'라는 생각을 했다.

3) 스쿼시장 가까운 곳 - 다들 이 기준이 Top 3 중 하나라고 이야기하면 이상하다 하는데, 당시 나는 양재에서 종로로 스쿼시를 치러 다닐 정도의 열정을 갖고 있었기에 이게 중요했다. 간혹 강남에 스쿼시장이 없냐고 묻는 사람도 있는데, 내가 원하는 좋은 조건의 스쿼시장은 종로에 딱 하나 있었다. (슬프게도 지금은 폐업했다.)

도저히 할 수
없을 것 같은 일이라도

수학 과학을 싫어해서 선택한 문과생이지만 이차전지 연구원을 찾아야 했고, 알 수 없는 용어들을 이해하려 화학 관련 리포트를 보고, 밤낮으로 어떻게 사람을 찾을 수 있을까 연구했다. 그 결과, 국내 유망 이차전지 회사의 핵심 연구원분들이 내 이름을 알게 되셨다. 그렇게 리포트를 업데이트하니 고객의 태도가 변했다. 파트너로 생각하고 같이 일하고 싶다고. 아무것도 아는 정보 없이 정말 맨땅에 헤딩하면서 해낸 프로젝트가 알고 보니 계약서 체결이 안 되었던 건이라 정량적인 성과는 낼 수 없었지만, 스스로에 대해 자신감을 갖게 됐다. 하니까, 되는구나.

이번에는 누구나 들으면 알 만한 글로벌 회사에서 연락이 왔다. 그런데 그 당시 이 글로벌 회사는 아주 안 좋은 뉴스로 세간의 화제가 되면서 상황이 전환되었다. 아주 긴급하고 중요한 채용 건이 있는데 미팅을 하자고. 평판이 바닥으로 떨어져 아무도 가고 싶어 하지 않는 회사로. 아직 나는 입사한 지 1년도 안 되었기에 상사와 미팅을 같이 가고 싶었으나 고객사에서는 이 프로젝트 담당자만 오라고 했다. 보통은 상사 혹은 임원급을 부르는데 이렇게 담당자만 오라고 하는 경우는 처음이라 솔직히 좀 두려웠다.

떨리는 마음으로 미팅을 갔는데 생각보다 무섭지는(?) 않았다. HR 임원이 회사의 현 상황에 대해 공유해 주셨다. 그러면서 뉴스들로 인해 본인 회사의 평판이 안 좋은 것도 알고 있지만 반대로 그 영향으로 인해 스스로 뽑은 직원들을 내보내야 했다며, 지금 본인은 개인 생활도 힘든 정도라고 하셨다. 그러다 심지어 눈물을 흘리셨다.

직장 생활 동안 외부 미팅에서 눈물을 본 건 이때가 처음이자 마지막이었다. 임원분에게는 마음이 쓰였지만 너무 어려운 프로젝트기 때문에 할 수 있을지는 돌아가서 상사와 논의 후 말씀드리겠다 했더니 너무 어려운 결정을 맡기셨다. "세레나가 할 거면 저도 바로 계약서 서명하고요, 아니면 안 하는 걸로 하시죠. 담당자 결정이 중요합니다."

회사로 돌아가서 보고하니 상사는 당연히 진행하라고 했다. 주니어인 나에게 이렇게 중요한 프로젝트를 맡기는 회사도, 고객사도 이해가 되지 않았다. 하지만 반대로 생각해 봤다. '다 그럴 만한 이유가 있겠지. 내가 할 만하니까 고객사도 큰돈을 선지불 하면서까지 맡기겠지.'라는 생각. 내가 보지 못하는 관점에서 상사의 결정이 맞을 것이라는 생각.

고민 끝에 '내가 못 찾으면 여기 갈 사람은 없다.'라는 생각으로 프로젝트를 시작했다. 솔직히, 시작할 때만 해도 해낼 수 있다는 자신감보다는

'어떻게든 해본다', '해내야 한다'라는 생각으로 진행했다. 브랜드 가치가 떨어져 있는 현 상황이 아니라, 지금이 오히려 가장 안 좋을 때이니 함께 미래를 볼 수 있을 그런 사람을 찾아야겠다는 생각을 했다. 누가 이 회사에 가면 좋을지, 후보자 입장에서 생각하고 과정에 집중했다.

　채용이란 것은 정해진 답이 없기 때문에 시시각각 전략을 바꾸고 새롭게 적용해 보아야 하기에, 기본적인 틀은 있지만 각 프로젝트에 따라 담당자가 어떻게 설계하고 방향을 그려 나가는지에 따라 성공 여부가 달려있다. 예를 들어 화장품 회사에서 스토어(지점)의 세일즈 포지션이 있을 때, 대부분은 동종업계 사람을 선호하기도 하지만 어떤 경우에는 다른 분야의 사람을 원할 수도 있다. 고객사는 '다른 분야'라고만 이야기하지만 이게 '비슷하면서도 다른'이라는 말이기 때문에 프로젝트 담당자가 럭셔리나 전자제품 혹은 패션 등, 어떤 산업군의 회사를 보면 좋을지에 대해 컨설팅해주는 게 필요하다.

　연차가 적다고, 주니어라고, 할 수 없을 것 같다고 생각하고 안 될 거라 생각했다면 절대 성공할 수 없었을 것이다. 하지만 중요한 건 꺾이지 않는 마음. "어떻게든 해내겠다."라는 생각으로 셀 수 없는 실패와 개선을 반복하면 좋은 성과를 낼 수 있다. 이 경험은 내 커리어뿐만 아니라 인생에도 정말 큰 자산이 되었다.

퇴사하라는 소리인가요?

　입사했을 때부터 담당했던 두 가지 산업팀(A팀, B팀이라 하겠다.)을 키워 매니저(팀장)가 되었다. 비슷한 듯 다른 분야의 채용을 직접 진행함과 동시에 팀원을 관리하는 일이 쉽지는 않았다. 개인 퍼포먼스로 평가받는 컨설턴트와 달리, 매니저(팀장)는 팀의 성과 달성 여부가 중요한데 다행히 좋은 사람들 덕분에 지속적으로 좋은 성과를 낼 수 있었다.

그러던 어느 날, 한 매니저분이 다른 직무로 보직 이동을 하면서 그 팀(C팀)의 매니저 자리가 공석이 되었다. 그러면서 상사와 대표가 나에게 혹시 C팀을 맡아 보는 게 어떻냐고 했다. 단, 지금 맡고 있는 팀 중에 A팀은 분사를 시키고. 이 제안을 받았을 때 가장 먼저 든 생각은 '나, 퇴사하라는 건가?'였다. 내가 맡은 2가지 산업군 중에 당시 A팀 분야의 실적이 좋았기 때문이다. 실적이 잘 나오는 팀을 내어주고, 반대로 실적이 좋지 않은 팀을 맡으라니.

회사의 입장이 이해가 안 갔던 건 아니다. 실적이 좋지 않았던 팀이지만 중요한 산업군을 담당하는 곳이었기에 누군가는 그 팀을 맡았어야 했다. 하지만 왜 나에게 이런 시련을 주는 걸까. 차라리 B팀을 분사시킬 수도 있는 건 아닐까 생각했지만, 팀 간의 상호작용을 고려했을 때 A와 C는 연관이 없었다. 만약 원한다면 A, B, C 모두 맡는 옵션도 있었지만, 팀이 마냥 커진다고 좋은 게 아니라, 선택과 집중을 통한 성과를 내는 게 중요하다 싶어서 그건 아니라고 생각했다.

대표와 상사는 회사의 상황을 설명해 주며, 단기적으로 나에게 돌아오는 보상은 없을 수 있지만 장기적으로 이러한 결정들이 분명 내 커리어에 도움이 될 거라고 했다. 어찌 보면 단기적으로는 손실이었을지도 모른다. 안 되는 팀을 맡으면 그만큼 단기적으로 실적이 나오기는 힘들 수 있으니까. 하지만 결국 나는 회사의 방향대로 진행하기로 했다. 회사의 결정에 반대 의견을 낼 수 없거나 그런 환경이어서가 아니라, 나의 선택에 의해서.

1) 도전 과제가 아니라 기회다- 나에게 어려운 과제이지만 어려운 일을 나에게 맡겨준다는 결정 자체가 감사했고 기회라는 생각이 들었기 때문이다. 나도 팀을 관리하면서, 어려운 과제가 있을 때 할 만한 사람한테 맡기지 할 수 없을 것 같은 사람에게 주진 않는다. 이번 과제도 마찬가지라고 생각했다.

2) 어차피 망한 상태라면 앞으로는 잘 될 일밖에 없다- 만약 잘 되는 팀을 맡게 된다면 기대치가 있기 때문에 그 팀이 잘 안 될 때 그것은 온전히 내 '탓'이 된다. 하지만 팀이 가장 바닥 지점에 있다면 더 망칠 것도 없고, 거기서 올라갈 일밖에 없기 때문에 무엇이든 도전해보기 편한 상태다.

3) 내 상사들을 믿었다- 내 직속 상사와 대표를 믿었다. 회사에서 내가 좋은 성과를 낼 수 있는 건 혼자 힘으로 가능하지 않다고, 우리는 같은 배를 탔기에 내가 보지 못하는 더 장기적인 플랜까지 고려했을 거라고 생각했다. 당연히 사람이 완벽하지 않은지라, 서운할 때도 있지만 존경하는 부분이 훨씬 더 많은 분들이었다. 지금도 너무 감사한 점은, 여느 회사에서는 그냥 통보식으로 조직 변경이 되었다 알려줄 수 있었던 아젠다인데 여러 번 나에게 설명해주셨다.

팀장에서 조직을 관리하는 디렉터급으로 승진하면서, 이러한 조직변동에 관한 결정 그리고 그에 대해 팀원에게 안내하는 과정에서 이 경험은 굉장한 도움이 되었다. 어떤 조직 혹은 어떤 상황에서는 정말 저러한 변화가 '나가라'는 메시지일 수도 있겠다.

하지만 기억하자. 회사는 비즈니스를 하는 곳이고 비즈니스에 도움이 되는 사람을 아무 이유 없이 내보내지는 않는다. 비즈니스 환경이 변화하지 않았는데 어떠한 변화가 일어난다면 그 변화 역시 내 책임이거나 혹은 기회이거나 둘 중 하나일 테고 어떤 방향으로 회사의 메시지를 해석할 것인지는 나의 판단에 달려있다.

삶의 호흡

인생은 단거리 경주가 아닌데

나의 20대를 돌아보면 '경주마' 같았다. 대학교 입학부터 정말 앞만 보고 달렸다. 여기서 달린다는 것은, 어떤 취업을 위한 스펙을 준비하거나 그런 게 아니라 정말 매일을 충실하게 살았다는 거다. 항상, 지금 죽어도 여한이 없게. YOLO(You Live Only Once.)를 외치면서 놀 때는 열심히 놀고 좋아하는 수업은 열심히 듣고 싫어하는 과목은 시험 준비도 안 하고 아예 손 놓아 버리기도 하면서. 주변에서 달리라고 하는 사람은 없었다. 하지만 스무 살 전까지 나는 답답했다. 부모님의 말을 곧잘 듣는 딸로서, 스스로의 선택보다는 사회적으로 '맞다'라고 여겨지는 틀 안에 나를 가두고 살았기 때문에. 탓하고 싶지 않지만 내가 받은 한국 교육에 나는 아주 잘 맞춰진 사람이었다.

하지만 본성(?)은 달랐다. 나는 주관이 명확하고 하고 싶은 건 해야 하는 사람이었던 거다. 대학 입학부터는 정말 내가 하고 싶은 대로, 대신 최선을 다해 살았다. 나는 공부가 그다지 재미가 없었는데 10년 넘게 재미없게 앉아만 있어야 했던 지난 시간이 아까웠고, 그 시간을 만회하기 위해서 내가 할 수 있는 건 최선을 다하는 것뿐이었기에.

그렇게 쉼 없이 달렸더니 성과가 있었다. 동기들 중에 가장 먼저 취업했고, 빠르게 이직했고, 그리고 회사에서 빠르게 승진했다. 입사 2년 만에 매니저로 승진했고 2년 반 후에는 Associate Director로 승진했다. 약 7년 동안 명함이 8번 넘게 바뀌었다. 스타트업도 아니고, 런던증권거래소에 상장된 외국계 회사에서 이렇게 승진할 수 있다니! 사실 이 승진의 순간마다 승진 당시에는 뿌듯하고 기뻤지만, 그 기쁨을 누리기도 잠시, 다시 앞을 향해 나아가야 했다. 이 역시 누군가가 시킨 것은 아니다. 내가 좋아하는 일을 하고 있음에, 그리고 매일 성장하고 있음에 즐거웠다.

하지만 어느 날부터 즐겁지가 않았다. 나는 항상 회사 가는 게 즐거웠는데 말이다. 일도 열심히, 노는 것도 열심히 하던 나는 어느 순간부터 아무것도 하고 싶지 않았고 퇴근 후에는 침대에만 누워있기 시작했다. 퇴근 후에는 사람들과 어울리거나 운동을 하던 나는 잘 보지도 않던 넷플릭스를 밤새워 보고, 울다가 잠들었다. 아침에 얼음팩으로 눈을 가라앉히는 게 첫 루틴이 되었다. 회사에서도 혼자 회의실에서, 화장실에서 우는 날들의 반복이었다. 회사에서는 책임감과 열정 때문에 열심히 일했고, 성과가 나왔다. 내가 무너지면 팀이 무너질 것만 같았다. 그리고 이렇게 힘들다는 걸 상사한테 이야기하기가 조심스러웠다. 그에게도 내 힘듦을 전가하고 싶지 않았기에. 그래서 당시에 회사에서 내가 이렇게 힘들다는 걸 아는 사람이 없었다.

사람들의 이직을 도와주는 일을 하는 사람으로서, 스스로에게 물어 봤다. 이 일이 싫은 건지? 회사가 싫은 건지? 이직하고 싶은건지? 하지만 체크리스트를 만들어 확인해봐도 모두 대답은 No였다. 회사도 좋고, 일도 좋고, 사람들도 좋은데 그냥 왜 사는지 모르겠다는 생각만 매일 했다. 그래서 더 답이 없었다. 이직이 답이 아니라면, 나는 어떻게 해야 하는 걸까? 책도 읽어보고 영상도 찾아보고 주변에 나보다 경력이 긴 분들께 여쭤봐도 답이 나오지 않았다. 목표지향적인 내게 목표가 없으니 인생이 재미없다는 생각뿐이었다. 하루하루 최선을 다해 살았던 나이기에 정말 오늘 죽어도 여한이 없다는 생각이 들었다.

 그러던 어느 날, 이렇게 살다가는 죽겠구나 싶어서 용기 내서 상사한 테 당장 내일부터 며칠간 휴가를 쓰겠다 말했다. 당시 너무 중요한 시기였는데 갑자기 내가 휴가를 쓰겠다고 하니 상사는 "꼭 지금 써야겠냐?"라고 했다. 눈물이 나는 걸 꾹 참고 꼭 지금 써야겠다고 했다. 그리고 상황 설명을 했다. 그랬더니 바로 휴가를 가라고 했다. 사실, 이렇게 급작스럽게 쓰는 휴가는 상황 설명을 먼저 하고 요청하면 될 터인데, 보통의 나라면 그렇게 했을 텐데 그 당시에는 너무 힘들어서 그럴 겨를이 없었다. 내가 워낙 티를 안 냈으니 상사도 내가 이 지경인지는 몰랐던 거다.

 그렇다. 번아웃이었다. 사실 나는 이제는 번아웃이라는 긴 터널에서 벗어났다고 생각하는데, 시간이 참 오래 걸렸고 그 터널 안에 있을 때는 너무 힘들었다. 터널의 끝이 보이지 않는 것 같아서. 얼마나 힘든 경험인지 알기에 요즘에는 그 터널의 초입에 서 있는 듯한 팀원을 보면 먼저 쉬어가라고 이야기해주곤 한다. 책임감이 강하고, 일에 헌신적인 사람일수록 먼저 휴가를 안 쓰는 경향이 있어 그 친구들은 주기적으로 휴가 리마인더도 주는 편이다.

번아웃이라는 건 burn 될 정도로 열심히 한 사람한테만 오는 거라고 생각하기에 누구는 축복이라고 생각하라던데 심각할 정도로 겪어 보면 그런 말이 절대 안 나온다. 최대한 그 터널 초입 어딘가에서, 시간이 더 오래 걸리더라도 산 위의 굽이진 길을 돌아갈지언정 번아웃은 피하는 게 좋다고 생각한다.

물론, 누구에게나 너무 재미있던 일이 때로는 지루하기도 할 때도 있다. 어찌 매일 하는 일이 매번 즐겁겠는가? 다만, 내 에너지가 예전과 같지 않다고 해서 당장 번아웃이다 생각하지는 말자. 바깥의 모든 소음을 끄고 진정한 휴식으로 내면의 소리를 들으면서 에너지를 충전해 보고, 그래도 나아지지 않는다면 전문가나 주변인의 도움을 받아 보자.

살다 보면 예상치 못한 사건 사고로 인해 내가 그리던 미래와 멀어지는 듯한 느낌이 들거나 방해물을 만난 느낌이 들 것이고 이때 좌절하기가 쉽다. 하지만 내가 원하는 속도대로 삶이 흘러가지 않는 듯해도, 매일 조금씩 노력한다면, 매일 조금씩 성장한다면 오히려 불안한 수직적 성장보다 느티나무처럼 단단한 뿌리를 내릴 수 있으니 속도전만 생각하지 않기를 바란다. 모든 경험은 자산이 되고 내가 지금은 천천히 걷지만 또 달릴 수 있을 때도 있으니 조급해하지 않았으면 좋겠다.

치열하게 고민하고 최선의 최선을 다해 본 적이 있나요

번아웃과 씨름하느라 꽤 오랜 기간 힘들었지만 그럼에도 불구하고 절대 후회하지 않는 건, 입사 초반, 그 시절로 돌아가도 그 정도로는 못하겠다 싶을 정도의 '최선의 최선'을 다해 본 경험이다. 꼭 일 뿐만 아니라 매사에 최선을 다하는 성격이긴 하지만 특히, 입사 후 초반 3개월에서 6개월간은 200%의 에너지를 넣었다. 인제 와서 돌이켜보니 항상 입사 초반에는 누가 시킨 게 아니라 스스로 빠르게 잘 해보고 싶어서 야근을 거의 매일 했다.

지금 회사에 입사하고 나서 사수가 내가 입사한 지 1달 만에 퇴사하고, 그렇다 보니 처음에는 기다리는 고객사가 너무 많아서 어쩔 수 없이 야근해야겠다는 생각이 들었다. 초반 6개월간의 시간과 노력이 향후 업무 성과를 결정한다는 생각에, 이걸 부담 혹은 강요라 생각하지 말고 기회라고 받아들여 보기로 했다. 남들보다 일찍 회사에 와서, 점심 먹을 때를 제외하고는 정말 일에 집중했다.

그렇게 하루를 보내고 나면 정말 진이 빠졌다. 하지만 일은 줄어들지를 않았다. 그도 그럴 것이, 내가 맡은 프로젝트가 남들의 약 3배가 넘었기 때문이다. 일이 많으니까 하긴 해야 하는데 효율을 중시하는 나로서는 기력이 빠진 상태에서 책상에 앉아 있는 건 의미가 없다고 생각했다. 그래서 생각해 낸 묘안은, 퇴근하고 바로 회사 근처에서 운동하고 돌아와서 일하는 거였다. (당시 우리 회사는 노트북이 아니라 데스크탑을 써서 원격근무가 불가능했다.) 잠시 운동을 하고, 씻고 다시 오피스에 오니까 맑은 정신으로 다시 집중할 수 있었다. 그렇게 거의 매일 12시까지 일을 했다.

업무 능률을 높이기 위해서 회사 근처로 이사도 했다. 도어 투 도어 약 10분 거리로. 본가에서 회사를 다닐 수 있었지만 나 자신에 대한 투자를 해 보기로 했다. 어디서 들었는데 시간이 돈보다 더 중요해지게 되면 그게 진짜 성공이라고 해서, 나도 시간을 가장 우선순위에 뒤 보기로 했다. 야근뿐만 아니라 이렇게 내 생활, 환경 모든 것을 업무 능률에 초점을 맞춘 결과, 어쩌면 너무 당연하게도 성과가 잘 나왔다. 수습 기간이 3개월이었는데 2달 만에 수습 통과 요건을 맞추었다. 쿼터마다 성과가 측정되는 회사에서 꽤 많은 분들이 한 쿼터를 잘하면 그다음 쿼터는 힘들어하곤 했는데, 나는 갈피를 못 잡았던 첫 쿼터 이후부터는 성과가 떨어진 적이 없었다.

이러한 성과는 내가 잘나서가 아니었다. 그냥 초반에 압도적인 노력을 통해서 일하는 습관을 들였기 때문이다. 약 6개월간, 성과가 나올 때까지 정말 피를 토하는 꾸준한 노력을 하고 나니 그다음부터는 프로젝트별 일의 프로세스를 이해하는 것도 쉬워졌고 속도도 올라갔다. 그러니 당연하게도 결과는 따라왔다.

매일 12시까지 일하는 걸 평생 하라면 할 수 없다. 하지만 초반 6개월 정도는 도전해 볼 만하다. 이렇게 초반의 시간을 갈아 넣고, 스스로 어느 날부터는 반대로 정시 퇴근을 하기로 결심했다. 내 건강과 삶을 위해서. 일을 오래 하고 싶었기에 큰 결심을 하고 정시퇴근을 하기 시작했다. 솔직히 처음에는 업무 성과가 떨어지면 어떡하지, 걱정도 했다. 하지만 그 생각을 하면서 '생산성'에 대해 고민했고 더 효율적으로 일하는 습관을 조금씩 늘려나갔다. 그랬더니 정말 신기하게도 성과는 개선되었고, 글로벌 고성과자(Top achiever) 리스트에 선정되어 포상 휴가(incentive trip)도 다녀올 수 있었다.

삶의 어떤 스테이지마다 거기에 맞는 속도 조절은 필요하다. 길게도 말고, 3~6개월 정도는 내가 낼 수 있는 에너지와 속도를 최대한으로 끌어올려 일에 미쳐 본다면 그게 앞으로의 3~6년을 결정하는 습관과 태도를 만들 수 있지 않을까? 그 순간이 새로운 직장에서라면 리프레시 하는 환경이 만들어지기 때문에 조금 더 쉽겠지만, 그게 꼭 아니더라도 내가 당장 지금부터 마음먹어 본다면 분명 6개월 이후의 내 인생은 달라져 있을 것이다. 다시 하라고 해도 그때처럼은 못하겠어! 하는 순간들을 만들어 보면 좋겠다.

내가 스스로 선택할 수 있는 것

정말 다양한 고객사와 사람을 만나는 직업인지라 나의 '하루'를 그려보라고 했을 때, 참 쉽지 않았다. 이 다이나믹한 업무 환경이 열정과 에너지를 잃지 않는 데 도움을 주기도 했지만, 또 이러한 자극이 위기가 되기도 했다. 하지만 그럴 때 나를 지켜주고 일으켜 세워준 건, 외부 환경이 아니라 내가 스스로 선택할 수 있는 것. 바로, 습관과 태도였다.

항상 주변인들에게 강조하는 3가지 습관이 있다. 바로 운동, 독서, 일기. 3가지 습관 모두 무엇이 더 중요하다 꼽기 어렵지만 가장 오래되고 또 강조하고 싶은 습관은 바로 일기이다. 일기를 추천하면 많은 분들이 '매일 쓰기 힘들어요.'라고 하는데, 처음에 너무 부담된다면 꼭 매일 쓰는 일기가 아니라 저널(Journal)이라고 생각하고 생각날 때마다 써보는 연습을 해보면 좋겠다.

나는 힘들 때면 종종 예전에 썼던 일기장을 펼쳐보곤 하는데, 내가 잊고 있던 좋았던 순간들 혹은 힘들었던 순간들이 지금 내 힘듦에 답을 주기도 한다. 예를 들어, 내가 잘한 게 없다는 생각이 들 때 일기장을 펼치면 즐거웠던 순간들, 성취했던 것들을 발견하고 스스로에게 응원을 할 수 있다. 혹은 지금 너무 힘이 든다는 생각이 들어 일기장을 열어보니 몇 년 전에도 '이만큼 힘들 수 있을까?'라는 순간들을 발견한다. 그런데 지금은 그 당시의 힘듦이 이미 지나가서 기억도 안 나는. 그러면 '아, 지금 힘든 것도 시간이 해결해 줄 수 있겠구나.' 하는 용기를 얻는다.

우리는 타인과 저녁을 먹고, 커피챗을 하는 등 시간을 참 많이 보내지만 온전히 나와 대화하는 시간은 거의 없다. 지난 일주일을 돌아보자. 혹시 나 자신과 대화한 시간이 얼마나 있는가? 내 마음이 어떤지, 상태가 어떤지 물어본 적이 있는가? 만약 없다면 오늘부터 일기를 통해 나와의 대화시간을 가져보는 건 어떨지. 내가 가장 솔직해질 수 있는 나 자신과 데이트해보는 시간이라 생각하고 가볍게 이야기를 시작해 보면 일기 쓰기의 묘미를 알게 될 것이다.

다음은 태도. 좋은 책들을 읽다 보면 태도에 관한 이야기가 정말 많이 나오고 그래서 내 태도를 점검할 수밖에 없게 된다. 특히 1) 긍정적인 태도 2) 적극적인 태도가 인생에 정말 많은 도움이 되었다. 나는 내가 아는 사람 중 가장 긍정적인 사람이라고 자부할 수 있을 정도로 긍정적인 편이다.

돌이켜보면 천성도 어느 정도 영향이 있겠지만, 자꾸 긍정적으로 생각하려고 의도적으로 트레이닝한 것도 영향이 컸다. 상대방을 그대로 받아들이고 꼬아서 생각하지 않기. 실패하더라도 그걸 좋은 경험이자 레슨이라고 생각하기 등.

특히, 실패에 대해서 우리는 부정적으로 생각하는 경향이 있는데, 실패는 어쩌면 삶에 있어 가장 좋은 선생님이라 생각하고 거기서 배우려고 하는 긍정적인 태도를 가지려고 한다. 그러면 오히려 매일 실패해 보려고 하게 되고 더 이상 도전이 두렵지가 않다. 그게 팀을 관리하는 관리자로서도 도움이 많이 된다. 실패를 마주하는 팀원들의 마음을 헤아릴 수 있고, 또 그들에게 나도 실패한다는 걸 공유해 줄 수 있어서.

적극적인 태도는 내가 더 많은 기회를 마주할 수 있게 도움을 주었다. 이 적극성은 함께 글을 쓰는 EMPOWER 일원 모두가 그러하다고 생각하는데, 지금 이렇게 책을 내는 것도 멤버들의 적극성 덕분에 가능하다고 본다. 누가 시켜서 한 것도 아니지만 '책을 써볼까요?'라는 아이디어에서 시작해 Book project 멤버들을 모아서 진행하고 있는데, 10년 전부터 마음속에 가져온 버킷리스트를 곧 실현할 수 있는 게 적극적인 멤버들 덕분이라 생각한다.

07

Edge Walker:
호기심이 이끄는 앎의 지도

임희정

호기심을 원동력으로 새로운 아이디어와 도전을 좋아한다. 여러 잡다한 주제에 대한 깊은 관심을 가지고 있고, 문제 해결을 되도록 창의적이고 독창적인 방법으로 해결하고자 한다. 이런 열정과 능력으로 내가 세상에 맞추기보다, 세상이 나를 알아봐 줄 것을 기대하면서, 나의 이상을 세상에 실현하고자 노력하고 있는 사람이다. 올빼미 기질이 다분한 성향으로 직장 생활을 어떻게 할까 했지만, 의외로 직장 생활을 오래도록 잘하고 있다. 아직 '나 활용법'을 제대로 파악하지 못하고 있어 스스로에 대한 탐구와 계발 또한 지속하고 있다. 앞으로 발굴되지 않은 '나'에 대해 좀 더 알아보고 효과적으로 활용할 계획이다.

Beginning

　　우리는 모두 꿈이 있고, 그 꿈을 이루기 위해 노력하며 산다. 어느 순간에 그 꿈을 이루기도 하고 새롭게 꿈이 바뀌기도 한다. 그리고 꿈을 이루기 위해 최선을 다하는 그 과정에서 많은 것을 배우고 즐거움을 찾아가며, 꿈을 이루려는 원동력을 얻기도 한다.

　　중요한 건 꿈은 인생의 어느 단계에서도 갖고 있어야 한다는 것이다. 그저 어린이들에게나 물어보는 거라고 생각한다면 당신은 아주 마음이 가난한 사람이다. 꿈이 있고 그 꿈을 믿는다면 사람은 뭐든 이룰 수 있다고 믿는다. 왜냐하면, 우선 보통은 자기 자신을 아주 잘 알고 있기 때문에 꿈을 이룰 것이라고 굳게 믿는 것 자체가 이미 꿈에 가까이 가는 것이라고 생각한다.

　　내가 신입사원이었을 때, 몇 년 안에 연봉을 3배로 만들겠다는 목표를 다이어리에 써놓은 것을 얼마 전에 봤다. 내가 신입사원이었을 때 얼마를 벌었는지 기억하기에 코웃음이 나왔다. '목표가 심각하게 잘못되었군!' 솔직히 그 당시엔 나름 야망 찬 목표랍시고 적었는데, 그런 목표보다는 좀 더 멋진 꿈을 세웠어야 했다.

내가 되고 싶은 미래, 내가 하고자 하는 것. 나는 무엇을 제일 잘하고 좋아하는가? 이것을 안다는 것이 쉽지 않다. 내가 진정 재미를 느끼고 즐길 수 있는 그런 게 무엇인지 찾았다면 당신은 이미 반쯤 성공한 삶이다. 심지어는 힘들게 찾은 내가 좋아하는 그 어떤 것조차, 오랫동안 유지, 지속되는 것도 쉽지 않다. 왜냐면, 나라는 사람은 내·외부 환경에 의해서 끊임없이 변화하고 적응하기 때문에 오랜 시간에 걸쳐 같은 생각을 가진 사람으로 존재할 수가 없다. 따라서 어제의 나, 오늘의 나, 내일의 나는 조금씩 다르고, 나는 매우 긍정적으로, 점점 나아지는 '나'로 진화하고 있다고 생각한다.

아인 랜드(Ayn Rand)는 『파운틴 헤드(The Fountainhead)』에서 이렇게 썼다. "나는 내가 만드는 영광이 하나의 환상이 아닌, 진짜이며, 살아 있는 현실로 보고 싶다. 어딘가에도 나 말고 그것을 원하는 다른 사람이 있다는 것을 알고 싶다. 그렇지 않다면 불가능한 비전을 보고 그것을 이루기 위해 노력하며 자기 자신을 불태워봤자 무슨 소용이 있겠는가? 영혼도 연료가 필요하다. 그것도 마를 수 있기 때문이다". 영혼에도 연료가 필요하기 때문에, 나랑 같은 비전을 갖고 있는 좋은 사람들과 관계를 쌓고 소통하는 것도 중요하다. 그 연료를 옆에 두고, 비전을 현실로 만들기 위한 노력도 게을리하지 않아야 목표에 도달할 수 있다. 그래야 길을 잃지 않고, 가다가 오래 멈추지 않고, 끝까지 콧노래 부르면서 재미있게 갈 수 있다.

나의 하루

나는 현재 IT 분야의 대기업에서 신규 모바일 서비스 관련 파트너십을 담당하고 있다. 작년에 나타난 생성형 AI 트렌드(챗GPT)가 글로벌 시장에서 각광받은 이래로 내가 할 일은 이 분야를 개척하는 일이다.

아침 8시 기상. 자율 출근제를 도입하고 있는 우리 회사는 정해진 출근 시간이 없기 때문에 지각이라는 개념은 존재하지 않는다. 그래서 피트니스로 바로 갈 것이냐, 샤워를 하고 사무실로 갈 것이냐를 고민하며 하루를 시작한다.

9시 15분, 피트니스에서 짧은 스트레칭과 샤워를 마치고, 주차를 하고 사무실로 올라가는 길에 사내 식당에서 아침으로 테이크아웃 (군고구마, 과일 세트, 음료)을 들고 사무실에 올라온다. 메일을 확인하고 오늘 할 일(미팅들)을 확인한다. 그리고 어제 못다 한 외부 파트너사와 미팅 결과를 공유 시스템에 저장하고, 링크를 팀원들에게 공유한다.

내일은 코엑스에서 열리는 AI 관련 컨퍼런스에 참여하여 요즘 트렌드를 알아보고, 관심 있는 분야의 회사와 네트워크를 만들어 놓아야 한다. 요즘 IT 트렌드는 빠르게 변화하고 있기 때문에 사전에 이 분야의 각종 회사를 알아두고 교류해 두는 것은 미래를 위해서 필요한 일이다. 이 때문에 내일은 사무실에 없을 것이기에 모레에 만날 회사와의 첫 미팅을 위한 자료 준비를 한다.

대략 처음 만나는 미팅에서는 조직에 대한 소개와 프로젝트 방향성을 설명하여 왜 우리가 이 회사와 협업하는 것이 필요한지, 어떤 아이디어가 있는지를 얘기하고, 이를 통해 상대가 우리와의 협업에 관심이 있는지 확인 작업을 한다. 협업에 관심이 있는 경우에는 일이 매우 수월하다. 문제는 예상외로 사전에 준비한 아이디어에 관심이 없는 때다. 이럴 경우 나는 상대 회사의 비즈니스 모델에 대해 파악하기 위한 질문들을 하고, 어떤 측면에서 이 협업이 win-win이 될 수 있을지 여러 각도에서 다양한 질문을 던져서 아이디어를 만들어내곤 한다.

11시 30분, 사내 식당에 내려가서 점심을 먹고, 커피를 들고 짧은 산책을 한 후 책상으로 돌아온다. 오늘 3시에 있을 외부 미팅을 위해, 같은 업무를 담당하는 팀원들과 사전 미팅을 진행한다. 콜드 콜(Cold call)로 1차 미팅을 했던 회사인데, 우리 프로젝트에 관심을 보인 곳이다.

오후 3시, 파트너사와 미팅. 이 회사와는 첫 미팅 후 NDA(Non-Disclosure Agreement)를 체결한 상태라, 이번 미팅에서는 새롭게 기획하고 있는 서비스에 대한 상세한 설명과 더불어 앞으로의 협업에 대해 구체적으로 논의한다. 회의를 마친 후, 팀원들과 내용과 Action Items을 정리하여 공유 후 오늘 하루를 마무리한다.

지속가능한 성장을 위해

첫 직장, 북유럽 회사

그 나라에서는 왕자도 다녔던 국민 기업과 다름없는 유명 기업이지만, 우리나라에서는 그 분야에 있는 사람들이나 알 법한 기업이다. 대학 졸업 후 외국계 회사 중심으로 취업을 알아보고 있었고, 다행히 목표를 이룬 셈이다. 그리고 이때를 생각하면 나는 정말 한 치 앞을 내다볼 수 없는 인생의 묘미(?)를 경험했던 것 같다.

사실 지금도 취업이 쉽지 않지만, 내가 졸업했던 해도 경기는 좋지 않았고, 나는 극도로 스트레스를 받으며 취업 준비에 몰두하고 있었는데, 수많은 실패 끝에, 결국은 그 당시 나의 목표에 가장 부합하는 회사에 취직했다. 내가 그 당시 내가 그 특정 회사에 취직하려고 했던 이유는 매우 단순했다. 그 회사에서 2년간 본사(북유럽)로 보내서 리더십 교육을 시켜준다고 했기 때문이었다. 그 프로그램이 너무나 인상적이어서 사실 그 회사가 무슨 회사인지 제대로 알아보지도 않고 일단 지원했다. 심지어 동생은 나에게 "누나, 그거 정말 맞는 거야? 사기 아니야?"라고 물어봤을 정도.

다행히도 그 회사는 입사한 다음 달에 나를 본사 교육에 보내주었다. 내가 이 취업에 성공하기까지 졸업 후 대략 3개월의 시간이 걸렸는데(누구는 졸업 전에 취직도 되던데!), 오죽하면 대학원 진학을 하려던 찰나, 회사에서 합격 통보를 해주는 덕에 신나게 대학원에 전화해서 입학 포기를 알리고 기쁜 마음으로 출근 준비를 했었다. 여기에서 내가 배운 한 가지는 계속 포기하지 않고 시도하다 보면 '결국 가고 싶은 곳에 가는 거구나!'였다. 그래서 앞에 겪은 수많은 실패는 원래 절대적으로 필요한 수순이고, 결국엔 내가 원하는 것을 얻게 되기 위한 과정이라고 믿게 되었다. 실제로 앞서 나를 떨어뜨렸던 수많은 회사가 합격한 회사보다 나을 것이 없었기 때문이다.

다들 그렇게 말한다. 회사 지원할 때 회사를 잘 조사해 보고 공부하여 준비하라고. 그렇게 하는 게 필시 맞는 방법임이 틀림없다. 하지만 앞서 말했듯 나의 지원 동기는 회사가 특정 포지션으로 신입사원을 뽑는데, 이 전형을 통과하여 북유럽 본사에서 2년 진행되는 프로그램에 합격하는 것이었다. 그래서 나는 그 회사가 대체 뭘 하는 회사인지도 모른 채 서류전형을 준비했고, 시험을 보러 오라고 연락을 받았다. 인성 검사와 IQ 검사였는데, 영어로 된 시험이었다. 다행히도 시험 결과가 좋았는지 1차 면접에 오라고 연락을 받았다.

그 당시에 나로선 충격적이게도 북유럽인이 1차 면접을 진행했는데, 질문 중 하나가 "너의 동료가 너에게 업무를 도와달라고 말하면 당신은 'no'라고 말할 수 있나요?"였다. 대체 이게 무엇을 테스트하고자 하는 질문이지? 고민하다가 나름 논리적이라고 생각하며 대답했다. "그 상황마다 다를 것이다. 내가 시간적 여유가 있고, 동료가 매우 바빠서 도움이 필요한 상황이면 도와줄 수도 있을 것 같다."라고 눈치를 보며 대답을 하니, 면접자(전형적인 서양인, 노란 머리에 새파란 큰 눈을 번쩍이는 덩치가 토르만 한 사람이었다.)는 날카로운 표정으로 나를 보며, "나는 네가 no라고 말하지 못하는 사람이라면 뽑지 않을 것이다."라고 매우 직설적으로 나에게 자신이 원하는 답을 알려주었다. 지금도 잊을 수 없는 이상한 순간이었다.

나는 '이 질문에 원하는 답을 재빨리 해주지 않으면 인터뷰에서 떨어질 수 있구나.'라는 생각이 들자, "사실 나는 no라는 말을 잘할 수 있는 사람이다. 그런데 그런 상황에서 한국 사회에선 no라고 말하는 것이 일반적이진 않다. 그래서 내가 외국계 회사에 취직하려고 하는 것이다."라며 설명을 했는데, 그게 통했는지 바로 그 다음 날 한국 법인 사장과 하는 상대적으로 편했던 2차 면접에 무사 통과하여 최종 합격하게 되었다.

그리하여 2년간 직무 순환(job rotation) 프로그램으로 다양한 직장 내 업무를 경험하며, 본사에서 100개국이 넘는 국가에서 날아온 동료들과 같이 교육을 받게 되었다. 그때 가나, 나미비아, 조지아(미국의 주가 아닌 흑해 옆의 나라), 남아프리카 공화국, 사이프러스, 코스타리카, 베닝, 모로코, 탄자니아, 아이보리 코스트 등 쉽게 가보지 못하는(어떤 나라는 아직도 가보지 못한, 죽기 전에 가볼 것 같지 않은) 나라에서 온 동료들을 만날 수 있었고, 북유럽 문화에 대해서도 많이 알게 되었다. 4개의 학기(module)로 이루어졌던 그 과정의 마지막마다 어렸을 때 헐리웃 영화에서 볼만한 종강 파티를 열었는데, 한국 사람들은 파티복을 무엇으로 준비해야 하는가 하는 문제에 봉착하곤 했었다.

그 교육 과정(MBA 학교와 협업하여 MBA와 수업이 비슷했다.)의 피날레로 모두가 참여해야 하는 5일간의 팀 빌딩(team building)이 있었는데, 이것은 잊지 못할 추억으로 내 머릿속에 각인되어 있다. 말이 팀 빌딩이지 한국으로 치면 지독한 극기 훈련이었다. 첫날엔 대략 열두어 명씩 팀을 짜서 산속에서 데려가더니, 팀별로 장소를 지정하여 담요를 주며 땅에 있는 나뭇가지로 텐트 비슷한 것을 만들어서 자라고 했다. 내 귀를 의심할 만한 너무나 황당한 상황이었는데, 다들 하라는 대로 살기 위해서 나뭇가지를 주워서 잘 곳을 만들어서 잤다.

그리고 어떤 날은 종일 배를 타고 노를 저어 장소를 이동하는 날도 있었다. 매일 저녁 샤워실이 없는 상황이었기 때문에 모두가 세수와 양치 정도를 하는 것을 만족하고, 밤이 되면 고된 일정에 곯아떨어졌다. 그 와중에 어떤 아이보리 코스트에서 온 동료는 우리가 배를 타고 온 강(시내?)에 옷을 입고 들어가 샤워 비슷한 것을 하고 나왔다. 또 어떤 날은 20~30미터 위 벽에서 아래로 낙하하는 훈련을 하기도 했다. 강도 높은 훈련 사이사이에 주는 음식은 군대에서나 먹을 법한 통조림 음식들, 조금 운이 좋은 날은 회사에서 푸드트럭으로 배달해준 음식을 먹었다.

어떤 날에는 장소가 산속이다 보니 간이 화장실조차 제공되지 않는 경우도 있었는데, 이럴 때는 믿을 수 없게도 두루마리 휴지와 삽을 주며 알아서 산속 어딘가에서 해결하고 오라고 가이드를 주었다. 지금 쓰면서도 이해할 수 없는 대목이다. 나름 선진 문명국이었던 한국에서 온 나에게는 너무나 충격적이었다. 이때 했던 팀 빌딩에 대한 에피소드를 쓰자면 책 한 권이 모자를 지경이다. 중요한 것은 그렇게 특이한 환경에서 전우애를 쌓은 친구들이 온갖 나라에 있고, 지금도 친구들과 만나면 그때 이야기를 하곤 한다.

100년이 넘는 역사를 자랑하는 그 기업은, 이 과정에 뽑힌 신입사원들에게 시험을 보게 하는 과목이 하나 있는데, 시험 문제를 '창립자가 산 주택의 이름은? 회사 로고의 의미는? 회사의 첫 제품의 이름은?' 이런 종류의 문제들을 알아맞혀야 통과하는 시험이었다. 이 시험과 전통의 극기훈련을 경험하고 나서 나는 북유럽 문화에 대한 내 생각을 새롭게 정립하게 되었다.

업무로는 영업과 회계(정말 극단적으로 모르는 분야)를 경험했는데, 신입사원으로서 영업 업무는 정말 단순했고, 회계 업무는 충격적으로 낯선 분야였다. 회계는 나의 전공 분야와는 전혀 상관이 없었던 분야였던지라 업무를 수행하는 내내 내가 무엇을 하는지 이해를 하지 못했는데, 여기서 중요한 것은 그 당시 그 누구도 나에게 문제를 어떻게 해결해야 하는지 가르쳐줄 사람이 제대로 없었다.

이전에 가르쳐준 사람이 해외 주재 발령이 나서, 나는 첫 달부터 철저히 혼자 알아서 해야 했다. 첫 월 마감을 하다가 업무가 끝나지 않아 밤을 새우던 나는, 지금 생각해도 신입으로서는 나름대로 결단력 있게 부장님에게 찾아갔다. 그리고 그 해결하기 어려웠던 특정 업무는 내가 하기엔 힘들다고 업무를 재조정해달라고 요청했다. 그리고 그 요구는 받아들여졌다. 어찌 보면 나의 무능함을 널리 알린 것 같기도 하다. 지금 생각해도, 회계 업무를 나에게 넘겼을 때 업무 관련 설명은 대략 들었지만, '적어도 한두 달 마감은 누가 가이드를 해줬어야 하는 게 아닌가?' 하는 의문이 드는 지점이다. 매우 허술했던 업무 인수인계 프로세스였다.

돌이켜보면 이때 업무를 제대로 가르쳐줄 사람을 선임해 달라고 요청하는 게 더 좋았을 수도 있었겠다. 하지만 외국계 회사의 특성상 선배도 많이 없고, 가이드 받을 곳이 마땅치 않았던 내가 할 수 있었던 어설픈 판단이었던 것 같기는 하다. 적어도 회계 업무가 어떤 것이고 어떻게 돌아가는지 알았다는 데 의의가 있다.

모든 것은 내 계획대로 되지 않는다

취직을 준비하던 그때는 수없이 많은 면접에서 떨어지고 있었다. 어떤 회사의 인터뷰에서는 여러 명의 면접자를 두고 면접관들이 질문을 던지는데, 답변도 조리 있게 못 했고, 옆 사람의 답변을 들으며 '저렇게 별것 아닌 이야기를 어떻게 잘 풀어서 답을 하네?' 하면서 듣기도 했던 기억이 있는데, 그 사람은 본인이 해외에서 어떻게 운전면허증을 땄는가에 관한 내용을 장황하게 늘어놓고 있었다. '해외에서 운전면허증 딴 것이 대단한 일인가?' 하며 듣고 있는데, 이 내용을 독립심과 도전정신에 연결하여 마치 대단한 것을 성취한 것처럼 설명하고 있었고, 면접관은 고개를 끄덕이고 있었다.

아, 이제는 붙을 때도 되었는데, 또 마지막 면접에서 떨어졌다. 그만큼 별 볼 일 없는 수많은 회사에서 떨어져 봤다. 그 와중에 인터뷰가 고단하고 괴로운 지경에도 가끔 기억에 오래 남아서 웃음을 주는 경우들이 있었는데, 인터뷰 질문이 "아역배우 출신인가요?"였던 적이 있었다. 누군가를 내가 닮긴 닮은 모양인지 이 질문을 듣고 나서도, 후에 다른 사람들에게 이 질문을 받은 적이 있다마는.

아직도 기억이 날 만큼 예상치 못한 질문이었는데, 이 질문을 한 회사는 어떤 건설회사였다. 근데 이 질문보다 더 기억에 또렷이 남는 건 내가 이 회사와 면접 시에 했던 답했던 내용인데, 거기서 할 수 있는 일과는 딱히 상관이 없을 것 같은, 국제적으로 일할 수 있는 업무를 하고 싶고 많은 사람들에게 영향을 주는 일을 하고 싶다는, 마치 청문회에서 질문에 맞는 답을 피해가려는 정치인 같은 답변을 해서 1차 면접에서 아주 쉽고 빠르게 떨어졌다.

그리고 후에 입사하게 된 대기업과의 인터뷰를 할 때, 내가 들은 인상적인 코멘트는 "천재시네요!"이다. 대체 왜 이런 말이 나왔을까? 진짜 대수롭지 않은 내용을 얘기하다가 면접관이 "직장 생활을 하면서 유학을 준비하시다니, 대단하세요. 천재시네요."라는 맥락이었다. 뜬금없는 '천재' 코멘트였는데, 그 당시 나는 대기업에 대한 온갖 편견과 선입견을 갖고 분명 나랑 안 맞을 거라고 생각하며 인터뷰를 하던 나에게 큰 웃음을 주었던 말이었다. '전형적인 대기업이니 상하수직적인 조직체계겠지. 나랑 맞을 리가 없는데…' 라고 생각하고 임했던 전화 인터뷰였는데 말이다. 이렇게 전화 인터뷰가 계속 이어지고, 이 부서에서 저 부서 담당자들과 여러 군데 인터뷰를 하게 된 나는 그중 두 부서에서 합격 오퍼를 받고, 그중 한 부서에 입사하는 것으로 최종 결정하게 되었다.

결과적으로는 "천재시네요!"라는 코멘트를 주었던 부서에 가게 되지는 않았지만, 누구신지 감사하다. 그 덕에 웃고 재미있는 인터뷰라고 지금껏 기억하게 되었으니 말이다. 사실 이 뜬금없는 칭찬 코멘트는 면접이 잘되려고 하니까 분위기도 좋고 이런 기분 좋은 말도 나왔던 것 같다.

떨어졌던 인터뷰를 곱씹어 보면 화기애애한 분위기에서 면접에서 떨어지기란 쉽지 않다. 그러니까 천재랑 거리가 먼 내가 저런 코멘트를 들을 수 있었던 것이다. 유럽 회사, 미국 회사들을 거쳐 나중에 대기업에 입사하게 된 나의 경력에는 한 가지 뚜렷한 공통점이 있다. 글로벌 시장에서 일했다는 것과 어디에서나 지속적으로 새로운 업무, 프로젝트를 부여받았고, 새로운 분야의 업무를 개척해 왔다는 점이다.

그랬기 때문에 자연스럽게 새로운 일을 하는 것에 대해 두려워한 적이 없었고, 새로운 분야의 새로운 사람들을 만나는 것에 스스럼이 없고, 업무를 이해하기 위해 새로운 분야 공부를 하는 것을 당연하게 생각했던 것 같다. 기억을 더듬어보면 놀랍게도 나의 이런 경력은 첫 직장을 찾던 당시, 인터뷰에서 내가 하고 싶은 일이라고 말하고 다녔던 것과 어느 정도 일치한다.

내뜻대로 되지 않을때

> "*The reasonable man adapts himself to the world; the unreasonable one persists in trying to adapt the world to himself. Therefore, all progress depends on the unreasonable man.*"
>
> – George Bernard Shaw

누가 직장 구할 때 사람, 일, 돈 세 가지 중 무엇이 가장 중요하다고 생각하냐고 물어본다면 4~5년 전까지만 해도 '사람'이 가장 낮은 순위였다. 그 이유는 어디나 이상한 사람이 질량 보존의 법칙처럼 있기 마련이라고 생각했기 때문이었다. 하지만 좀 더 회사를 길게 다니다 보니, 좋은 사람이 주변에 많은 것이 아주 크나큰 행운이라는 것을 절실하게 알게 되었다. 왜냐면, '사람'이라는 요소는 내가 어떻게 할 수 없는 요소이기 때문이다. 지금의 나는 '사람'이 우선순위 1위다.

내 마음대로 되지 않는 상황에 부딪힐 때, 스트레스가 극에 달했을 때, 나는 일단 책방에 가서 책(소설, 수필, 자기계발서 등)을 많이 산다. 그리고 쌓아 두고 보거나 피곤하면 푹 잠을 잔다. 스트레스가 얕을 때는 친구를 만나거나 외부 활동을 통해 풀지만, 스트레스가 극단으로 치달을 때는 모든 관계를 잠시 중단하고 깊은 고민, 자기 성찰, 반성을 한다.

학생이었을 때는 회사 생활에 대한 드라마를 보며 감정이입을 하기보다는, 배우들의 훌륭한 외모와 뛰어난 능력 덕에 그들이 겪는 역경이 그다지 힘들어 보이지도 않았고 웃을 수 있었다. 하지만 직장인이 된 나는 직장 드라마의 에피소드들이 남의 일 같지가 않다.

드라마 에피소드에서는 누군가는 직장에서 상사의 인정을 받으며 초고속 승진을 계속하는 동안, 누군가는 상사의 괴롭힘의 희생자가 되거나 해고되거나 다른 사람에게 밀려난다. 한때 파이어족이 되고 싶다는 사람들이 있었는데, 지금의 나는 파이어족이 되기엔 너무 오래 회사를 다녔고, 이젠 파이어당할까 걱정해야 할 때가 더 가까워지고 있기 때문에 고민도 많다. 언젠가 회사 동료와 회사 생활에 대한 괴로움을 나누는 중, 아래가 그 친구가 준 글귀다. 읽다가 빵 터지지 않을 수 없었다.

天將降大任於是人也(천장강대임어시인야) 하늘이 장차 어떤 사람에게 큰일을 맡기려 할 때는

必先苦其心志(필선고기심지) 반드시 먼저 그 마음을 괴롭히고

勞其筋骨(노기근골) 신체를 고단하게 하며

餓其體膚(아기체부) 배를 굶주리게 하고

空乏其身(공핍기신) 생활을 곤궁에 빠뜨려

行拂亂其所爲(행불란기소위) 행하는 일마다 힘들고 어지럽게 하나니,

所以動心忍性(소이동심인성) 그것은 그 마음을 움직이게 하고, 참고 견디어 마음을 빼앗기지 않게 하여

曾益其所不能(증익기소불능) 이제까지 해내지 못하던 일을 할 수 있게 해주려는 것이다

『맹자(*孟子*)』 제6편 고자장구 하(*告子章句 下*) 15장

이쯤 되면 '하늘이 얼마나 대단한 일을 앞으로 하게 하려고 나를 이렇게 괴롭히는가?'에 대한 서로의 고충을 나누었던 기억이 있다. 이런 글을 보다가 내가 찾아서 읽은 책은 『노자』와 공자의 『논어』인데, 어찌나 주옥같은 글이 많던지, 두고두고 심신이 괴로울 때마다 찾아보곤 한다. 누구는 그런 시대에 맞지 않은 사람들의 말이 현대 시대에 맞긴 하냐며 비웃었지만, 나는 큰 위로와 안식을 얻을 수 있었다.

그 어떤 일이 일어나도 부서지지 않는 멘탈을 갖는 일은 쉽지 않지만, 이 험한 세상에서 살아남으려면 필요한 일이다. 나의 상사 중 한 분은 항상 영어로는 'a blessing in disguise'이고, 한국식으로는 '새옹지마'를 달고 사시는 분이 있었다. 상당히 좋지 않은 윗사람의 피드백을 듣고 와도, 이것은 위기가 아니라 기회가 될 수 있다고 항상 말씀하셨다. 그렇게 믿고 싶어도 막상 그런 일이 생기면 그렇게 해석하기 쉽지 않지만, 그런 정신 무장은 필요하다.

그리고 나는 어떻게 극복했는가?

나의 경쟁력이자 위기에 대한 해결책은 '공부'였다. 직장 생활에서 누

구도 크게 인정해 주지 않는 것 같지만, 나의 의지로 나를 바꿔볼 수 있는, 그리고 자기계발 할 수 있는 몇 안 되는 옵션으로 나는 '공부'를 꼽고 싶다. 사실 어렸을 때 공부는 내가 너무 하고 싶다기보다는, 학생의 신분이라면 당연히 해야 하는, 안 하거나 못하면 욕먹을 그런 것이라면, 직장인이 하려는 '공부, 특히 퇴사나 휴직을 불사르는 공부(하지만 단언컨대, 사직서를 내던지는 순간만큼은 달콤하다.)'는 역으로, 왜 하려고 하냐고 하는 거센 비판에 꿋꿋하게 강한 의지로 해야 하는 것이다.

회사를 퇴사하고 MBA 공부를 하고자 했을 때는 그래도 경력으로 인정되는 공부기도 하고, 이직에 도움이 되는 공부라서 부러운 시선으로 보는 사람들도 있었다. 어쨌거나 졸업 후 우리나라 경기는 항상 나빴지만, 장학금으로 학비와 생활비를 커버할 수 있었고, 다행히도 무사히 취직되었고, 나의 선택은 잘한 선택이라고 생각한다. 물론 그때도 우려의 시선으로 보며, MBA를 한다고 인생이 달라질 것 같냐며 비아냥거리는 사람들도 있었다. 그리고 이에 대한 나의 답변은 '자기만족'이다. 인생이 달라지는지, 연봉이 몇 배 오를지 그건 아무도 알 수 없고, 보장되지 않는다. 하지만 내가 하고 싶은 일을 성취한 것에 대한 자기만족은 보장할 수 있다.

그리고 한참의 시간이 흘러, 두 번째 석사를 한다고 휴직을 선언했는데, 이 경우는 상당히 흔한 경우는 아니어서 주변 사람들에게 신선한(?) 충격을 선사해 줄 수 있었다. 나 또한 돈 주고 사지 못할 여러 가지 재미있는 일들을 겪었다. 나보다 적게는 예닐곱 살, 많게는 띠동갑차이 나는 학생들과 같은 수업을 들으며, 그들과 친구가 되면서 학교생활의 재미를 알 수 있었고(유학의 장점이다), '경력이 있으면 논문을 쓸 때 이렇게 쓸 주제 찾기가 쉽구나.'를 깨닫기도 하고 (경력이 없거나 짧은 학생들이 논문 주제를 잡지 못하는 것을 보며 나이 든 학생의 장점을 발견하기도 했다.) 심적으로 교수님과의 관계도 과거와 다르게 사뭇 편했다.

글로벌 회사들과 오랫동안 일해서 그런지, 첫 유학생활과 비교하면 영어로 글을 읽고 발표하는 게 확실히 편해졌다. 두 번째 석사를 하면서 깨달은 것이 있다면 '생각보다 논문이라는 게 쓰는 재미가 있구나('아주 괴롭지만은 않구나.'에 가깝다.).'였다. 두 번째로 석사를 하지 않았다면 전혀 몰랐을 텐데, 해외 저널에 유일 저자로 석사 논문을 출판하는 경험 또한 매우 신선했다.

당연하지만 내가 시작부터 너무 공부하고 싶어서 준비했던 것은 아니었다. 나에게 공부를 유도했을 만큼 내 뜻대로 안 되는 시기이기도 했지만, 간만에 유학을 준비하겠다고 결정하고 나서는, 생각보다 지원서 질문에 맞는 에세이 쓰는 것이 할 만하기도 했고(에세이를 쓰다 보면 자기 성찰도 된다.), 하고 싶은 전공을 찾은 것도 한몫했다. 그리고 무엇보다 직장 생활이 20년 정도 되면 대학 때 공부한 것으로 계속 업무를 이어 나가는 것만이 정답일까?

특히 나처럼 빠르게 변화하는 IT 산업군에 속하는 직업을 가진 사람이라면 이런 정도의 노력은 이상할 것도 없지 않나? 또한, 이렇게 종종 학교에 되돌아가다 보니 나의 대학 시절, 첫 번째 석사 공부한 때와 비교도 되고, 나라에 따라 다른 교육법이나 학교 분위기, 그리고 그동안 달라진 한국의 위상 등 변한 것들이 많아서 스스로를 여러 측면에서 많이 '계발'하고 왔다. 100세 시대이고, 오래 산다고 하면 그냥 오래 살수는 없지 않겠는가? 그에 걸맞게 나도 성장시켜야 하는 것은 당연한 것 같다. 어떻게 지속 가능하게 나를 성장시킬 것인지가 문제일 뿐.

모든 가능성을 열어두고
기회를 포착한다

"We don't see things as they are, we see them as we are."

Anaïs Nin

소소한 계기

일은 일이고, 내 삶은 삶이라고 선을 그어 왔던 나에게 업무에 대해서 진심으로 만족하고 자발적으로 야근을 일삼으며 내 일을 사랑하며 일하게 된 계기가 있었다. 그때의 나는 업무에 상당한 불만족이 있었는데, 그 당시 퇴사하여 MBA를 준비하겠다는 입사 동기와 얘기를 하던 중, 그 동료는 본인이 속한 팀에 나와 잘 맞을 것 같은 업무가 있다며 아는 분에게 나의 레주메를 넘겨주겠다고 했다. 그러나 그 후 몇 달이 지나도록 아무런 연락이 없었다.

와중에 그녀는 유학 준비로 퇴사했다. 그리고도 여러 달이 지나서 그 부서에서 연락을 와서 면접을 보았는데, 운 좋게도 나를 면접하신 분의 아주 적극적인 추천으로 장장 3개월을 걸친 아주 복잡하고도 긴 절차를 거쳐 부서를 옮기는 데 성공했다. 새롭게 맡은 업무는, 새로운 브랜드를 런칭하기 위한 브랜드 포지셔닝 전략을 세우고, 광고 제작을 하고, 이와 관련된 이벤트/전시를 미국과 유럽에서 열고, 대외 관계/홍보(External Relations/Public Relations)와 디지털(소셜/닷컴) 마케팅도 관장하게 되는 일이었다.

어떻게 갑자기 그렇게 됐냐고? 이 새롭게 런칭하는 브랜드가 내가 일하던 분야와 관련이 있었고, 당시에 그런 경력이 있는 사람이 절실하게 필요했던 글로벌 마케팅팀에서 나를 뽑게 된 것이었다. 이 당시 나는 완벽한 조합의 회사 생활을 했다. 좋은 상사와 동료들을 만났고, 업무적으로도 흥미가 있었기에 업무를 하기 위해 야근을 하는 것이 당연하게 느껴졌고, 시차 때문에 집에 가서도 이메일과 메신저 앱을 보며 업무를 했다.

그때 나에게 너무나 중요한 요소는 나에게 주어진 어느 정도의 독립성과 권한이었다. 고작 과장이었고 위에 결재와 승인 절차는 당연히 있지만, 나에게 주요한 업무가 주어지고, 혼자 결정할 수 있는 권한이 확실했다. 전 세계 주요 법인과의 미팅을 주도하고, 주요 글로벌 업체와 협업하며 전략을 만드는 일은 너무나 흥미로웠기 때문이었다. 이런 계기로 전문성과 경험을 쌓았고, 추후엔 현재 맡고 있는 업무로 자연스레 넘어오게 되었으니 이런 기회를 만나게 된 것은 행운이라 할 수 있다.

비록 과한 야근과 지나치게 잦은 출장으로 힘든 것도 있었지만, 나는 진정 내가 좋아하는 종류의 업무가 무엇인지를 확실히 알게 되었다. 아마도 내가 열심히 일해 보지 않았다면 진정 내가 원하는 것이 무엇인지 찾기 어려웠을 거라고 생각한다.

두드려라, 열릴 때까지 두드려라

과장이었을 때다. 준비하던 보고가 제대로 되지 않았다. 같은 목적으로 4번째 보고를 하게 된 날은 9월 13일 금요일이었다. 앞의 세 번의 실패로 인해 이번에도 거절당할까 봐 걱정하며 보고했다. 무슨 정신으로 보고했는지 모르겠지만 결론은 마침내 성공이었다. 그때는 알지 못했지만, 중요한 건 나를 믿고 4번 보고를 준비하도록 믿어준 상사, 그리고 4번을 꾸역꾸역 정말 열심히 짧게는 2주, 길게는 한 달을 다시 준비했던 나의 팀원들과 나 자신이다. 포기하지 않아서 얻을 수 있었던 성취다.

미국 회사를 다닐 때였다. 경력 입사를 했지만, 경력이 짧아 '대리'도 달지 못했던 때였다. 나의 업무상 직급이 외부에서 사람들을 만날 때 나름 중요했기에, 명함에 '대리'라도 넣어야겠다 싶었다. 주변 사람들 직급과 연차를 보니 내가 '대리'를 못 달 것도 없다 싶어서 바로 지사장님을 찾아갔다. 그리고 업무 특성상 진급이 필요하다고 요구했다. 약간의 설득 작업이 필요하긴 했지만, 놀랍게도 바로 승진할 수 있었다.

나에 대해 내가 몰랐던 사실

학교 다닐 때의 나는 응당 좁고 깊은 인간관계를 추구하는 것이 맞다고 생각했었다. 그리고 넓고 얕은 관계를 하찮게 보았던 때가 있었다. 그때의 나는 내가 어떤 일을 하게 될지 몰랐던 것이다. 어쩌다 보니 맡은 직무가 온갖 컨설팅 업체 및, 마케팅 대행사의 사람들을 만나고, 법인 사람들과도 만나서 협업해야 하는 상황을 맞닥뜨리게 된다. 그런데 놀랍게도 새로운 사람들을 이렇게 만나고 업무를 설명하고 일을 하는 것이 생각보다 어렵지 않고, 할 만하다고 생각하게 된 것이다.

더욱이 이제는 새로운 모르는 회사에 담당자를 링크드인(LinkedIn)을 뒤져서 미팅하자고 메일로 요청하고, 해외 업체의 경우는 Conference Call로 첫 미팅을 하기도 한다. 시장 조사가 필요하다는 이유로 타깃 분야의 온갖 새로운 회사에 연락하여 미팅을 잡고 출장을 가기도 하는 업무가 나의 주된 일이 되어버렸고, 과거의 나라면 너무나 불편했을 일이었을 텐데, 내가 겪어보니 사실 내가 잘하는 분야임을 알게 된 것이다. 어떻게 나 자신을 이렇게 몰랐을까 싶다. 이렇게 알게 되어 친분을 쌓고 종종 연락하다 보면 서로 다른 곳에서 다른 업무로 만나기도 하고, 우연한 기회에 이직을 도와주기도 하고, 나도 때때로 그분들에게 연락하는 사이가 되기도 한다.

Surprise

잦은 출장으로 여기저기 다른 나라, 도시에 사는 친구들을 손쉽게 만나는 장점도 있지만, 때로는 의외의 사람들을 만나기도 한다. 몇 년 전 이태리로 가족여행을 떠났다가, 연이어 런던으로 미팅하고 스페인 마요르카섬으로 업무를 보기 위해 갔을 때였다. 나를 태워주던 운전기사와 이런저런 대화를 하다가 나에게 어디서 왔냐고 묻기에 한국이라고 하자, 그녀는 한국의 애국가를 작곡한 안익태 선생을 안다고 했다. 피곤한 몸을 이끌고 출장 중이었던 나는 '응? 뭐라고? 저 사람이 어떻게 알지?'라고 생각하며 질문하니, 그녀는 더 놀랍게도 안익태 선생의 막내딸과 친구라고 하는 것이었다. 그러면서 그녀는 나에게 "소개시켜 드릴까요? 안익태 유택에 방문할 수 있어요."라고 하는 것이다. 일단 나는 그러겠노라고 했다. 엘레노아안, 그분은 안익태 선생의 막내딸로 그분의 유택에서 살고 계셨다. 따뜻하게 우리를 맞아준 그녀는 한국과 한국 사람을 좋아하는 분 (아직도 그녀와 연락을 이어가고 있다.) 이었다.

애국가를 작곡한 안익태 선생은 1946년 스페인 여성과 결혼했고, 마요르카 교향악단의 상임 지휘자가 되었고, 스위스, 멕시코, 과테말라 등지에서 객원 지휘자로 출연했다. 결혼 후, 1965년 바르셀로나의 병원에서 간경화로 사망하기까지 19년을 사셨다고 한다. 무식했던 내가 이 사실을 잘 몰랐던 탓에 운전기사를 의심했지만, 나의 부모님은 이미 잘 알고 계셨다.

그래서 나는 안익태 선생의 유택에 방문하게 되었다. 그리고 안익태 거리도 찾아갔고, 안익태 기념비와 함께 한국어로 적혀있는 애국가 악보에 가슴이 뭉클해지기도 했다. 스페인을 자주 놀러 왔어도 마요르카에 와보지 못했던 나는, 이 출장으로 인해 마요르카 섬이 좋아지기 시작했다.

집중과 몰입

워라밸은 중요하다지만, 나는 이미 하루에 8시간 이상 일하면서, 시간적으로 밸런스가 업무에 더 길게 맞춰진 삶을 살고 있다. 주말은 짧고, 주중이 길기에, 사적인 일에 더 긴 시간을 쓰는 건 불가능하다. 하지만, 깊게 집중하고 몰입할 수 있는 취미 생활이 필요하다는 생각이 든 시점이었다.

나는 그림을 그린다

한국의 미술학원에서 내가 들은 수업은 잘 그린 그림을 골라서 똑같이 따라 그린다거나, 사과, 양파, 파, 꽃이 꽂힌 화병, 등불 등의 소재로 정물화를 그리는 경우가 흔하고, 이마저도 대개는 선생님이 화폭에 구성을 대략 잡아 주곤 했다. 예들 들면, 과일을 어디에 두고, 화병을 어디에 두고, 탁자를 어떤 각도로 중심에 둘지 등.

반면, 런던에서의 수강한 드로잉 수업에서는 매 수업 모델이 들어와서 포즈를 취했고, 선생님은 끊임없이 스스로 하얀 스케치북의 공간을 어떻게 구성할 것인가를 고민하게 했다. 단순히 사진처럼 피사체를 얼마나 자세히 사실적으로 잘 그리는지, 수채화인지, 유화인지는 차후에 고민할 문제고, 그림에서 가장 중요한 것은 바로 composition과 scale이다.

드로잉 스쿨의 선생님은 여러 번 강조했다. 구성이 가장 중요하다고. 수업의 시작은, 모델의 다양한 포즈를 10분마다 하나씩 그려보는 것으로, 하루에 9번 정도 연습한 후(마치 피아노 배울 때 손가락 푸는 연습을 위해 치는 하농처럼), 실전으로 들어간다. 선생님이 하는 역할은 모델이 포즈를 다양하게 취하게 하고, 그 주위에 여러 가지 오브제(늘어진 천 조각, 나무로 된 조형물, 깃털, 의자, 스탠드, 탁자 등)를 두어서, 학생이 종이 위에 모델과 오브제들을 어디에 어떻게 배치할 것인지를 생각하게 한다. 여기서 핵심은 있는 그대로 그리는 것이 아니라 상상력을 발휘하여 표현하는 것이다.

모델을 어떻게 표현해야 할지 전혀 감이 없었던 나는 한국 미술 수업에서 배웠던 석고상을 그렸던 솜씨를 발휘하여 그리려고 하자, 선생님은 "선을 그렇게 많이 그리지 마라.", "다르게 표현해봐라." 혹은 "왼손으로 그려봐라.", "양손으로 그려봐라." 식의 알 수 없는 말을 했다. 무슨 소린지 이해가 전혀 가지 않았지만, 나에게 새로운 자극과 흥미, 호기심을 불러일으킨 것은 확실하다. 가장 재미있었던 판화 수업은 그림을 연습하여 판화를 찍어낼 여러 material(우유곽, 플라스틱, 동판, 목판, 리놀륨판) 위에 표현(니들로 그리거나, 칼로 파내거나)하고, 잉크를 묻혀서 종이 위에 찍어내기까지의 일련의 노동의 작업을 하다 보면, 하루 6시간이 부족했다.

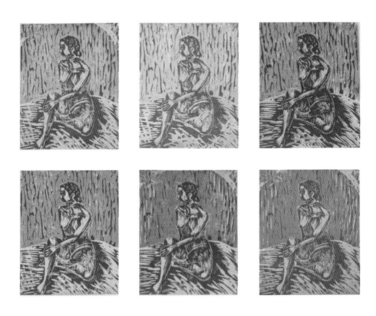

임희정, 〈여인들〉, 2022년. 판화

회사에서 우리는 논리적이고 이성적으로 사고하고 행동한다. 그것은 다른 사람들과 같은 답을 찾는다는 뜻이기도 하다. 여기서 봉착하게 되는 필연적인 문제는 첫째, '차별화의 부재'이다. 즉, 문제 해결 방법에서 창의적 능력이 점점 없어질 수 있고, 전체를 볼 수 있는 직관, 그리고 문제 해결 방안을 구상해내는 창의적 사고를 간과하게 되는 오류에 빠진다.

그리고, 현재 사회에서는 법이 새로운 기술의 변화를 따라가지 못하고 있다. AI 기술의 경우, 기술의 진화가 빠른 영역이라 그 활용을 제어하는 규정을 위해 미국, 유럽에서는 AI Act 등 여러 가지 방법으로 규제를 모색하고 있으며, 제대로 된 법에 의존할 수 없을 때, 자기 나름의 가치관, 윤리의식을 가지고 판단하는 것은 지극히 당연하고도 필수적이다. 따라서, 창의적이고 열려 있는 생각을 할 수 있는 능력은 그 어떤 때보다 점점 더 중요해질 것이라고 생각한다. 그래서 나의 경우는 그림을 취미생활로 삼아 나의 부족한 면을 채우려고 노력하고 있다.

에필로그

"For it is not inertia alone that is responsible for human relationships repeating themselves from case to case, indescribably monotonous and unrenewed; it is shyness before any sort of new, unforeseeable experience with which one does not think oneself able to cope. But only someone who is ready for everything, who excludes nothing, not even the most enigmatical, will live the relation to another as something alive and will himself draw exhaustively from his own existence."

Rainer Maria Rilke

여태까지 내가 아마도 가장 잘했던 것은 새로운 것을 시도하고 도전하는 것(이 글을 쓰는 것도 포함하여)에 주저하지 않았던 것이다. 지금 책을 쓰는 과정도 오랜 숙원사업처럼 생각해 왔던 것인데, 드디어 에필로그를 쓰고 있다니 참으로 스스로 뿌듯한 순간이다. 우연히 내 글을 읽게 되는 어떤 사람이 인생에 필요한 무언가를 얻어갈 수 있다면 참으로 다행이라고 생각한다. 심지어 반면교사도 배울 것은 있는 법이니까! 글을 읽으면서 시간 낭비가 아닌, 독자들의 인생에 조금이라도 긍정적인 영향을 주었다면 내 글, 인생도 성공했다고 감히 볼 수 있을 것 같다.

08

미국, 홍콩, 서울을 활보하다
어느 날 워킹맘이 되었다

이현정

소싯적 역마살이 겹겹이 끼었다는 소리를 들었던, 꽤 역동적인 삶을 살던 13년 차 직장인이다. 첫 커리어는 미국 LA에서 시작하여 약 3년간 캘리포니아 고객의 재무제표를 리뷰하는 외부 감사직을 맡았다. 이후 한국과 홍콩에 거주하며 외국계 담배회사의 아시아 지역 지주사들의 내부 감사직을 3년여간 수행하였다. 이후 담배 회사 외에도 의료기기 회사, IT 회사 등에서 내부 감사직을 담당하였고, 업무 확장을 하여 컴플라이언스 업무를 진행하였다. 최근에는 약 4년 반가량 주류 회사에서 내부 통제와 컴플라이언스 업무를 총괄하는 직책을 맡아왔다. 현재 쌍둥이 아이들 둘을 키워내며 회사와 집에서 투잡을 담당하고 있는 워킹맘이다.

With Huge Change,
Comes Huge Opportunity

인생은 때때로 예기치 못한 기회를 준다, 그 기회를 잡아라

내 청춘에 후회는 없다

나는 고등학교 1학년 때 미국으로 유학을 가 10년여간 학창 시절을 보냈었는데, 대학원을 졸업한 시기 외국인의 신분으로 미국 회계법인에 취직하는 것에 성공하게 되었다. 사실 쉽게 이뤄낸 결과물은 아니었다. 한국의 취업난이 그러하듯, 미국도 당시 2008년 이후 금융위기를 기점으로 실업률이 최고에 도달해 있었고, 더군다나 외국인 신분으로 경제위기 속에서 기업에게 스폰을 받아 취업비자를 받아내기란 정말 쉽지 않았다.

그때의 나는 취미도, 공부도, 연애도, 한 가지를 시작하면 끝장을 볼 때까지 하는 편이었는데, 아마도 유학으로 인해 일찍부터 가족과 떨어져 독립적으로 지내면서 혼자의 힘으로 무언가 이루어 내는 것을 남들보다 더 일찍 배우고 익숙해졌던 것 같다.

물론 운이 좋기도 하였지만, 주변에서 보기에도 나는 정말 꾸준히 끈기 있게 노력했다. 취업을 준비했던 시기는 총 2년 반 정도의 시간이 걸렸던 것 같다. 실제로 나는 2년여 동안 학교에서 열리는 모든 채용 박람회에 참석하여 이력서를 제출하였고 (아마 내가 이력서를 제출했던 기업 수를 모두 합하면 수십 군데에 이를 것이다) 조금이라도 다른 학생들보다 경쟁에서 우위에 있기 위하여 좋은 성적을 내기 위하여 노력하는 한편, 졸업 전 미국 회계사 자격증을 취득하기 위해 밤낮으로 노력했다. 결과만 놓고 보면 쉬워 보였을지 모르지만, 이 과정에서 나는 수십 장의 이력서를 제출한 회사들에서 모두 거절당하는 이메일을 받았거나, 이조차 받지 못하고 무시를 당했거나, 가까스로 면접을 통과했으나 외국인이라는 이유로 최종 불합격 통지를 받는다는 등 거듭되는 실패를 겪기도 하였다.

그래도 내가 노력하는 것을 포기하지 않았던 이유는 나 자신과의 약속 때문이었다. 내가 할 수 있는 모든 노력을 다해보지 않고 한국으로 돌아간다는 것이 꼭 내가 실패자가 되는 것만 같았다. 미국에서 떠나야 하는 기한까지 내가 할 수 있는 한 끝까지 노력하자. 그렇지 못하고 한국으로 돌아간다면 최선을 다하지 못한 나의 모습에 실망하고 후회할 것이 분명하였기에 내가 할 수 있는 한 최선을 다해보고, 그래도 성공하지 못한다면 최소한 내가 아쉬움 없이 한국으로 돌아갈 것이라고 생각했던 것이다. 그런 끈기와, 주어진 상황에서의 노력은 내가 힘든 순간마다 한발씩 나아갈 힘이 되어주었던 것 같다.

그렇게 노력한 끝에 드디어 최종 합격한 직장에서의 합격 메일을 받은 시점은 한국으로 귀국을 한 달 남겨두었던 시점이었다. 만약 내가 미국에서 취업하기 위하여 최선을 다하기 이전에 '외국인 신분으로 그것도 학생 비자로 미국에서의 취업이라니, 그냥 한국에 돌아가 알아보자.'라고 생각하며 쉽게 포기했다면 어떻게 되었을까?

아마도 한국에 돌아와서 취업하였을 것이고, 평범하게 직장 생활을 하였을 것이다. 하지만 마음 한편에 언제나 후회와 아쉬움을 갖고 살지 않았을까? '아, 그때 내가 조금만 더 노력했다면 다른 결과가 있지 않았을까?'라고 생각했거나 한국에서의 직장 생활이 힘들었을 때면 '그때 미국에 남을 걸 그랬어.'라고 후회했을 것이다.

선택이 어려워지는 순간들이 있다. 그럴 때 나는 종종 미래의 내가 되어 상상한다. 미래의 내가 지금의 나를 보았을 때 후회가 없을 것인가를, 지금의 너는 최선을 다해 열심히 살고 있는지를.

멘토의 중요성

이미 미국에서 고등학교부터 대학원 졸업까지 긴 시간 학창시절을 보냈던 내가 기대하였던 바와는 다르게, 미국에서의 첫 직장은 생각보다 그렇게 순탄치 않았다. 나는 Big 4라 불리는 회계법인 중의 한 회사에 입사하게 되었는데, 대형 회계법인이다 보니 해당 지사의 직원 수만 해도 몇천 명이 이르렀고, 상대하는 클라이언트의 규모도 매우 다양하였다. 나는 미국에 상주하는 한국 지사를 클라이언트로 삼고 있는 한국 파트너와 협력하여 다양한 업무를 수행하게 되었다. 처음 이 조직에 속하게 되었던 때만 하더라도, 한국어와 영어를 둘 다 구사할 줄 알고,

두 나라의 문화를 어느 정도 잘 파악하고 있는 나라면, 팀에 기여할 수 있는 바가 매우 클 것이라고 기대했던 나에게, 이 조직은 나에게 꽤 강렬한 첫 경험을 안겨주었다.

지금은 많이 나아졌다고는 하지만, 우리나라 일부 회사들에서는 아직도 개인의 일이 끝나더라도 상사가 퇴근하지 않으면, 퇴근하지 못하는 경우가 있다. 워라밸을 중요시하는 직장인들이 많아지면서 정시퇴근을 보장하는 회사가 많아지긴 하였지만, 비자발적인 야근문화는 아직도 많은 회사에 남아있을 것이라 예상된다.

당시 내가 속한 팀에서는 미국회사 안에서도 한국인들이 모여 일하다 보니 이러한 한국 문화가 굉장히 부정적으로 작용하고 있었는데 (새벽까지 이어지는 잦은 야근 업무, 야근 수당 신청 금지, 클라이언트와의 저녁 회식 참석 강요 등) 신입 1년차인 내가 먼 타지에서 감당하기에는 힘든 수순이었다. 잦은 야근이 필요에 의한 것이고 이것이 올바로 성과에 반영된다면 회사 내에서 인정받고 빠른 진급을 이룰 수는 있겠지만, 내가 속해 있던 팀은 야근을 감추기 바빴고, 회사 내에서의 실적은 그리 좋지 않은 분위기였다.

또한, 팀의 한 한국인 매니저는, 네가 야근을 하는 이유는 주어진 업무를 감당하지 못하는 너의 능력 탓이라는 막말도 하는가 한편, 출장을 가서 감기에 걸려 고생하던 날에도 클라이언트와의 저녁 회식에 무조건 참석해야 한다고 했다. 출장지에서 어린 여자 직원 혼자 남자분들만 참석하는 저녁과 술자리에 참석하는 것이 부담스럽고 감기몸살이 심해 약을 먹고 있는데도 참석해야 하는지 묻는 나에게, 그는 넌 그런 태도가 문제라며 저녁 식사에 참석하지 않으면 연말 고과 평가 시 이를 문제 삼겠다는 말까지 서슴지 않았다.

대게 미국 문화의 장점이라고 하면 직장 내 상사와 직원과의 수평적인 관계, 워라밸이 보장되는 근무환경, 개인의 사고방식과 라이프 스타일이 존중 및 사생활 간섭 금지 등을 생각하겠지만, 미국 대도시 한복판에 위치한 미국 회사 내에서 한국인이라는 이유만으로 같은 한국 상사에게 소위 말하는 직장 내 괴롭힘을 당하고 있었던 것이다. 당시 나는 보이지 않는 창살 안에 갇혀 명령에 복종해야만 했던, 이러한 경우 어떻게 대처하고 나를 지켜내야 하는지 경험이 부족한 신입 사원이었다.

당시 근무했던 회계법인에서는 모든 신입 직원에게 회사 내 개인 카운슬러(counselor)가 지정되는 프로그램이 운영되었다. 최근 맡은 업무가 무엇인지, 맡은 업무와 팀에 있어 어려운 일은 없는지, 그리고 맡은 업무에 어려움이 있다면 본인이 어떻게 도움을 줄 수 있는지 등 카운슬러는 각 직원의 고민 상담과 더불어 업무 강점을 파악하고, 앞으로의 회사 내에서의 희망 진로에 대한 상시 상담을 진행하게 된다.

입사한 지 6개월 정도 지났을까, 정기적으로 월 1회 진행되던 미팅에서 카운슬러는 미팅 내내 이전 미팅과는 다른 눈빛으로 나의 표정과 답변들을 살피는 눈치였다. 그러다 이렇게 말했다.

"내가 주변에 듣는 여러 얘기도 그러하고, 주말에 종종 메신저에 네가 접속을 해 있다든지 하는 경우도 봤어. 야근을 1년 차 치고는 상당히 많이 하는 것 같은데 무슨 문제가 있는 거야?"

앞서 말한 것처럼 한국에선 아직도 일부 퇴근 시간 이후까지 남아서 일을 하는 것이 바람직한 태도이며 회사에 기여한다고 보는 경향이 있는 반면, 미국은 적은 시간, 그리고 정해진 시간에 모든 일을 끝마치는 것이 효율적으로 일한다고 생각한다. 그렇기 때문에 야근을 하는 직원은 무능력한 사람으로 생각하는 경향이 있다. 회사에게 이런 직원은 능력이 없어서, 야근 추가 수당을 지불해야 하는 사람으로 비춰지는 것이다.

나의 카운슬러는 일본계 미국인이었는데, 아마도 짐작하기를 상명하복이 깊이 자리하고 있는 일본 사회의 단면을 알다 보니, 한국인들의 직장 문화 또한 어느 정도 파악하고 있는 듯 보였다.

어떻게 말을 꺼내야 할지, 내가 하는 말이 고자질처럼 들려지지 않을지 잠시 고민하다가 난 이렇게 말을 시작했다.

"있는 사실 그대로 말씀드릴게요. 내가 잘못된 생각을 하고, 정말 그 매니저가 말하는 것처럼 내 행동과 태도에 문제가 있는 거라면, 그 또한 내가 알아야 하는 사실이니 솔직하게 얘기해주세요."

많은 얘기를 나누었고, 나의 카운슬러는 이렇게 얘기했다. 모든 상황을 알지는 못하지만, 잘못된 것 하나는 알겠다. 신입사원 1년 차인 너는 그런 과도한 업무와 폭언을 듣고 있을 이유는 없다. 그리고 일을 못하면 가르쳐 주어야 하는 것이 매니저의 책임인데, 그것을 너에게 전가하는 듯한 태도는 부당하다고. 그런 상황에 처해 있다는 것을 그냥 보고만 있을 수는 없기에 나를 다른 팀으로 옮겨주겠다고 하였다.

그날 이후 나는 카운슬러가 약속했던 것처럼 곧바로 다른 부서와 클라이언트와 일을 하게 되었고, 남들과 같이 평범한 환경에서 주어진 업무에 집중할 수 있게 되었다.

새로 옮겨간 팀에서 1년 차의 경력치고는 어려운 작업을 리드하여 프로젝트를 주어진 기한 내 성공리에 마무리할 수 있게 되었고, 이를 눈여겨 봐준 부서장에게 큰 공을 인정받아 1년 차에게 주어지는 최고의 고과 점수를 얻고 신임을 얻게 되었다.

1년 차가 높은 고과 점수를 받기는 쉽지 않던 업계의 특성상 나는 윗사람들의 눈에 들게 되었고, 입소문을 타고 회사의 중요한 클라이언트와 진행되던 프로젝트 등에도 투입되는 등 인정을 받기도 했다.

나는 그날 이후 회사의 코칭 프로그램과 윗사람들의 관심이 회사의 인사에 얼마나 지대한 영향을 끼칠 수 있는지 잘 알게 되었다. 비록 신입 사원으로서의 나의 첫 시작은 매우 고되고 부당하다고 느껴지는 일들이 빈번히 발생하기는 하였지만, 회사의 프로그램은 이러한 사실을 알게 되자마자 이를 바로잡아 주었고, 나를 보호해 주었으며, 내가 오롯이 일에 집중하여 성과를 낼 수 있도록 방향을 잡아 주었던 것이다.

회사가 가지고 있는 좋은 영향력이 한 사람의 업무 성과에 큰 힘으로 작용할 수 있다는 것을 몸소 경험한 나이기에, 나는 요즘도 회사 직원들에게 안부를 물으며 그들을 살핀다. 모두가 개인의 업무로 바삐 움직이는 조직 안에서 본인의 애로사항을 살펴봐 주고 힘을 실어주는 동료가 있다는 것은 큰 힘이 된다는 것을 알기 때문이다.

인생은 때때로 예기치 못한 기회를 준다

입사 3년 차를 향해 접어들던 가을 무렵 나는 10여 년간의 미국 생활을 정리하고 한국으로 돌아왔다. 그렇다고 한국에 이직할 직장을 구해 놓은 것도, 다음 계획을 세워 둔 것은 딱히 아니었다. 당초에 생각했던 것 보다는 빠른 첫 퇴사였지만, 회계법인에서 내가 해보고자 했던 많은 것을 보고 배웠다는 생각이 들었다.

이제 혼자의 삶은 마무리하고 내 가족과 친구들이 있는 한국으로 돌아가 안정적인 생활을 하고자 결심하였다. 미국에서 귀국한 나의 계획은 이러했다. 한국 대학교에서 진행하는 Global MBA 프로그램을 이수하고 그 이후 내가 하고 싶은 일을 찾기로.

오랜 세월 동안 외국에서 생활한 나는 한국 회사에 바로 취업하기보다는 한국 문화에 적응하고 인맥을 쌓기 위해 시간을 내야 할 필요성을 느꼈던 것 같다. 한국에서 공부를 더 하며 인맥을 쌓고, 그 이후 내가 무엇을 하고 싶은지 알 수 있지 않을까? 생각했기 때문이었고, 주변에 그러한 선배들도 종종 보았기에 나도 그들의 길을 따라가는 것이 맞을 것이라 생각하기도 했다.

한국 대학교에서 진행하는 Global MBA 프로그램을 지원했고, 면접을 거쳐 합격 통보를 받았다. 내가 지원했던 MBA 프로그램을 이미 이수하여 졸업한 고등학교 선배에게 연락하여, 내가 이 프로그램을 다니게 되었다며 어떻게 하면 잘할 수 있을지 팁을 부탁하기도 했는데, 결국 나는 내가 지원한 학교 캠퍼스에 면접일 이후 발을 들여놓은 적이 없게 되어 버렸다.

마음 편히 쉬면서도 한편으로는 Global MBA 프로그램에 붙지 못할 상황을 대비하여 채용 사이트에 이력서를 올려두었는데, 어느 날 헤드헌터로부터 연락이 왔던 것이다. 회사의 매출 규모도 크고 복지도 좋은 괜찮은 외국계 담배 회사가 있는데, 회사의 내부 감사 포지션에 지원해 보지 않겠냐는 것이었다. 당시에는 경력직으로의 이직 경험이 전무했기 때문에, 헤드헌터에게 연락이 오는 것에 대하여 전혀 무지하던 시절이었다. 이미 Global MBA 프로그램에 지원하며 이력서와 면접 준비를 하던 상황이었기에, 만약 떨어지더라도 좋은 경험이 될 것이란 생각 하나로 헤드헌터가 추천한 포지션에 지원하게 되었다.

결론적으로 나는 MBA 프로그램과 새로운 회사의 이직 제안 중 이직을 선택하게 되었는데, 당시의 이유는 매우 단순하였다. 홍콩으로의 단기 파견. 지원 당시에는 몰랐지만, 회사의 인터뷰를 단계별로 진행하다 보니, 내부 감사는 실제로 한국이 아닌 APAC의 헤드쿼터인 홍콩에서 일하게 되는 자리였다. 미국에서 긴 시간을 혼자 살았다가 귀국한 지 몇 개월밖에 되지 않아 다시 해외로 나가는 것이 부담스러웠지만, 면접 당시 회사는 이 부분에 대한 내 염려를 덜어주었다.

해당 포지션은 회사 내부에서는 인정받은 인재들을 그다음 레벨로 승진시키기 이전에 거쳐 가는 일종의 트레이닝 포지션이라고 볼 수 있는데, 회사에 아직 입사하지 않은 너에게 이 자리를 추천하는 것은 매우 이례적이고 정말 좋은 기회이니 도전해보는 것이 어떻겠냐고.

결국, 나는 미국에서 한국으로 귀국한 지 6개월도 채 되지 않아 홍콩으로 짐을 챙겨 홀로 떠났다. 모든 것이 기대되고 떨리는 신나는 경험이었다. 나는 한국에 가서도 무언가 잘할 수 있을 거라는 나에 대한 믿음 하나만 가지고, 한국으로 들어왔는데, 얼마 지나지 않아 내 앞에 또 새로운 기회가 나타난 것이었다.

새로운 시작에 대한 두려움이나 걱정보다는 설렘이 앞섰다. '언제 나에게 또 이런 좋은 기회가 올까? (아직 30살도 되지 않았던 싱글 시절이었는데) 결혼하기 전에 이런 경험을 해야지! 안 갈 이유가 없어!'

그렇게 홍콩에서 18개월간의 파견 생활을 하며 담배 회사에서 내부감사직을 수행했다. 내부 감사라 하면 기업 내의 감사 기관이라 할 수 있는데, 조직의 운영에 가치를 부여하고 개선을 위해 실시되는 기업 내의 독립적이면서도 객관적인 조사를 실시하는 업무를 주로 담당하였다. 파견 기간 내내 홍콩 사무소에 적을 두고 있었지만, 실제 홍콩에서 생활하는 시간은 20% 정도밖에 되지 않았다. APAC 지역의 다른 마켓으로 출장을 다니며 일을 하였고, 주말에는 상황에 따라 홍콩, 한국에 잠시 머무르거나, 현지에서 머물며 여행을 다니거나 휴식을 취했다.

인도네시아 자카르타에 출장을 가서 평일에는 열심히 일하고 주말에는 홀로 비행기를 타고 발리로 떠나 휴양을 즐기고 돌아왔다. 일 년에 한두 번은 APAC뿐 아니라 전 글로벌 내부 감사팀이 모여 컨퍼런스와 트레이닝을 진행하기도 하였는데, 덕분에 파견 기간에 유럽에도 출장을 다니며 낮에는 연수를 받고 저녁에는 유럽 길을 거닐며 산책을 하였다.

홍콩에서의 삶은 내 계획에 없던 일이었다. 하지만 기회가 찾아와 문을 두들겼을 때 마주한 기회를 놓치지 않았고, 또 마주한 기회에 있어 최선을 다했다. 나는 그래서 그 순간에 나에게 주어졌던 기회와 타이밍, 그리고 내가 한 선택들에 있어 아직도 감사하게 생각한다.

18개월간의 파견 기간을 마치고 들어온 나는 한국으로 돌아온 이후 새로운 포지션에서의 일도 꽤 만족스럽게 잘 진행해 나갔다. 새로운 포지션에서 업무를 시작한 후 몇 개월 뒤에는 수퍼바이저의 직책으로 승진하기도 하였고, 회사 내에서도 나의 향후 5년 플랜을 세워주며 지속적으로 발전을 지지해주어야 하는 인재로 인정받기도 하였다.

나는 매일 순간순간 주어진 일을 열심히, 성실히, 꾸준히 했을 뿐이었는데 회사는 나를 발전시키고 주목해야 하는 인재라고 인정해 주었다. 회사의 기회에 부응했을 때 그에 맞는 보상이 주어지기 시작하였다. 나에게는 이 시절이 온 열정을 다해 일하며 내 능력에 대하여 인정을 받으며 크게 성장할 수 있는 시기였다.

나의 루틴

    나의 하루 시작은 어김없이 새벽 6시에 시작된다. 두 아이의 기상과 함께 아이들을 씻기고 밥을 차려주고 등원 준비를 도와주며, 동시에 나는 출근 준비를 시작한다. 아이들 옷을 입혀주면서도 한 손으로는 핸드폰을 확인하며 오늘 일과가 어떻게 짜여 있는지, 중요한 미팅이 있지는 않았는지, 밤사이 온 중요한 회사 메일이 있는지 체크하며 시작된다.

    9시, 사무실로 출근하면 이곳이 천국이 아닐 수가 없다. 뛰어다니는 아이들 챙기다 식어버린 맛없는 커피가 아닌 회사 커피 머신으로 갓 내린 맛있는 커피를 마시며 여유롭게 회사 이메일을 훑어볼 수 있기 때문이다. 모닝커피를 한 손에 들고 이메일을 읽으며 사람들이 걸어다닐 때 들리는 구두 굽 소리를 듣고 있노라면, 이보다 더 내가 멋있는 커리어 우먼처럼 느껴지는 순간이 아닐 수 없다.

    내가 맡고 있는 Business Integrity라는 타이틀의 직책은 많이 알고 있는 직장 내 컴플라이언스(Compliance)를 담당하는 자리이다.

    소위 컴플라이언스 담당이라 하면 기업이 회사를 운영함에 있어 관련

법규를 준수하고, 기업 내부의 규정과 절차가 제대로 이행되고 있는지를 관리하는데, 이에 더불어 넓은 의미로 기업윤리에 대한 책임까지도 회사가 준수하고 지속적으로 관리한다고 볼 수 있다. 여기서 기업윤리 책임이란, 공정거래법과 부패방지법이라는 법률 준수를 넘어서 성희롱, 직장 내 괴롭힘 등과 같은 노무 관련 사항 등 기업윤리 측면에서 발생될 수 있는 리스크까지 사전에 통제하며 관리하기 위한 환경을 지속적으로 가꾸는 직책이라고 간단히? 설명할 수 있겠다.

아무래도 내가 맡은 업무가 딱딱하고, 다른 사람의 일을 간섭하거나 감시하는 업무가 대부분이기 때문에, 대개의 직장 동료들은 내가 먼저 연락하는 것을 그리 달가워하지 않는다. 하지만, 반대로 그들은 회사 내 정책이나 규제 관련하여 문의 사항이 있을 경우 나에게 확답을 받은 후 업무 진행하는 것을 선호하기 때문에 나는 정해진 업무 외에도 늘 전화, 메신저, 메일 등으로 사람들과 활발히 소통하는 데에 많은 시간을 할애하고는 한다.

나의 업무는 매일매일이 다르다. 월, 분기, 반기별 루틴하게 돌아가는 업무들도 정해져 있지만, 대부분 내가 해야 하는 이번 달의 일 중 우선순위를 정해 진행하며, 그 사이사이 추가로 발생하는 임시변통 (ad-hoc) 업무에 대응하는 작업을 한다. 예를 들면, 직장 내 내부고발 사항들을 익명으로 보고할 수 있도록 만들어진 채널인 'Speak UP'을 통해 들어온 내부 고발 사항에 대한 추가 조사와 대응, 회사 직원들의 법인카드 사용 내역(예: 출장 경비, 외부인 접대비 등) 리뷰, 회사 마케팅 비용 사용 내역에 대한 감사, 그리고 글로벌/현지 규정 위반 사례에 대한 검토 등을 담당하게 된다. 그리고 이러한 과정을 통하여 발견되는 여러 사례를 분석하고, 더 나아가 직원들이 법과 정해진 규제의 틀 안에서 업무를 효율적으로 진행할 수 있도록 그들과 회사가 직면할 수 있는 리스크를 예방하는 것이 내가 맡은 직책의 핵심 목표라 볼 수 있겠다.

내 삶의 원동력,
아이들

아직 사회 경험이 채 10년이 되지 않던 나의 담배 회사 근무 시절의 얘기로 돌아가면, 입사 3년이 되어가던 시절 나는 심신이 매우 지쳐 있었다. 많은 것을 배운 18개월의 파견 시절 잦은 출장으로 인하여 체력이 많이 나빠진 상태에서 한국에서 업무량을 감당하며 승진까지 한 상태이다 보니, 하루라도 쉬는 틈 없이 밤 9시, 10시까지 야근을 하기 일쑤였고, 퇴근해서도 내 머릿속은 온통 일로 가득차 있었다. 매일매일 오전 10시부터 4~5시까지 쉴 틈 없이 지속되던 미팅에 참여한 이후에서야 정작 내 업무를 시작할 수 있었고, 그것도 최소 1시간은 종일 빗발친 메일에 답장하느라 매일 밤 9~10시까지 야근을 하는 삶을 살고 있었다.

실제로 몸은 집으로 퇴근하기는 하였으나, 집에 들어가자마자 옷을 갈아입기도 전에 다시 핸드폰에 빗발치는 전화와 회사 이메일을 상대하다가 새벽에 잠들기가 일쑤였고, 주말에도 마음이 편치 않아 반나절 정도는 사무실에 들러 일을 해야만 마음이 편해지는 날들이 이어졌다.

그렇게 번아웃이 왔고, 나는 나를 성장시켜주고 든든하게 서포트 해주던 회사를 그만두기로 마음먹었다.

내가 퇴사 의사를 밝혔을 때, 나의 보스는 무엇이 문제인지, 연봉 인상이 필요한지, 잠시 몇 개월 휴식이 필요한 건지, 아니면 부서 이동이 필요한 건지. 본인이 해결해 줄 수 있으면 모든 것을 서포트 할 테니 알려달라고 하였다.

나는 이렇게 말했다.

"정확한 이유를 사실 모르겠어요. 그런데 이상해요. 이 회사는 여성을 지지하고, 회사 내 여성의 성비를 높이기 위하여 노력한다고 하지만, 결국, 그래서 회사 내에서 성공했다고 알려진 여성 리더들을 살펴보면, 그들은 다 혼자예요. 남성 리더들은 결혼도 하였고, 아이도 있지만. 적어도 한국 지사에서 일하고 있는 여성 리더들은 모두 싱글이거나, 이혼했죠. 그리고 결혼을 하였더라도 아이가 없어요. 제가 바라는 삶은 일만 하는 삶이 아니에요. 여기서는 제 꿈을 이룰 수 없을 것 같습니다."

그리고 난 내 보스가 나에게 건넸던 말을 기억한다.

"네가 남아서 그 꿈을 이루어 내면 되잖아. 모두에게 할 수 있다는 용기를 줄 수 있지 않을까?"

그렇다. 내가 회사에 남아 처음으로 그 꿈을 이루는 여성 리더가 되어야 했던 건데! 하지만 아직 경험이 많지 않던 그 시절의 나는 매일매일 지속되는 야근 더미에서 벗어나 생각하고 경험할 시간이 필요했다.

그렇게 나의 상황과 니즈에 더 맞는 회사를 찾아 몇몇 회사로의 이직을 거친 후, 2019년 입사하여 지금까지 재직 중인 현 회사에서 나는 코로나가 한창이던 시절 임신을 하게 되었다. 그것도 쌍둥이. 두 아이의 임신 및 출산으로 인하여 나는 약 12개월 휴직을 떠나게 되었다.

사실 나에게 있어 이 12개월의 휴직은 매우 큰 결정이었는데, 아이를 갖기 전까지는 막연히 생각하기를 내 커리어를 유지하고 경쟁에서 앞서 나가기 위하여 나 자신에게 허락할 수 있는 출산휴가는 5개월 정도가 적당하다고 생각했기 때문이다. 하지만 두 아이의 임신으로 지친 몸을 회복하고, 아이들도 온전히 남의 손에 맡기기 위하여 1년여의 시간 동안 일을 떠날 수밖에 없던 것이다.

집에서 아이를 돌보며 시간이 흐를수록 회사는 내가 돌아가기에는 무언가 너무 멀어 보였고, 나를 제외한 모든 사람들은 항상 재밌게, 의미 있는 하루를 사는 것처럼 보였다. 집에서 종일 아기 기저귀를 갈고 우는 아이를 달래는 일을 1년 정도 하다 보면, 내가 잘하던 것이 무엇인지, 직장에서의 나의 모습이 어땠는지, 내가 정녕 직장 생활을 하긴 했었던 건지, 초조하고 모든 것이 막막해지기도 하였다. 그리고 처음 해보는 육아는 어찌나 힘들고 예상 불가한 일들의 연속인지.

아이들을 보며 결심하곤 했다. 회사로 돌아가 내가 잘하던 것을 다시 하게 된다면, 누구보다 더 열심히 하여 너희가 자랑하고 싶은 멋진 엄마로, 너희들의 롤모델로 성장할 수 있도록 열심히 살아보겠다고.

12개월의 휴직이 끝나고 복직한 지 한 달 정도 지났을 시점, 사내 컴플라이언스(Business Integrity Head) 포지션이 오픈되었다. 당시 회사는 매출의 절반을 담당하던 브랜드의 사업부를 국내 사모펀드에 매각하며 조직개편이 진행 중이던 상황이었고, 기존에 해당 업무를 담당하던 직원이 매각된 브랜드 조직에 속하게 되면서 해당 포지션의 채용이 오픈되었던 것이다.

당시 나는 회사의 내부통제 절차의 전반적인 설계와 운영 및 평가를 담당하고 있었는데, 주로 회사의 내부절차가 글로벌과 한국 지사의 정책과 가이드라인에 따라 효과적으로 운영되고 있는지 감사하고 문제가 발견된 부분에 있어 개선될 수 있도록 조언하는 역할을 하고 있었다.

내가 담당하던 업무와 연관성이 있기도 하였지만, 컴플라이언스 포지션은 이른바 '준법감시'를 담당하는 자리로, 회사의 임직원 모두가 제반 법규를 준수하면서 업무가 진행될 수 있도록 사전 내지 상시적으로 관리하는 역할을 하기에 담당자의 책임과 역할이 매우 중요하다고 볼 수 있다.

해당 포지션이 오픈되었다는 사실을 알게 되자마자 지원 의사를 밝혔고, 사내 채용 인터뷰 절차가 시작되었다. 하지만 회사로 돌아가면 무슨 일이든 잘해낼 수 있을 것만 같았던 호기로운 나의 결심과는 다르게, 나는 한편으로는 주저하고 있었다. 업무를 쉬며 남들에게 피해 아닌 피해를 끼친 것 같은 알 수 없는 죄책감과, 남들보다 뒤쳐진 것은 아닐까 하는 불안감, 그리고 집에 남겨두고 온 아이에 대한 미안함, 등 여러 가지 생각으로 인하여 위축되고 자신감이 하락하고 있었던 것이다.

그런 나의 마음을 알기라도 한 듯이 한국 지사와 글로벌 조직에서 기존에 나와 업무를 많이 진행하였거나 나의 업무 강점을 파악하고 계신 분들의 추천과 조언이 이어졌다. 특히 이미 육아를 경험하였거나 경험하고 있던 사내 워킹맘 선배들이 조언을 아끼지 않아 주었는데, 주변에 나와 비슷한 경험을 한 인생 선배들의 따뜻한 말은 당시 나에게 큰 힘이 되어 주었다.

그 중 특히나 나를 움직였던 말이 있었는데, 우리 같은 워킹맘들이 성공해 내는 케이스들이 많아져야 다른 여직원들이 일하기 편한 환경이 만들어지는 것이고, 결국 우리 아이들에게 더 좋은 환경을 물려주게 되는 것이라는 말이었다. 그래, 내 딸들을 위하여 비록 실패할 수 있다 한들 내가 변화를 시도한다는 것 자체가 제일 중요한 것 아닌가? 내가 더 나은 사람이 되기 위하여 한자리에 머물러 있지 않고 변화를 꾀하며 계속 노력하면 나 자신도 성장함과 동시에 그것이 우리 아이들이 살아갈 이 세상에도 좋은 변화를 이끌어 올 수 있을 것이라는 믿음이 생겼다.

그렇게 '출산과 육아가 나의 커리어에 걸림돌이 되지는 않을까, 앞으로 나는 더 이상 예전과 같이 발전할 수 없는 위치에 온 게 아닐까?'라는 걱정이 들던 시기에 나는 회사 내에서 보직 변경과 더불어 승진을 하게 되었다. 복직 후 채 몇 개월이 지나지 않았던 시점이었다.

그렇게 아이들은 나를 더 나은 사람으로 만들어 주는, 내 삶의 원동력이 되었다. 심신이 지쳐 모든 걸 내려놓고 그만두고 싶은 마음이 들때도, 자신감이 하락하여 숨고 싶던 순간에도, 아이들을 보면 나 자신을 한 번 더 채찍질하게 된다.

한국 여성 직장인들의 리더십 향상을 위하여 '엠파워(EMPOWER) 프로그램'을 지원하게 된 가장 큰 동기 또한 나의 아이들이다.

살아오며 학교, 직장, 그리고 사회에서 수도 없이 성차별을 겪었지만, 한편으로는 그런 이슈들에 맞서 행동하는 것이 튀는 행동이라고 생각하기도 하였고, 점점 사회의 인식이 발전하고 있으니, 나 또한 그냥 이 무리 안에 숨어서 나아지는 사회를 위하여 마음속으로 지지하면 된다고 안일하게 생각하고 살아왔다. 하지만 임신과 출산을 거쳐 두 딸의 엄마가 되어보니, 우리의 자녀들을 위하여 하루라도 더 빨리 사회의 인식을 개선하고, 여성 역량의 강화를 위하여 힘써야겠다는 마음이 강하게 들었다.

내 두 딸이 성장하여 여성으로 살아가는 환경을 조금이라도 더 적합하게 만들기 위해, 그들이 차별 없이 당연히 누릴 수 있는 것들을 누리고, 내가 겪은 불평등함을 이 아이들은 조금이라도 덜 경험하기 위하여 나는 앞으로도 꾸준히 노력할 것이다.

지금의 나를 만든 것들

부모님의 지지와 믿음

나의 자립심의 절반 이상은 부모님의 영향이 크다. 어린 나이 홀로 유학을 떠나 당시 인생의 절반 이상을 해외에서 혼자 체류하고, 첫 직장 생활 또한 나 홀로 타지에서 시작했다. 그때 당시에는 '그게 뭐 대단한 거라고, 남들도 다 하는데.'라고 생각하였는데, 맞다. 대단한 건 내가 아니라 그 어린 나를 멀리 내어놓으신 나의 부모님이었다.

유학을 떠나고자 결심했던 건 나의 선택이었는데, 그 또한 부모님의 영향이 크게 작용하였다.

부모님은 어려서부터 여행에는 돈과 시간을 아끼지 말고 투자해야 한다고 말씀하셨고, 바쁘신 와중에도 시간과 상황이 허락하는 한, 항상 나와 오빠를 데리고 국내나 해외로 여행을 많이 떠나곤 했다.

중학교 3학년 겨울방학이 시작한 무렵 무작정 배낭여행을 떠나고 싶었던 나는 당시 어울리던 6명의 학교 친구 중 유일하게 나와 같이 부모님의 허락을 구한 단 한 명의 친구와 함께 3주간 유럽 여행도 다녀오게 되었다. 부모님의 손을 잡고 다니던 여행과는 무언가가 달랐던 건지, 여행을 다녀온 직후 나는 조금 더 큰 세상에서 공부를 해보고 싶다며 부모님을 설득하였고, 그렇게 유학길에 오르게 되었다.

미성년 자녀, 어린 딸을 비행기 태워 미국으로 홀로 보내신 부모님의 마음은 어떤 마음이었을까? 조금이라도 더 큰 세상을 경험하고 오길 바라신 걸까?

이후 미국에서 대학교 진학을 준비하고, 전공을 선택하거나, 대학교 졸업 이후 구직활동을 고민하고 진로를 결정함에서 부모님은 나의 결정에 단 한 번도 개입이나 반대를 하시거나 의사 표현을 하신 적이 없다. 대학교 입학 원서를 준비하며 전공을 고민하던 시기에 부모님 원망을 한 적이 있었다.

"엄마 아빠 참 무책임해. 왜 손 놓고 보고만 있는 거야? 다른 친구 엄마는 이미 원서도 다 같이 써주고, 전공도 다 정해서 지원할 학교도 정해줬다는데."

철없는 딸의 투정에 부모님은 이렇게 말씀해 주셨다.

"이건 네 인생이야. 네가 살아내야 하는데 왜 그걸 엄마 아빠에게 물어봐? 우리가 조언해 줄 수는 있겠지만, 선택은 오롯이 네가 해야 하는 거야. 힘들겠지만 그렇게 해내었을 때 성취감은 배가 될 거야."

당시는 백 퍼센트 이해하지 못하였지만, 부모님의 한결같은 믿음은 나를 책임감 있고 자립심 강한 사람으로 자라나게 하는 일등 공신이 되었다.

아이를 낳고 보니, 어린 나의 결정을 믿어주고 지지해주셨던 부모님의 믿음과 인내심에 대단함을 느끼고 감사하게 생각하게 된다.

새로운 도전, 시도

내 지난 커리어를 돌아보면, 나는 새로운 것을 끊임없이 시도했고, 그 변화로 인하여 발전하여 왔다. 내 이력서를 들춰보면, 비슷한 일을 한 것 같으면서도 담당했던 업무와 타이틀은 꾸준히 변화해 왔다. 미국에서 외부 감사인으로 미국 내 위치한 다양한 고객사의 업무를 담당하다 이후 담배 회사에서 한국 포함 아시아 지역 대부분을 총괄하여 회사 내부 문제점을 발견하여 개선하는 내부 감사직을 수행해 왔으며, 이후 의료 기기 회사를 거쳐 현재 주류 회사에서 내부 통제와 컴플라이언스 업무를 담당하는 직책을 맡고 있다.

간단히 설명한 대로, 나는 업종과 직책을 변경하며 주로 내외부에서 회사가 가지고 있는 문제점을 개선하는 업무를 다뤘다. 나의 생활 환경, 업종 변경, 그리고 직장 내의 부서 이동 등 다양한 변화를 시도하며 익숙한 것보다는 새로운 변화가 있는 삶을 추구했고, 그 안에서 꾸준히 성장할 수 있었던 것 같다.

나는 이렇게 말하고 싶다. 선택이 주어진다면 시도해 보지 않은 무언가가 두려워 익숙한 것을 선택하기보다는, 도전하는 것이 필요하다고. 비록 그 도전이 실패로 이어진다 하더라도 그러한 새로운 도전과 선택은 항상 나를 발전시키고, 깨어 있게 한다고 믿는다.

09.

자연스럽게 알아갈 뿐이야

임유선

K-장녀로서의 본분을 다하기 위해 교직 이수를 마치고 교원임용시험을 준비하다가 벚꽃 가득한 캠퍼스에서 도서관 구석 자리를 차지하고 있는 수험생의 모습을 스스로 견딜 수 없어 취업 정보과로 달려가 외국계 금융기관에 원서를 내고, 바로 그 회사에 20여 년 째 재직 중이다. 여신심사, 회계, 수출입금융 등 여러 분야에서 근무했지만 일보다 일하면서 만난 사람들에게서 인생에 대해 훨씬 더 배웠다고 확신한다. 세상엔 아직도 궁금하고 신기한 일들이 너무 많고, 계절이 바뀔 땐 마음이 설렌다.

24시간이 모자라

　　'띠띠띠… 띠띠띠…' 아침 6시 10분이다. 첫 번째 알람 소리에 몸을 일으키는 건 항상 쉽지 않다. '5분만 더!'를 마음속으로 외쳐보지만 소용없는 일이라는 걸 너무도 잘 알고 있다. 올빼미 중에 대왕 올빼미인 내가 정시 출근이 생명인 금융계 회사에서 일하면서 20년가량을 근속한 것은 스스로도 신기하고 놀라운 일이다. 특히 스마트폰 사용 이후 잠들기 전 침대 위 한두 시간을 읽고 싶었던 글이나 보고 싶었던 동영상으로 채우는 것은, 고단한 하루를 보낸 나에게 주는 길티 플레져로 포기하기 어려운 부분이다.

　　사실 어제도 1시는 족히 넘어서 잠이 들었다. 밤 10시부터 새벽 2시까지가 수면 골든타임이고 숙면을 유도하는 멜라토닌이라는 물질이 가장 활발하게 분비되며, 멜라토닌이 항산화 및 노화방지 등등 현대인에게 꼭 필요한 역할을 한다는 것을 알고 있지만, 그보다는 도파민을 자극하는 짧은 쇼츠 영상들이 나에게 즉각적인 쾌락과 보상을 주는 게 사실이다.

　　기상에 성공했다면 바로 부엌으로 가서 간단한 아침 식사 재료를 확인한다. 다행히 밥과 국이 있다면 간단한 한식이 될 것이고, 반찬이 마땅치 않을 때는 토스트와 과일 혹은 시리얼이다. 이럴 때를 위해 내일의 빵이 냉동실에 필수로 저장되어 있어야 한다. 냉동 핫도그, 냉동 브리또이거나 구운 떡일 때도 있다. 빠르게 메뉴가 결정되면 아직도 깊은 잠에 빠져있는 고삼군을 깨우러 간다. 우리 집 고삼군(고등학교 3학년 큰아들)도 날 닮은 올빼미인지라 아침마다 기상 전쟁을 벌인 지 어느덧 10년이 넘어간다.

과거에 아침마다 엄마 회사 가지 말라고 현관에서 울고불고 출근 전쟁을 치르게 했던 나만의 작은 왕자님은 어디로 갔을까? 씩씩하지만 남아 특유의 허세가 가득한 초등학생 시절과 코로나로 인한 사회적 거리두기가 만들어놓은 은둔형 게임 중독의 중학생 시절을 지나, 이제 키도 덩치도 제 아빠보다 훌쩍 커버린 청년의 몸집을 하고 있다.

대부분의 부모 자식이 그렇겠지만, 우리도 서로에게 기대하는 바도 다르고 각자의 결정과 그에 따른 행동들이 못마땅한 것 투성이인 모자지간이다. 고삼군은 늘 자유를 갈구하고 내가 하는 대부분의 조언을 귀찮아하는 기색이 역력하다. 그러나 친구 같은 부모란 어떤 면에서는 부모로서의 직무유기라는 내 가치관으로는 아무리 내 모든 잔소리가 꼰대력의 집합체라 하더라도 아이가 세상에 나가기 전까지 세상에 맞서 버텨낼 수 있도록 최대한 단단한 몸과 마음을 가질 수 있게 돕고 싶을 뿐이다. 나도 10개 지적하고 싶은 게 보여도 참고 기다리고 그중에 2~3개만 결국 말하는 것이라는걸 고삼군은 알까?

AM 7:00, 고삼군을 보내고 나면 중삼군 차례다 중삼군(당연히 중학교 3학년 막내아들)은 놀라울 정도로 아침에 침대에서 몸이 가볍다. 아침형 인간인 제 아빠를 제대로 닮았다. 거의 잠을 깨울 필요도 없지만 혹시 자고 있을 때도 내 인기척 정도만 나면 그걸 듣고 쉽게 이불 밖으로 빠져나와 욕실로 씻으러 간다.

이런 걸 보면서 타고난 기질이란 정말 놀랍다는 생각을 한다. 또한, 그 기질이라는 게 무엇보다도 한 사람의 일생을 결정하는 데 큰 역할을 하는 요인이 아닐까 싶다.

중삼군과는 서로 몇 마디 섞지 않고 알아서 각자 출근 준비 등교 준비를 한다. 씻고 옷 입고 엄마는 화장하고 "용돈 주세요." 한 마디에 어디에 쓸 돈인지 얼마 정도 필요한지 확인하고, 저녁때 만나자는 인사를 남기고는 각자 하루를 보내러 출발한다.

AM 8:00, 재택근무와 회사출근을 병행하는 특성상 출근길은 언제나 노트북과 함께다. 붐비는 지하철을 타고 약 40분 정도 이동해서 매일 아침 마시는 아이스 바닐라 라떼 한잔과 사무실에 도착하면 그때부터는 직장인 모드다. 오늘도 동료들과 눈을 맞추고 반갑게 아침 인사를 나눈다.

오늘의 일정표를 열면 '휴~.' 하고 가벼운 한숨이 나온다. 사무실 출근 근무하는 날은 대면 미팅이 많이 잡혀 있다. 시시각각 강화되는 금융규제를 주로 다루는 부서 특성상, 정부의 정책이나 법률 개정이 있을 때마다 이 부분을 어떻게 대응하고 현재 업무 절차에 반영시킬 수 있는지 검토하고 실무처리지침을 세워야만 한다. 빼곡히 적혀있는 오늘의 미팅 주제들을 눈으로 빠르게 검토하고 바로 회의실로 향한다.

AM 10:00, 오늘의 첫 미팅은 정기 주간 부서회의이다. 밝은 표정으로 부서원들과 가벼운 일상에 관한 얘기를 나누면서 회의를 시작한다. 회의 중에는 최대한 평상심을 잃지 않고 회의 주제에 관해 토론하지만, 대화 중간에 빠르게 부서원들의 표정이나 컨디션을 살피고 확인하기도 한다. 무언가 불편한 기색이 드러나는 직원이 보인다면 조용히 메모한다. 조만간 그 직원이 회사 생활 하는 데 있어 어떤 불편함이 있거나 어려움이 있는 것은 아닌지 확인해 볼 것이다. 직접 묻는 것이 더 효과적일 때도 있고, 경우에 따라서는 주변의 친한 동료에게 '혹시 최근에 저 직원에게 해결하기 어려운 문제가 있는지?' 간접적으로 확인할 때도 있다. 물론 직접 도움을 주기보다 기다려 주는 동안 스스로 어려움을 해결하는 경우가 가장 많다.

이런 접근은 사람마다 반응이 많이 다를 수가 있어서 최적의 접근 방법이 무엇인지 결정하는 게 조심스럽지만, 중요한 건 진심을 다한 소통으로 많은 부분이 해결된다는 것이다. 무려 17명이나 되는 팀원들이 나에겐 너무 소중하고 귀한 자원들이며, 그들이 일터로 나온 이 회사에서 각자의 자아와 자존감을 지키면서 커리어에서도 원하는 바를 얻어갈 수 있도록 돕고 싶은 것이 현재의 내 부서운영방침이다.

PM 2:00, 점심식사 후에는 부서 내 팀장들과 주간 일대일 면담이 있다. 대부분 팀 내 현안을 확인하고 프로젝트가 진행 중일 때는 진행 상황을 체크한다. 특별한 업무 내용이 없을 때는 서로 어떻게 지내고 있는지 개인적인 이야기를 주고받기도 한다. 그런데 오늘은 너무 중요한 얘기를 듣고 말았다.

한 팀장님이 육아휴직 사용에 대한 질의를 해오신 것이다. 분위기로 볼 때 이미 어느 정도는 휴직을 신청하고자 하는 마음을 굳히신 것 같았다. 마음속 깊이에서 '오 마이 갓' 소리가 절로 나왔다. 나는 이 부서에 실무자부터 업무를 하다 승진한 것이 아니라 타 부서에서 근무하다가 여기 관리자로서 부임해온 입장이다. 따라서 기존 팀장들의 전문 업무능력에 상당 부분 의지하고 있었던 것이 사실인 터라 일반 팀원도 아닌 팀장의 휴직은 솔직히 전혀 대비되어 있지 않은 부분이었다.

그러나 어떤 위기상황에도 필요한 것은 평정심이다. 일단 어떤 연유로 휴직을 사용하시고자 하는지 충분히 들어드리려고 하였다. 그리고 또한 육아휴직은 노동법으로 보장되는 부분이고, 여성이든 남성이든 커리어를 이어가는 데 있어서 휴직이 절대 방해요소가 되어서는 안 된다고 개인적으로도 믿고 있다. 나 스스로도 두 아이를 키우면서 직장생활을 이어갔던 터라 육아휴직의 기회가 그 팀장님과 팀장님의 가족에 무엇과도 바꿀 수 없는 소중한 것이라는 점은 너무 잘 인지하고 있다. 그러나 그런 이성적 판단들 앞에 당장의 팀장 변경으로 인한 부서 운용의 어려움은 너무 크게 다가온다.

지금까지 팀을 잘 이끌어 오시던 이분의 빈자리를 과연 어떻게 대체해야 할 것인지 마음이 힘들어지는 장면이다. 자리를 비우시는 1년여의 기간 동안 인력 운용 및 보직 변경을 어떻게 가져가야 할지, 웃기도 하고 한숨도 쉬고 하면서 논의하고 또 논의하는 동안 정해진 미팅 시간은 속절없이 흘러간다. 사실 이렇게 인사상 중요한 문제는 한 번의 회의로 마무리할 수 없는 경우가 대부분이다. 그 어떤 업무 영역보다 개인의 삶과 조직에서 중요한 문제이다. 팀장님과는 인사부와 휴직 사용에 대해 절차상 필수 확인사항을 알아보기로 하고 보직 변경에 대해선 추후에 좀 더 의논해 보기로 하였다.

PM 4:00, 시간대별로 잡혀 있는 일정들을 소화하고 나면 어느덧 오후 4시이다. 대부분의 내부 미팅은 거의 끝났지만 하루를 일찍 시작하는 극동아시아의 특성상 이 시간대에 홍콩, 싱가폴, 동남아시아 등 주요 아시아 국가들과의 미팅이 잡혀 있는 경우가 자주 있다. 이 시간대가 지나가고 나면, 그다음은 유럽이다. 코로나 시국 이후에 비대면 미팅이 급속도로 활성화되었고 전 세계 어디 있는 동료와도 줌(Zoom)으로 연결되기에 예전처럼 커뮤니케이션이 안 되어서 문제 해결이 어렵다는 변명은 이제 더 이상 통하지 않게 되었다. 본점이 위치한 런던과의 화상회의도 마무리되고 나면 어느덧 시간은 6시가 훌쩍 넘는다. 다시 직장인에서 엄마로 역할 전환을 해야 하는 시간이 다가오고 있다.

PM 7:00, 나는 퇴근길을 하루 중 가족에 대해 가장 집중해서 생각하는 시간으로 사용하고 있다. 간단하게는 오늘 저녁 메뉴부터 빨래, 청소, 아이들 학교 문제 등 내가 놓치고 있는 것은 없는지 확인하고 의사결정을 내려야 할 것들에 대해서는 필요한 사람들과 통화하거나 메시지를 남기곤 한다.

대화 상대는 대부분 아이들 아빠인 남편이거나 혹은 우리 아이들이 이만큼 클 때까지 본인 노년의 자유와 건강을 희생하시면서 나의 커리어를 도와주신 친정어머니이시고, 사안에 따라선 학원 선생님과의 면담이거나 아이들과의 직접 연락이다. 퇴근 후 집은 고삼군, 중삼군이 학원에서 수업 중인 관계로 대부분 비어있다. 간단히 옷을 갈아입고 1시간 정도 전력을 다해 집안일을 마친다. 이때 순간의 방심으로 소파에 주저앉거나 침대에 누우면 그날은 원래 계획했던 할 일을 못 끝내기가 쉽다. 한마디로 망하는 것이다.

인간의 의지는 너무나 약하고, 이미 하루의 근무로 지쳐버린 나는 휴식의 달콤함이라는 유혹에 굴복할 준비가 되어있다. '절대 절대 엉덩이를 바닥에 붙이지 않으리.' 마음을 다잡고 빠르게 주방에서 세탁실에서 집안일들을 해결해 나간다. 이때 나에게 이 시간을 버틸 수 있도록 너무나도 도움을 주는 친구가 있으니 바로 '야구'이다.

PM 8:30, 어느 정도 할 일이 마무리되고 나면 오늘 수고한 나에게 나만의 방식으로 특별한 보상을 한다. 집안일을 마무리하고 거실의 소파로 향해서 세상에서 가장 편안한 자세로 야구 경기를 즐기곤 한다. 나에게는 열정과 휴식이 공존하는 시간이다. 응원팀의 멋진 플레이에 환호하다가도, 실책성 플레이나 어이없는 경기 흐름엔 승부욕에 빠진 나에게 몰두해 험한 말(?)을 혼자 내뱉기도 한다.

현실의 복잡한 문제들을 잠시 잊고 빠르게 경기의 흐름에 동화되어 열정적으로 그라운드 위에서 최선을 다하는 선수들을 보다 보면 어느새 큰 힘을 얻는다. 승부는 승부인지라 응원팀은 이기기도 지기도 마련이다. 물론 승리한 날의 만족감이 더 큰 건 사실이지만 패배한 날이라 할지라도 내일 더 강해진 모습으로 새로운 게임을 시작할 기회가 반드시 있다는 약속이 야구와 인생이 닮은 모습이 아닌가 한다.

PM 11:30, 늦은 귀가를 한 아이들까지 챙기고 나면 이제 정말 하루의 막바지이다. 오늘은 잠자리에 들기 전 10분간의 명상 시간을 가져 보기로 결심한다. 최대한 스마트폰의 유혹에서 나를 자유롭게 하기 위함이지만 아이러니하게도 명상 음악을 고르기 위해 스마트폰을 들고 음악 감상 어플리케이션을 뒤지고 있는 나다. 내일은 오늘의 아쉬움 중에서 단 한 가지만 개선해 보기로 다짐해본다. 하루에 내 안의 부족한 부분 중 1%씩만 보완하고 성장시켜서 좀 더 좋은 사람, 사회에 도움이 되는 사람으로 성장해가는 나의 모습을 그려본다.

오르막길

 "직장 생활 뭐 있어? 급여랑 승진이야."

 입사하고 한 3~4년 차쯤 되었을 때다. 우리 회사는 매년 3월이 정기 인사이동 기간인데, 그해 3월, 기다리던 승진 심사에서 탈락한 한 선배를 위로하기 위해 삼삼오오 모여 가진 술자리에서 선배로부터 이런 자조적인 말을 했던 들었던 것이 아직도 또렷이 기억난다. 아이러니하게도 그 선배가 누구였는지는 어느새 기억에서 사라졌다. 하지만 저 말만은 내 뇌리에 박힌 듯 잊히지 않았고, 그 말이 가지는 의미는 나에게 내가 처한 상황에 따라 그때그때 다르게 다가왔었다.

 사실 처음에는 저런 말을 입 밖으로 내뱉는 선배가 무척 속물처럼 느껴졌었다. 한국 직장문화의 특징인지 아니면 나만의 편견인지 모르겠으나, 승진이나 급여 인상과 같은 인사와 관련된 주제를 직접 입에 올리는 게 부끄럽거나 민망하다고 생각했던 것 같다.

 혹은 이 말이 승진에 실패한 선배의 입에서 나왔기에 내 마음속으로도 그를 얕보는 마음이 생겼는지도 모르겠다. '실력이 모자라니까 승진 안 된 거 아닌가?' 혹은 '기다리다 보면 내년에도 기회가 있을 텐데 왜 사람들 앞에서 회사에 대해 불평하는 걸까?' 같은 마음 말이다. 한마디로 '쿨하지 못하게 왜 그러실까?'였다.

그러나 3~4년 차의 나는 역시 어리고 경험이 짧았던 것 같다. 한 직장에서 20년 넘게 근무하다 보니, 연봉 인상이라는 것이, 혹은 승진이라는 것이 지원자 모두가 똑같은 시험지를 풀어서 실력대로 성공과 실패가 판가름 나는 입시나 자격증 시험과는 너무나도 다른 절차를 거친다는 것을 이제는 알게 되었다. 그리고 사실 조직 내의 '인사란 어떤 보직에 가장 걸맞은 역할을 해낼 수 있는 사람을 찾아서 조직 내의 일원으로서 그 능력을 펼칠 수 있게 하고, 그에 합당한 수준의 경제적 보상을 하는 것이라는 걸 이제는 깨닫게 되었다. 그리하여 작년에 내 커리어 중 가장 큰 사건이었다고 할 수도 있는 나의 승진 도전기를 적어볼까 한다.

회사마다 상황이 다르겠지만 많은 외국계 회사들은 연차에 따른 승진을 보장해 주지 않는다. 그 말인즉, 승진을 위해서는 첫 번째로 회사가 요구하는 수준 혹은 그 이상의 성과를 보이거나, 아니면 승진하고자 하는 직급에 결원이 생겼을 때 그 자리에 지원하여 경쟁을 뚫고 합격하여야 한다는 뜻이다.

첫 번째 케이스는 기존에 맡은 일을 하는 과정에 생길 수 있는 이벤트라면 두 번째 케이스는 부서 내 보직변경이나 혹은 타 부서로의 이동을 생각해야만 한다. 이 둘 중 어느 쪽이 더 쉽고 어려운가 는 상황마다 변수가 많아서 단정 지어 말하기는 어려울 것 같다. 내 경우엔 최근에 두 번째 케이스에 따라 작년 말 승진하게 되었다.

작년(2023년) 초에 우리 부서는 새로운 부서장님을 맞이하게 되었다.

그 당시 내 보직은 전략기획 담당자로, 누구보다 부서장과 밀접하게 소통하는 업무 특성상, 부서장 변경을 맞이하여 긍정적인 기대도 있었으나, 새로운 상사와 관계 수립을 하고 내 업무 역량과 가치를 인정받을 수 있도록 노력해야 한다는 점에서 막연한 긴장감도 함께 했던 것 같다. 기존에 계시던 부서장님과 호흡이 잘 맞는 상태였고 신뢰관계도 돈독한 편이었기 때문에 더욱 그런 마음이 들었다.

부서장님께서는 부임 이후에 빠른 부서 파악을 위해서 부서원들과 일대일 미팅을 가져가셨고 나와는 부서 전반의 운영 방향 및 장단기 부서 발전 전략에 대해 본인이 가지고 있는 비전에 대해 솔직하고 깊이 있는 의견을 주셨다.

직장 생활을 하면서 자의든 타의든 상사가 바뀌는 일은 항상 생기는데 그럴 때마다 내가 느끼는 건 어떤 상사를 만나든 간에 배울 점이 있다는 것이다. 그리고 심지어 좋은 상사보다 단점이 보이는 상사에게 더 배울 점이 확실하다고 감히 생각한다.

조직 내에서 평가가 좋고 부하직원들에게 존경을 받는 매니저의 경우에는 '왜' 그분이 좋은 매니저인가에 대해 여러 의견이 있을 수 있고, 혹은 뭐라 꼭 꼬집어 말하기 어렵지만, 같이 일하기에 좋은 분이라는 두루뭉술한 대답을 듣기가 쉬운데 단점이 분명한 매니저의 경우에는 소위 '저렇게는 하지 말아야겠다.' 또는 '저런 판단은 경솔하고 공정치 못하다.'라는 점이 분명하여 스스로의 행동에도 즉각적으로 반영할 수 있게 된다.

새로 만난 부서장과는 놀랍도록 빠르게 서로 업무 스타일에 대해 적응해 나갔고, MBTI도 같았기에 그야말로 잘 통하는 사이가 되었다.

또한, 사내결혼하신 그분의 부인과도 내가 함께 일한 적이 있다는 재미있는 우연도 확인할 수 있었다. 과거에 좋은 관계로 지냈던 타 부서 직원을 매니저의 가족으로 다시 만나다니! 역시 세상이 좁고도 좁으며 그래서 평판 관리가 중요하다는 진리를 또 한 번 확인할 수 있었다. 아무튼 이 분과 함께라면 지금 하는 일을 안정적으로 수행하면서 이른바 '적당한' 직장 생활을 하는 데 큰 무리가 없지 싶었고, 어느 정도 안심하는 마음도 들었던 것이 사실이다.

함께 일한 지 6개월가량 지난 시점에, 타 회사로 이직하는 직원이 있어 회식 겸 환송회를 마치고 집에 오는 길이었다. 집 방향이 같았던 상사와 함께 귀가하는 길에 회사에선 하기 어려운 솔직한 이야기를 나눌 기회가 생겼는데 놀랍게도 내 보직에 관한 그분의 고민 및 통찰에 관한 내용이었다.

그분께서는 현재 내가 하는 업무 방향성과 성과에는 충분히 만족하고 있으나, 회사 방침상 내가 이 보직을 유지하는 동안은 승진 후보자로 만들기가 쉽지 않다고 말씀해 주셨다. 또한, 본인은 내가 잠재력을 가진 직원이라고 생각하며 기회가 된다면 다른 부서라 할지라도 승진에 도전해 볼 것을 조언하셨다. 사실 지금 보직으로 승진이 어렵다는 것은 어느 정도 짐작하고 있던 부분이라 그리 놀라운 일은 아니었다. 앞에서 잠시 언급했듯이 정해진 업무에 대해 적당한 성과를 유지하는 것만으로는 승진이라는 결과를 내기가 매우 어려운 것이 외국계 기업의 현실이다. 나는 솔직하고 현실적인 조언 주셔서 감사하다고 말씀드리고 내 커리어의 방향성에 대해 고민해 보겠노라고 말씀드렸다.

그 순간 나에게 떠오른 게 바로 오래전 그 선배의 "직장 생활 뭐 있어? 급여랑 승진이야."라는 그 말이었다. 과거의 그 말이 실패자의 푸

넘처럼 느껴졌다면 지금의 나에게는 적당한 경력과 업무 숙련도를 방패 삼아서 더 이상의 도전을 멈춘 자에게 하는 질책처럼 다가왔다. '그래 나는 지금 여기서 내 경력을 멈출 게 아니다. 아직도 더 발전할 수 있고, 그러기에 도전도 할 수 있다.'라는 마음이 생겨났다. 급여와 승진이 목표라기보다 내 도전에 대한 정당한 보상이 급여와 승진이 되게 하자는 방향성도 정리되었다.

역시 뜻이 있는 곳에 길이 있는지, 그즈음 생각지도 않게 타 부서에 부서장 인사이동이 생기면서 그곳에 새 부서장을 모집하는 인사 공고가 게시되었다. 외국계 회사에서는 사내 인사이동이라 할지라도 신규 채용과 유사하게 이력서를 새로 받고 면접을 거쳐서 채용을, 즉 부서 이동을 확정하는 경우가 많은데 우리 회사도 이와 동일한 절차를 택하고 있다. 그 채용공고를 본 순간부터 내 가슴이 무척 두근거리기 시작했고, '저 자리에 지원해야겠다.' 결심하는 데까지는 30분도 걸리지 않았다. 설사 이번의 도전이 실패하더라고 후회하지 않고 도전을 멈추지 않으리라는 나만의 다짐도 했다. 안정적인 부서에서 편안한 직장 생활을 유지할 수 있는 선택지를 버리고, 전혀 다른 부서의 부서장 자리에 도전하는 것이다.

승진을 위한 첫 단계로, 나는 세 차례의 면접을 준비했다. 실무진 면접, 본점(싱가폴, 중국) 면접, 그리고 한국 내 책임자 면접이었다. 면접마다 다른 전략이 필요했다. 첫 번째 면접에서는 내 전문성과 이전 성과를 강조했다. 두 번째 면접에서는 새로운 부서 운용에 적용할 나의 철학과 회사 내의 풍부한 네트워크를 강조했고, 마지막 면접에서는 리더십과 팀 관리 능력을 중점적으로 부각시켰다. 각 면접 전후로는 불안과 기대감 사이에서 밤잠을 설쳤다. 평정심을 유지하면서 일상을 살아가고, 엄마로서 아이들을 챙기고, 원 소속부서의 업무를 하면서도 복잡한 마음이 드는 건 어쩔 수 없었다. '왜 이 도전을 시작해서 사서 고생을 하고 있나?'라는 생각이 들 때도 있었지만 그럴 땐 최대한 나 자신을 다독였다. '네가 할 수 있어, 포기하지 마.' 면접 결과를 기다리는 동안, 나는 더 열심히 일하고, 더 많이 배우려 노력했다.

짐작하다시피 이런 도전은 사실 극비리에 이루어지는 것이 원칙이다. 그리고 우리 회사는 현재 보직에서 1년 이상 근무한 사람이면 상사의 동의 없이도 지원하여 타 부서로 옮길 자격도 주어진다. 그러나 애초의 이 도전은 상사분의 조언과 격려, 그리고 내가 가진 잠재력을 믿는다는 응원의 말에서 시작된 것이기에, 나는 이 도전의 처음부터 인터뷰 진행 상황까지 상사분과 많은 내용을 공유했다.

사실 이건 매우 위험한 도박과도 같은 선택이다. 대부분 상사는 부하직원이 다른 자리를 찾아 면접 보러 다니는 상황을 달가워하지 않을 것이다. 오히려 '나랑 일하기 싫어서 그러냐.' 하면서 노골적으로 불만을 표시할 수도 있는 노릇이다. 그러나 지금 돌이켜보면 이분과 나의 관계는 정말 특별했고, 나의 잠재력을 믿는다는 그분의 지지가 있었기에 내가 더 힘을 내서 최선을 다해 면접 준비에 임할 수 있었다. 이 글을 빌어 다시 한번 나를 믿어주시고 도전할 수 있는 동기부여를 해주신 것에 깊은 감사를 드린다.

모든 절차는 끝나고 최종면접 직후에 내가 그 자리에 주인으로 결정되었다는 소식을 들었을 때, 그 순간의 기쁨과 안도감은 말로 표현하기 어려운 것이었다. 그동안의 모든 불안과 긴장 그리고 노력이 보상받는 느낌이었다. 공식발표 이후에 나의 이 도전은 회사 내 많은 동료들에게 큰 놀라움이었다. '왜 더 힘든 길을 택하느냐?' 하는 질문을 수없이 받았다. "보기보다 야망이 있었나 봐요."라는 칭찬인지 아닌지 애매한 평가를 듣기도 했다. 어쩌면 비아냥거림이거나 질시 어린 시선인지도 모르겠다. 그러나 나에게 있어 중요한 의미는 내가 선택한 도전을 최선을 다해 준비해서 그 결과물을 내 손에 받아들게 된 과정 그 자체에 있다.

이제 이 길은 평지를 걷는 것만으로도 만족했고 행복하다고 믿었던 내가, 마음을 고쳐 잡고 내 선택으로 걷기 시작한 오르막길이다. 좀처럼 걷지 않던 오르막길을 오를 때 발걸음마다 약간의 저항을 느끼며 땀은 이마를 흐르고 숨은 가빠진다. 나는 아직 스스로를 더 발전시키는 중이며, 정상으로 가는 길은 아직도 멀었을지 모른다.

그러나 천천히 오르다가 잠시 발을 멈춰 뒤를 돌아보면, 내 도전의 발걸음이 나를 너무나도 멋진 풍경을 볼 수 있는 산 중턱으로 데려다 놓은 걸 확인하게 된다. 그것이 내가 커리어를 계속 이어가고 도전을 멈추지 않게 하는 동력이 아닐까? 내가 사랑하는 야구에 누구나 공감하는 멋진 말이 있다 "끝날 때까지는 끝난 게 아니니까!"

Lonely

직장 생활이 쉽고 재미있기만 하다는 사람은 사실 본 적이 없다. 기본적으로 직장 생활은 인간의 에너지를 경제활동을 위해 투자하는 중요한 과정이며, 이를 위해 우리는 개인의 지식 창의성 잠재력을 경제적 가치로 전환하는 것이라고 생각한다. 물론 이런 과정에서 우리는 단순히 시간만 투자하는 것이 아니라, 신체적 정신적으로도 상당 부분을 소모하고 있다고 본다.

물론 사람마다 쉽지 않은 부분은 다 다를 것이다. 어떤 사람은 일은 어떻게든 하겠는데 팀원들과 좋은 관계를 유지하는 게 어렵고, 어떤 사람은 직장에서 동료들과 함께 지내는 시간은 즐거우나 회사가 요구하는 성과를 내기가 쉽지 않으며, 또한 누군가는 일을 너무나도 하고 싶은데 가족을 돌보아야 하는 집안 내의 위치 때문에 커리어를 이어 나가기가 불가능해져서 힘들어하기도 한다.

나의 직장 생활은 20년 정도 되었고, 그사이 결혼을 하고 아이 둘을 낳아서 키우고 있으며 그 시간을 지내오는 동안 버틴다는 표현만이 적합할 만큼 어려운 시기가 있었다. 둘째 아이가 생긴 걸 알게 된 그즈음이었다.

회사 내에서는 비슷한 연차를 가지고 경력을 쌓아가는 동료들과의 경쟁이 버겁게 느껴졌고 아직은 엄마 손이 많이 필요한 것 같은 첫째 아이가 퇴근만 하면 집에서 나를 기다렸으며, 뱃속에선 둘째 아이가 무럭무럭 자라고 있는데 첫아이 때와는 사뭇 다르게 입덧이 너무 심하고 임신 기간 중에 시도 때도 없이 심한 감기도 앓게 되어 체력적으로도 버티기가 많이 힘든 시간들이었다.

오죽하면 산부인과 담당 의사로부터 일을 그만둘 수는 없는 거냐고 강한 경고를 받기도 했었다. 임신 5개월 넘어갈 때까지도 임신 전보다 체중이 더 적었고 뭐든 입덧 없이 마음 편하게 먹어보는 게 소원이었던 것 같다. 요즘은 입덧 약으로 도움을 많이 받던데 아쉽게도 그때는 입덧 약 먹는 것이 일반적이지 않았다. 또한 지금이라면 여러 임신한 직장여성을 위한 법적 제도를 활용할 수 있었겠으나, 불과 10여 년전만 해도 제도는 취약했고, 출산 전까지는 힘들어도 견뎌보아야 하는 것 외에 다른 선택지가 보이지 않았다.

버티자, 버티자, "강한 자가 이기는 것이 아니라 이긴 자가 강한 것이다."라는 독일의 축구영웅 프란츠 베켄바우어의 명언을 되새기며 육아를 집안일을 그리고 회사 일을 다 내 어깨에 짊어지고 가다 보니 너무나 당연하게도 번-아웃이 찾아왔던 것 같다.

집에도 있기 싫고, 회사에도 있기 싫고, 어떤 의무와 책임감도 지지 않아도 되는 공간으로 도망가고 싶은 욕구가 들 때가 있었다. 어떤 날은 출근하는 것처럼 집을 나서서 회사에는 휴가를 내고 종일 걷거나 카페에서 차를 마시거나 하며 시간을 보냈다. 누구든 가까운 사람을 불러내서 맛있는 음식이라도 먹으면서 대화를 나누었으면 좋겠다고 생각했지만, 마음에 그럴 여유도 생기지 않았고 만나서 내 상황에 대해 푸념만 늘어놓기는 싫기도 했다. 지금 생각해보면 그때 나는 많은 짐으로 힘들고 무엇보다 외로웠으나 그 감정을 잘 다스리지 못했던 것 같다.

최근에 장강명 작가님의 『미세 좌절의 시대』라는 산문집을 읽게 되었는데 그 책에서 언급된 영국의 '외로움 담당 장관(Minister for Loneliness)'에 관한 이야기가 직장 생활을 버텨가던 나의 외로운 시절과 많이 맞닿아 있는 듯 느껴진다. 잠시 소개를 하자면 2018년 영국은 국가가 국민의 '외로움'을 '사회 문제'로 인식하고 해결하겠다고 나서서, 이를 해결하기 위한 국가 차원의 제도적 장치를 마련하는 정책을 펼치기 시작했다고 한다. 주로 사회적 고립을 경험하는 사람의 수를 줄이고자 했고 고령자, 장애인, 이민자, 사회적 소수자 등 다양한 취약계층을 대상으로 정책과 프로그램을 개발하고 추진하는 업무를 하고 있다.

앞서 얘기했던 나의 그 '버티던' 시절에, 사회적으로 나는 취약계층도 아니었고 가족도 직장 동료도 친구들도 내 곁에 있었으나, 안타깝게도 그 누구에게도 내가 너무 힘에 부친다고 도움이 필요하다고 말하지 못했다. 뭐든 잘 해내고 싶은 슈퍼우먼 콤플렉스였는지 혹은 남에게 폐가 되고 싶지 않아 하는 성격 탓이었는지 모르겠으나 그렇게 버티면서 나는 서서히 시들어 가고 있었다.

다행히 둘째 아이는 임신 기간에 체력관리를 엉망으로 한 내게 안심하라는 듯 건강하게 태어나 주었다. 출산과 함께 3개월의 출산휴가에 돌입했는데 놀랍게도 아이가 둘이 되어서 아이 하나를 돌볼 때보다 더 미친 듯이 힘들고 더 버텨내야 할 줄 알았던 이 시기에 나는 내 외로움을 다스리고 그 감정들과 친구가 되는 법을 알아버리고야 만 것이다.

그 '미세 좌절의 시대'에 작가님이 본인이 한국의 '외로움 담당 장관'이 된다면 전국 도서관에 예산을 투입해 독서토론 모임을 곱절 이상 늘리고 싶다고 하는 대목이 있다. 그렇다. 나의 외로움에 관한 고민은 사람과의 관계가 아닌 독서에서부터 풀리기 시작했다. 이 얼마나 재미없는 해답인지!

그렇지만 뻔하다고 재미없다고 해도 그때 책이 나에게 주었던 에너지에 대해 말하지 않을 수는 없다. 사실 내가 빠져든 건 추리소설, 그중에서도 우리나라에도 엄청난 팬을 가지고 있는 일본 작가 '히가시노 게이고'의 여러 작품이었다. 이 작가는 놀랍도록 다작을 하여 우리나라에 번역된 책도 수십 권이 넘는다. 나는 다양한 소설의 다양한 인물들을 만나면서 그들의 모습에서 내 외로움을 내 어려움을 봤고 때로는 소설 속으로 깊이 들어가 잠시 현실을 잊기도 했다. 추리소설 속에서 많은 인물들이 우리의 일상에서는 일어나기 어려운 살인사건이나, 범죄 현장 목격 등의 극단적인 사건들을 경험하고 그걸 각자의 방식으로 해결해 나가면서 때론 성장해 나가는데, 놀랍도록 분명하게 나는 독서 중에 책과 소통한다고 느꼈고, 내가 소설 속 인물들을, 그들의 행동을 이해하는 만큼 나 스스로도 나를 이해하게 되었다. 자기 발견의 시간이다.

아니 애도 키우고 일도 하고 살림도 해야 하고, 도대체 책을 잡을 시간이 어디에 있냐고 물으실 수도 있겠다. 솔직히 좋아서 하는 일이다. 어릴 때부터 독서를 좋아하고 서점 가는 게 제일 신나는 외출이었는데, 엄마로서 직장인으로서의 일들이 내 삶에 우선순위가 되어야 하고 독서 같은 취미생활은 시간 날 때 하는 것이라는 사회적인 통념에 내가 매몰되어, 책을 멀리하고 그 이후로 스스로를 고립시켰고 힘들게 하였다. 그러나 책과 다시 만나면서 나는 내 외로움과 함께 내 내면이 단단하고 차오르는 걸 느꼈고, 내 외로움은 감미로운 고독이 되어 때로는 나를 위로했다.

그러니 누구나 한 번쯤 겪는 위기의 시기에, 외로움의 시기에 꼭 사람을 통해서만 이 문제를 풀어가려고 하시지 않았으면 한다. 단언컨대 외로움 해결만을 위해 가볍게 억지로 맺는 인간관계는 독이 되어 돌아오기도 했었다.

또한, 나는 꼭 독서만이 현대인이 가지는 외로움에 대한 해답이 된다고 말하고 싶은 게 아니다. 그것보다는 인간관계가 아니더라도 진정한 소통이 될 수 있는 대상이 있다면 그것을 통해 좌절을 극복할 수 있게 되고, 내면이 더 성숙해질 수 있다고 믿고 있다.

나에겐 추리소설인 것이 누군가에겐 클래식 음악이고, 가드닝이고, 뮤지컬이고, 연극이고, 등산이고, 테니스이고, 아이돌 K-pop 그룹이고 영화일 것이다. 가벼운 취미를 가지라는 말인가? 시작은 그렇게 생각해도 좋겠다. 그러나 한 번쯤은 깊은, 좀 과하다 싶을 정도의 깊은 몰입감을 가져볼 것을 추천한다. 그 과정에서 발견하는 나 자신은 지금까지의 내가 몰랐던 새로운 나일 것이다.

결국, 외로움의 시기에 나를 움직이게 한 건 책으로부터 확인하고 확인받은 나의 '존재의 이유'이다. '삶의 의미'라고 해도 좋겠다. 『미세좌절의 시대』에서 한 구절을 인용하면서 마무리하고자 한다.

"삶이 곧 외로움이고 그럼에도 우리 모두 살아간다면, 그만큼 '외로움을 견디는 힘'이 필요하다는 뜻 아닐까?"

10.

This Is Not
My Success Story

EJ Choi

오늘만 사는 여자. 궁극의 ESFP! 29세 이후로 늙지 않고 늘 같은 나이로 살고 있는 소녀 피터팬. 어딜 가도 디자인이나 패션 쪽에 일하냐는 말을 듣는 화려한 외모(?)의 소유자지만 실은 아주 보수적인 국내 방송사에서 보도국 뉴스PD로 근무하다 생각보다 보수적인 미국 언론사로 이직, 십수 년째 콘텐츠 저작권 사업을 하는 Corporate Slave(직장의 노예).

전 세계에 있는 친구들을 만나러 인천공항을 수시로 들락날락하는 '핵인싸'처럼 보이지만 실제로는 반려식물과 소파가 최애인 세상 집순이. 새로운 사람 만나고 그들이 하는 새로운 이야기에 관심이 많다.

조기 졸업과 영국 유학

생각해 보면 고등학교 때까지 딱히 내가 설정한 목표나 꿈이 없었던 것 같다. 초등학교 때부터 아빠는 내가 법대를 가서 판사가 되길 원했고, 나도 그게 내 꿈이라고 생각하고 살았다. 대참사의 수능을 마쳤고 내신은 모두 1등급이었지만, 뭔가 또 준비하고 여러 차례 과정을 밟는 것보다는 쉬운 길을 선택해 수시로 대학을 갔다. 사실 엄마가 정해준 대로 간 거나 마찬가지다.

약간 방황하던 대학교 1학년 때는 여러 전공을 이리저리 둘러보다가 (심지어 공대 수업도 몇 개 들었다.) 결국 영문과와 신방과를 복수전공했다. 학교는 열심히 다녔고, 덕분에 7학기 조기 졸업에 복수전공이라는 전대미문의 졸업생이 되었지만 그때까지도 나는 취직이나 미래에 대한 아무런 생각이 없었다. 막연히 공부나 더 해서 교수를 해야겠다는 생각이 있었던 것 같은데 사실 하고 싶은 것이 무엇인지 진지하게 고민해 본 적은 없었다. 그야말로 어린애.

외국살이(?)는 대학을 졸업하고 2002년 월드컵을 4강으로 마친 그해 여름부터 시작되었다. 나의 슈퍼맘은 유학원을 통해서 나를 영국

케임브리지에 있는 어학원으로 보냈다. 가서 다니고 싶은 대학원을 찾아 지원하라고 해서 한국을 떠났는데, 케임브리지에서 몇 달 동안 영어 자격증도 따고 학교들을 둘러봤지만, 내가 전공할 신방과를 갈 만한 대학원이 없었다. 런던으로 가서 학교를 찾았고, 바로 합격을 해 그다음 해부터 대학원을 시작했다. 원래는 박사까지 할 예정이었지만 석사에서 그만 공부에 흥미를 잃고 말았다. 그리고 박사를 해서 바로 교수가 될 것 같지도 않았다는 게 결정을 하는 데 큰 역할을 한 듯. 돌아보니 24살의 내가 했을 법한 결정 같다.

대학원 생활은 아주 즐거웠다. 학교 앞 기숙사에 살았는데, 8명이 한 집에 사는 구조였다. 신기하게도 우리는 모두 다른 나라 출신이었다. 멕시코, 그리스, 포르투갈, 뉴질랜드, 홍콩, 미국, 덴마크, 한국의 아름다운(?) 조합. 전공도 다 달랐고 성격도 다들 달랐지만, 우리 집은 늘 저녁을 함께하는 룰이 있었다. 나는 가장 어린 사람 중 한 명이었지만, 모두 나를 '엄마'라고 불렀다. 그리고 별일이 없으면 7시에 키친에 모여서 각자 음식을 준비해서 같이 저녁을 먹거나 돌아가면서 자기 나라 음식을 만들어 주기도 했다. 그게 벌써 까마득한 20년 전 일이다. 요즘 같으면 아주 핫한 유튜브 소재인데 말이다.

어느 날 내가 많이 아파서 방 밖으로 나가지도 않고 누워있었는데 방문에 작은 노크가 들렸다. 겨우 문을 열어보니 덴마크와 뉴질랜드 친구가 밥을 하고 미역국을 끓여서 먹으라고 부른 것이다. 완전 공부밖에 모르고 늘 바쁘던 덴마크 친구가 아픈 나를 위해 준비해 준 인스턴트 미역국이 너무나 맛있었던 기억이 있다. 머나먼 타국에서 느낀 '정'! 우리는 기숙사를 떠나던 그날 모두 울었다.

A Fresh Set of Eyes

시니어 같은 인턴

　귀국하고 부모님이 계신 부산으로 돌아갔다. 사실 그때까지도 무엇을 하고 싶은지 어디에 취직해야 할지 전혀 생각이 없었다. 그저 방송국에 취직해야겠다는 생각 정도? 언론고시를 준비하겠다며 서울로 상경, 방송기자를 양성하는 아카데미에 들어갔다. 아마 내가 들어갔을 때 처음 생긴 것으로 알고 있는데 이곳에 가게 된 것은 런던에서의 인연으로부터다.

　한국기자협회에서 탐사보도에 관심 있는 국내 기자들 영국 연수를 보냈는데 런던에 있는 유명한 탐사보도 기자들을 섭외해서 미팅을 주선하고 기자들 도착하면 인솔해서 다니는 일을 요청받았다. 그런데 연락처도 없이 BBC의 누구, 가디언지의 누구 이렇게 이름만 던져주며 일정을 잡아달라는 게 아닌가? 22살의 내가 무엇을 알까? 그래서 그냥 무작정 BBC와 가디언에 전화해서 그 기자들을 바꿔달라고 하고 미팅을 주선했다. 그때 온 기자 중 한 명이 훗날 내가 들어간 첫 직장의 선배였다. 일도 열심히 하고 통역도 잘하는 나한테 무척 감동(?) 받았는지 연락처를 주면서 한국 오면 꼭 연락하라고. 그래서 귀국하고 찾아뵙고 조언도 듣고 하면서 취직까지 하게 되었다.

첫 직장에서는 보도국 국제부의 뉴스 PD로 일했다. 입사 첫날 친절한 옆자리의 선배는 "국제부는 1년에 한두 건 큰일 없으면 그렇게 바쁘진 않아."라고 했는데 내가 업무를 시작한 첫날 인도네시아에서 비행기가 추락했다. 역시 자나 깨나 말조심! 첫날부터 심상치 않았던 2007년, 그해의 주요 뉴스들은 다 국제적으로 발생했다. 버지니아 공대 총격 사건, 캄보디아 비행기 추락, 그리고 43일 동안 매일 출근해야 했던 아프가니스탄 피랍사건 등. 특히 아프간 피랍 건은 현지에 들어갈 수 없는 상황이었기 때문에 외신에 의존을 많이 했다.

계속 모니터를 하다 보니 현지 취재는 알자지라와 BBC의 특파원이 다른 매체보다 조금 정확하고 빠르게 진행하는 것을 알게 되었고, 파키스탄에 위치한 자칭(?) 통신사라는 곳에서 업데이트를 찾아내기도 했다. 우리 예상외로 업데이트가 자주 올라오지 않아서 선배들은 갑갑해 했는데 나는 그냥 "그럼 전화해서 물어보면 되지 않을까요?"라고 했고 다들 '얜 뭐지?'라는 반응을 보였지만 나는 그냥 수화기를 들었다. 처음 통화를 한 통신사의 국장이 "Hello, my friend."라고 해서 나도 "My dear friend, this is the utmost important news for us and for all Koreans, please update it more frequently."라고 했더니 정말로 하루에 한 번 하던 업데이트를 다섯 번으로 늘려줬다. 역시나 모르면 물어야 하고, 필요하면 요청해야 하는 게 진리다.

일은 열심히 하는 사람에게 자꾸 몰린다. 근무한 지 한두 달쯤 되었을 때 국제부에서 외신 계약을 담당하던 분이 퇴사했다. 당시 회사에서 유일하게(?) 영어가 가능한 내가 잠시 그 업무를 맡게 된다. 물론 새로운 사람을 뽑을 때까지만이라는 조건하에.

그런데 하필 내가 잠깐 맡고 있던 그 시기에 회사는 BBC와 재계약이 있었고, 나는 두 달 동안 프로그램에서 한두 번 정도 사용밖에 없어서 큰돈을 지불하며 재계약을 할 필요는 없다고 보고했다. 큰 칭찬을 받았고 회사는 계약 담당자를 새로 뽑지 않았다. 그래서 AP, 로이터, BBC, CNN 등 관계자들이 회사를 방문하면 내가 만났다.

BBC의 부사장쯤 되는 사람이 온 적이 있는데 내가 "Hi, I'm EJ. We spoke on the phone before."라고 했더니 그분이 웃으면서 통화했던 EJ가 아주 시니어인 줄 알았고 나는 인턴인 줄 알았단다. 그래서 내 전화 목소리가 그렇게 늙었냐고 했더니 그게 아니고 전화를 너무 프로페셔널하게 받아서 회사의 시스템을 다 알고 있는 선임일 줄 알았다나 뭐라나. "Good save!"라고 말하며 서로 웃었던 기억이.

돌이켜보면 추억이 많은 곳이다. 첫 직장이라 그럴 수도 있고, 긴 시간을 함께 일해서 그럴 수도 있고 다사다난했던 곳. 외부에서 보면 정말 보수적인 기관이라고 생각할 수 있지만 그만큼 순수한 사람들의 집합체다. 9시 뉴스를 담당하면 오후 2시에 출근해서 10시 퇴근인데 저녁도 훨씬 지난 그 시간에는 누구를 만날 수도 없기 때문에 자연히 회사 앞 술집으로 다들 모인다. 팀도 상관이 없고 사무실에 있는 누구나 원하면 동참하는 시스템. 지금 MZ들은 상상할 수도 없고, 지금 선배들은 후배들에게 같이 하자고 말할 수도 없는 일상이다.

지금 생각해보면 선배들도 내가 들어와서 힘들었을 것 같기도 하다. 늘 일상적으로 하던 일을 새로운 시각을 가진 아이가 와서 '이렇게 하면 어때요?', '저렇게 하면 어때요?'라고 했으니. 비슷한 연차의 선배들은 많이 귀찮았을 것 같기도 하다. 그때는 우리 모두 어렸으니까.

나는 그저 내가 할 수 있는 일을 찾아서 한 것뿐이라 생각했는데 그걸 불편해했을 수 있을 것 같기도 하다. 그래도 여전히 회사는 일하는 곳이고 무엇이든 할 수 있는 일을 열심히 해야 한다는 생각에는 변함이 없다.

여의도에서 모든 것을 해결하던 아저씨들을 홍대로 이끈 것은 큰 성과다. 국제부는 사람이 많은 곳이어서 회식도 크게 진행을 했었는데 홍대에 바를 빌려서 한 것! 다들 신기해하면서도 즐거운 시간을 보냈던 기억이 있다. 이직은 쉽게 결정했지만 눈물의(?) 송별회는 3~4번은 족히 한 것 같다. 아직도 가끔은 그 시절이 그립기도?

I sell news

회사를 잘 다니고 있던 어느 날, 외신 계약 업무를 맡으면서부터 4년 정도 알고 지낸 외국계 언론사 부사장의 연락을 받았다. 우리 엄마보다 한두 살 많은 유쾌한 여성분이셨는데 일 년에 한두 번 한국 출장을 올 때 즐겁게 만났었다. 사실 그 분은 내가 한국에서 가장 큰 클라이언트인 것이 중요했겠지만 나는 그 분을 좋은 친구로 생각하고 늘 진심으로 대했다.

갑작스러운 스카우트 제의. 4년간 네 개의 프로그램을 맡았는데 일이 새로울 것도 없고 점점 지겨워지고 있던 시기라서 크게 생각해 보거나 누구한테 상담하지 않고 혼자 결정했다. 그분은 나의 유쾌한 성격과 뭐든 일단 하고 보는 적극성을 높이 평가한다고 했다. 고작 신입사원이던 내가 부사장에게 직접 전화를 해서 당당히 취재 요청을 하곤 했으니, 우리나라 같으면 '얜 뭐지?'였겠지만 그분의 눈에는 총기 가득한 아이로 보이지 않았을까?

내가 하는 일은 조금 희귀한 일이다. 뉴스 통신사의 저작권 판매 사업. 우리 회사가 전 세계의 280여 개 지국에서 생산(?)하는 사진, 기사, 영상 등의 뉴스 콘텐츠의 저작권을 방송사, 언론사, 신문, 잡지 등다른 매체에 제공하는 일이다. 신문기사나 방송뉴스에서 "AP통신에따르면…, 로이터 통신에 의하면…" 하는 것을 많이 봤을 것이다.
매체들이 우리 회사의 콘텐츠를 사용할 수 있도록 저작권을 판매하는 일을 한다. 그래서 잘 모르는 사람에게는 "I sell news."라고 이야기한다. 한국, 몽골, 베트남, 라오스, 캄보디아, 필리핀 등 총 10개국을 담당하고 있어서 아시아 내의 출장이 많다. 많은 친구들이 부러워하지만, 출장 가서 일만 하다 오면 왕복 4~5시간의 비행 때문에 오히려 지치기만 한다. 그래도 뭐 현지 음식을 먹는 즐거움 정도는 있을까?

처음 이직을 했을 때 내가 맡은 나라 중의 하나가 방글라데시였다. 언젠가 가보겠다고 생각조차 하지 않았던 나라, 직항도 없는 곳이었다. 이직 후 첫 출장이라 부사장이 함께 가겠다고 하셨다. 홍콩 공항 라운지에서 만나 차를 마시고 이런저런 이야기를 하던 부사장께서 갑자기 "혹시 바지 가져왔니?"라고 물었고 그 당시 평소 스커트 정장이나 드레스를 많이 입던 나는 "아니요."라고 답했다.

부사장이 좀 놀라며 그 나라의 문화상 여성은 살을 드러내지 말고 많이 가려야 한다는 것이다. 그래서 "걱정 마세요. 비행시간 1시간 남았으니 자라(Zara)에 가서 옷 사오겠습니다."라고 하고 20여 분만에 한 10개쯤 되는 옷을 사서 다시 라운지로 복귀. 부사장은 짧은 쇼핑 시간과 아이템의 숫자에 놀라셨다는…. 방글라데시는 추억이 많은 곳이다. 현지 직원도 성공적으로 채용했고 놀랍겠지만 친구도 많이 사귀었다.

이렇게 처음 두 직장은 내가 적극적으로 알아보고 찾았다기보다는 열심히 일하다가 만난 사람들을 통해 소개를 받았다고 볼 수 있다. 나는 늘 내가 하는 매사에 최선을 다한다. 그런데 최선만 다하는 것보다는 내가 좋아하고 하고 싶어 하는 일을 위해 나아갈 필요가 있다는 생각을 요즘 조금씩 하고 있다.

꽃길만은 없다

입사 첫 주였다. 아직은 방송뉴스의 시스템을 모를 때다. 보도정보에 올라온 원고를 보고 잘못된 부분이 있어 데스크께 살짝 말씀드렸는데 데스크가 아주 큰 소리로 기사를 작성한 기자 선배를 나무란다, 너는 그런 것도 확인 안 하고 썼냐고. 졸지에 나는 선배의 잘못을 일러바친 아이가 되어 버렸다. 나는 그냥 데스크가 기사를 수정할 것이라고 단순하게 생각했던 것이다. 뒤통수에 꽂히는 아찔한 시선을 애써 무시하고 묵묵히 일을 계속할 수밖에….

다행히 부장들은 열심히 배우고 뭐든 열심히 하고 늘 새로운 방법을 시도하는 나를 많이 예뻐하셨지만, 그것이 오히려 역풍을 불러 올 때도 있었다. 어른들에게만 잘 보이려 한다는 오해와 비슷한 연배의 선배들에게 질투를 받게 된 것이다. 또 그 부장들을 좋아하지 않는 선배들은 괜히 나에게 이것저것 딴지를 걸었다.

졸지에 박힌 돌을 뽑는 굴러온 돌의 모양새가 됐고 열심히 일한 것밖에 없는데 왜 다들 나를 이해하지 못할까, 뭔가 억울하다는 생각이 들었던 것 같다. 그들도 어렸고 나도 어렸으니까. 일 년이 지났고 크고 작은 많은 국제뉴스들을 다루면서 선배들은 점점 알게 되었다. 정말 일이 좋아서 열심히 하는 친구구나 하는 것을.

이직하고는 모든 것이 순조로운 듯 보였다. 언제나처럼 열심히 했고 좋은 결과들이 쏟아졌다. 그런데 돌이켜보면 나는 상사의 마음을 잘 읽지는 못한 것 같다. 내가 열심히 하고 본인이 귀찮을 일을 만들지 않으면 좋을 것이라는 단순한 생각으로 어려움이 있어도 혼자 해결했다. 그런데 상사가 내가 스스로 잘 해내는 것도 너무 대견하지만 사실은 본인이 그런 성공에 도움이 되고 싶어 한다는 것을 몰랐다.

해외 출장도 혼자 다니고 하면서 여러 가지 어려움이 있어도 보고하지 않고 스스로 헤쳐나갔는데, 결과적으로는 내가 잘했다는 칭찬보다 내가 맡고 있는 나라들은 쉽게 성과가 나는 나라라는 평가를 받았다. 상사가 같은 사무실에 근무하지 않는 것의 가장 큰 단점이다. 매일 어떻게 일하는지 직접보고 있지 않으니 내가 투자한 시간과 노력들은 실제보다 저평가되었다. 그런데 아무리 생각해도 전 세계에서 가장 못사는 나라 중 하나를 들락날락하며 현지 직원을 채용해 1~2년 사이에 4배 이상의 성장을 한 것은 열심히 하지 않고는 어려울 일일 것 같은데 말이다.

입사 5년 차쯤 나를 스카웃한 부사장이 은퇴했다. 사실 너무 갑작스러운 일이었는데 내부 정치적인 일이라고 우리는 추측만 했다. 퇴직을 하기엔 너무 에너지가 많고 일을 사랑하는 분이었으니.

새로운 상사는 타부서에서 이동한 사람인데 사실 좋은 관계는 아니었다. 내가 몇 번 일을 도와준 적이 있는데 제대로 진행하지 않고 뒷수습을 내가 해야 했기 때문에 왜 저런 사람이 이 자리로 왔을까 하는 생각도 조금 있었다. 부사장 자리로 갈 것 같았던 선배는 경쟁에서 밀려서 회사를 그만뒀다. 그래도 여전히 하던 대로 내 일만 열심히 하면 되겠지 하고 생각했는데 그게 아니었다.

이유는 모르겠지만(사실 안다. 나의 성장을 두려워하고 있었단 것을. 내가 그의 경쟁자가 되는 것이 싫었다는 것을.) 아니 모른 척하고 계속 열심히 일하려는데 여러 가지 태클이 들어온다. 맡아서 잘 키워오던 지역도 재분배하고 퇴사를 했던 전임자를 프리랜서로 고용해 일하게도 했다.

이유는 내가 미디어가 아닌 다른 분야의 기업들과 신사업을 진행하고 있지 않다는 거였는데 사실 꽤 오랜 기간 접촉도 하고 여러 가지 방면으로 도모했지만, 우리 회사의 시스템과 맞지 않아 성사되지 않은 건들이 무수했다. 그 프리랜서는 일 년을 아무 성과 없이 보내고 일을 그만뒀다. 어쩌면 그들의 바람은 내가 기분이 나빠서라도 이직을 하는 것이었을까?

Be Yourself

Instant Charm

나는 다른 사람들의 시선을 별로 쓰지 않는 타입이다. 사실 신경 쓰고 말고의 개념이 없는 타입이라는 것이 더 적절할 듯. 그런데 사람들은 나에게 관심이 참 많은 것 같다. 내가 그들의 말을 모두 새겨듣고 하나하나 도전했다면 지금은 정말 멀티 탤런트를 가진 사람이 되어 있을 수도!

신방과를 다닐 시절 화술론이라는 과목이 신설되었고 MBC 아나운서 출신의 강사님이 오셨다. 나의 친구에게는 아나운서를 해보라 하셨고, 나에게는 개그맨이 되는 게 어떻겠냐고 하셨다. 전 공부를 더 하겠습니다 하고 잊어버렸다. 그런데 취직을 해서 PD로 열심히 일하고 있는데 선배들이 자꾸 개그콘서트 시험을 보란다. 여기서도 개그맨을 하라는 압박(?)이 들어올 줄이야.

그래서 들다 들다 서류를 냈다. 떨어지면 이제 그 말이 쑥 들어가겠지 하고. 그런데 덜컥 서류가 합격했다. 그래서 출근해서 쉬는 시간에 면접을 보러 갔다. 아래층에서 진행하고 있으니 엘리베이터만 타면 되기 때문에…. 당연히 불합격했고 이제는 개그맨을 하라는 말이 쑥 들어가겠지 했는데, 이후 뉴욕에서 우연히 만난 미국인이 혹시 스탠드업 코미디언이 아니냐고 물었다. 이 정도면 글로벌 개그맨을 하라는 계시였던 것일까?

7~8년 전인가? 다들 인스타와 유튜브를 열심히 보고 하던 시절, 나는 둘 다 하지 않았다. 우연히 알게 된 소셜미디어 마케팅을 하는 스타트업 대표가 브이로그 같은 걸 해 보란다. 여행도 많이 다니고 다양한 사람도 많이 만나고 늘 파티도 하니 좋은 소재가 많다고.

나한테는 일상인 것이 다른 사람에게는 흥미가 있는 소재라니? 사실 남들이 뭘 하고 사는지에 별 관심이 없는 일인으로서 그런 것이 무슨 콘텐츠가 되는 걸까 생각하고 흘려들었다. 역시 남들이 하는 말에 귀를 기울여야 한다. 그랬으면 지금은 또 다른 삶을 살고 있지 않을까?

Super Connected…

나는 전 세계에 인맥이 있다. 인맥보다는 친구라는 말이 맞다. 나이는 숫자일 뿐이라는 개념조차 없는 사람이 나다.

엊그제 방송사 PD인 친구가 전화해서 혹시 미국에서 재외국민 투표를 하는 사람을 아냐고 뜬금없이 묻는 것이다. 재외국민 투표를 하는 사람은 모르지만 미국에 사는 사람은 많이 알기 때문에 즉시 카톡을 켜서 워싱턴과 LA에 사는 친구, 후배에게 연락했다. 워싱턴에 사는 친구는 시민권자라 투표를 못 한다고 했지만 아는 사람 중에 시민권이 아니고 투표를 할 것 같은 친구가 있다는 것. LA 다운타운에 사는 후배는 투표소가 코앞이라 '멀리서라도 투표를 하러 몇 시간이나 걸려서 여기까지 왔다.'라는 취재 의도에 적합하지 않지만 영사관 앞에서 투표하러 온 분들에게 어디서 오셨냐고 인터뷰를 진행해 주겠다고 흔쾌히 말하는 것이다.

방금 전에는 한영협회 갈라에서 만난 지금은 뉴욕에서 일을 하고 있는 젊은 여성이 직장 상사와 문제가 있다면 갑자기 나에게 연락을 했다. 파티 이후로 몇 번 톡을 주고 받았지만 서로 일정이 맞지 않아 그녀가 뉴욕으로 떠나기 전에 만나지 못했다. 잘 아는 사이도 아니다. 얼마나 갑갑했으면 나한테 연락을 했을까 싶기도 하고 안타까운 마음도 들어 잘 알지 못하는 사이지만 뉴욕에 사는 친한 언니에게 연락했다. 이러한 사정이 있는데 한번 만나서 위로와 조언을 할 수 있을지 슬쩍 물었고 쿨한 언니는 흔쾌히 그러겠다고 했다. 그래서 두 사람을 또 연결해 줬다. 서로에게 용기와 즐거움을 줄 수 있는 사이가 되길!

이러한 에피소드는 무궁무진하다. 일상에 가까울 정도로. 나는 사람을 만나고 그들의 이야기를 듣는 것을 좋아한다. 인스턴틀리 친해지기 때문에 가벼운 사이라고 생각할 수 있겠지만 10년을 못 보다가 다시 봐도 어제까지 통화하던 사이 같은 느낌을 주는 것이 내가 가진 사람의 힘이다.

지난주에 처음 만난 마닐라의 클라이언트, 큰 신문사의 편집장이 나를 만난 지 20분 만에 한 말이다. 나의 여행이나 여러 나라의 경험에 관해 이야기 나눈 것도 아닌데 그런 이미지란다. 역시 경력 있는 기자는 보기만 해도 사람을 알아보는 것인가?

무계획이지만 그래도 50여 개국 정도를 방문했다. 가장 많이 받는 질문이 "여행한 나라 중에 어디가 젤 좋아요?"다. 모든 나라는 고유의 문화가 있고 매력이 있다. 그리고 어떤 날씨에 방문하냐에 따라 그 나라에 대한 생각이 많이 좌우된다.

나는 스페인의 바르셀로나를 좋아하는데 아름다운 가우디의 도시고 시내 중심에서 걸어서 바르셀로네타 해변까지 갈 수도 있다. 부산 출신이지만 수영은 하지 않는 나는 바닷가에 가는 것을 좋아한다. 파도 소리를 듣고 있으면 뭔가 마음이 평온해지는 느낌이랄까? 같은 맥락으로 브라질의 리오데자네이로도, 멕시코의 칸쿤도 좋았다. 전반적으로 따뜻하고 즐거운 나라를 선호한다.

가본 나라보다 가야 할 나라가 더 많다. 대문자 꽉꽉 눌러 쓴 ESFP라 무계획인 나는 늘 편한 곳들만 여러 번 여행했다. 친구들이 있는 곳, 계획 없이 갈 수 있는 곳, 그래서 작년부터 새로운 나라 세 곳 가보기 등의 실천할 수 있는 목표를 세웠고, 새로운 4개 나라 9개 도시를 여행했다. 올해도 그 여정을 이어가 볼 생각이다. 나를 만든 것은 8할이 내가 만난 사람들이니까.

드디어 EMPOWER 24의 대미를 장식할 런던으로 간다. 나는 휴가를 내서 공식 일정보다 10일 정도 먼저 런던에 도착했다. 바쁘게 보낸 1, 2월을 정리하고 친구들과 오랜만에 수다도 실컷 떨고 싶어서. 그런데 런던 날씨가 요상하다.

생각해보니 2005년 런던의 삶을 정리하고서는 3월에 방문을 한 적이 없는 것 같다. 10분 동안만 해가 쨍하고 비가 내리고 또 반복. 이상하게도 나는 한 번도 런던 날씨가 나쁘다고 생각한 적이 없었는데 조금 생각이 바뀌게 된 계기. 역시 사람은 죽을 때까지 경험해야 한다.

런던에서의 즐거운 관광객 놀이(?)가 끝나고 드디어 그녀들과 만났다. 이렇게 반가울 수가! 런던을 떠난 지 오래지만 한국 외에 가장 오랫동안 산 나라이기 때문에 제2의 고향이나 마찬가지다. 그런데 EMPOWER 트립을 통해서 또 새로운 사람들을 만나고 그들의 이야기를 듣게 되었다.

Women of the Future의 설립자 핑키 릴라니(Pinky Lilani)는 소프트 카리스마의 대명사 같았다. 요즘 말로 센 캐릭터인 여성 리더들을 많이 봤는데 아주 신선한 느낌이랄까? 오랜만에 만난 할머니 같은 느낌. 그렇다고 따뜻하고 다정한 것만 아니라 그 많은 인원을 살뜰히 챙기며 모두에게 개인적으로 눈 맞춤을 하고, 개개인에게 관심을 표하며 모두를 아우르는 따뜻한 힘이 있는 분이셨다.

영국 상원 의사당(House of Lords)에서 만난 베르마 남작(Baroness Verma)은 짧지만 강렬한 메시지를 남겼다. 오늘 이곳에서 새로운 사람 세 명을 만나고 모임 이후에 따로 연락하라는 것. 네트워킹 모임에서 새로운 사람을 만나는 것은 생각보다 쉽지만 모임이 끝난 이후에도 지속적으로 관계를 유지하는 사람은 드물다며 그것이 실제로 중요한 부분이다는 것을 강조했다. 일이든 사적으로든 콘퍼런스나 네트워킹 이벤트를 많이 가고 새로운 사람들을 무수히 만나지만 실제로 다시 만나는 비율은 진짜 적은 게 사실이다.

마지막 세션에서 만난 딜로이트(Deloitte)의 엠마 코드(Emma Codd) 전무님. 처음 보는 우리를 만나 자신의 사적인 이야기를 공유하고 많은 영감을 줬다. 사실 우리는 좋지 않은 일들은 감추고 잘된 일들만 보여주려 하는데 누구에게나 솔직해질 수 있는 게 진정한 성공이 아닐까 하는 생각이 들었다.

"Be yourself. Everybody else is taken."

— *Oscar Wilde*

슈퍼우먼!
원더우먼!

진짜 원더우먼

사람들은 나를 슈퍼우먼, 원더우먼이라 부르지만 사실 그 타이틀은 우리 엄마에게 제일 어울리는 것 같다. 너무나도 귀엽고 여자여자한 우리 엄마는 사실은 슈퍼맘이다. 내가 초등학교 들어갈 때쯤 일을 시작해서 고속 승진을 했다. 중학교 때는 하교 후 엄마 사무실에 가서 종종 놀다가 오곤 했던 기억이. 그리고 내가 라스트미닛이 된 것은 우리 엄마 탓도 있다.

우리 엄마는 모든 것을 미리 계획하고 준비하는 하는 슈퍼 J 타입이지만 내가 언제나 무엇을 라스트미닛으로 요청해도 늘 들어주었다. 사소한 준비물부터 당일에 여권을 재발행하는 큰일까지. 그래서 나는 늘 마지막에 무언가를 하는 것이 어려운 것이 아니라는 것을 알게 되었을지도?

초등학교 5학년인가 6학년 어느 소풍날 엄마가 딱 한 번 손수 김밥을 싸지 못하고 초밥집에서 엄청 비싼 도시락을 사서 보내준 적이 있다. 엄마는 그 후로도 몇 년간 이날을 마음 아파했다. 나는 평소에 먹지 않던 새로운 음식을 먹어서 신이 났었다고 몇 번이나 말했는데도 말이다. 엄마는 그런 사람이었다. 늘 새벽 다섯 시 반쯤 일어나 아침을 준비하고 도시락을 쌌다. 그리고 본인 출근 준비도. 고등학교 때 야간 자율학습 때문에 10시 넘어서 귀가를 했는데 엄마가 못 기다려 준다고 미안해했다. 엄마는 매일 새벽에 일어나는데 왜 밤까지 나를 기다려야 하는지 나는 잘 이해가 되지 않았다.

내가 런던 유학 중에 엄마는 건강상의 이유로 일을 그만두셨다. 회복하고 나서는 매일매일 문화센터, 골프, 여러 가지 취미 활동을 하며 즐겁게 지내신다. 도자기도 굽고, 좋아하던 그림도 그리고, 기타도 배우고 엄마의 하루는 나보다 더 바쁘다. 늘 배우는 것을 즐거워하고 활동적인 엄마다. 우리 엄마가 진정한 MZ 세대인 듯?

나를 스카우트했던 부사장은 우리 엄마를 만난 적이 없다. 그런데 어느 날 "EJ는 엄마가 너무 사랑해서 키워서 지금 같은 사람이 되었다."라는 말을 한 적이 있다. 엄마한테 그 말을 전했는데 갑자기 눈물을 흘리시는 게 아닌가? 드디어 본인을 알아봐 준 사람이 있다며⋯.

엄마는 전형적인 한국의 엄마다. 집안일도 회사 일도 척척해 내며 늘 씩씩하게 살았고 남편에게는 세상 스위트한 아내, 아들의 베스트 프렌드, 딸의 가장 큰 팬인 사람이었다. 어릴 때는 그걸 잘 몰라서 오빠한테 엄마를 뺏겼다는 귀여운(?) 생각을 하기도 했다. 그만큼 두 사람이 너무 친했기 때문에. 겨우 두 살 차이인 오빠는 엄마의 고충을 잘 이해하고 공감했던 게 아닐까? 그냥 온실 속의 화초처럼 자란 나는 지금도 많이 아이다. 그래서 아직도 세상을 아름답고 따뜻하게 바라보며 살 수 있는 것일 수도. 모든 것에는 양면이 있다.

오늘만 사는 여자에서 오늘을 사는 여자로

나는 사실 욕심이 별로 없다. 내가 잘하지 못하는 일에 애쓰지 않는다. 내가 익숙하지 않고 서툰 부분은 전문가에게 맡기면 되기 때문에. 아무 계획도 없고 오늘만 사는 ESFP라 늘 긍정적으로 보이지만 사실 실패를 싫어하기 때문에 계획을 하지 않는 것일 수도 있다.

요즘 들어 막연하게 멋지게 늙고 싶다는 생각이 들었다. 인생의 목표란 것도 좀 설정해보고 하나하나 이뤄나가는 그런 삶을 살아보는 것도 좋은 경험일 것 같은 생각. 다른 사람의 시선을 별로 신경 쓰지 않지만, 나도 누군가가 닮고 싶어 하는 사람이라는 것을 알게 됐다.

사실 꽤 많은 후배들이 선배처럼 되고 싶다고 꽤 오래전부터 이야기했었다. 나는 내 삶에 적당히 만족하며 살고 있지만 늘 너무 행복한 것은 아니었기 때문에 왜 나처럼 되고 싶다고 하는지 잘 이해하지 못했던 것 같다. 아마 그들이 나의 삶을 속속들이 알지 못해서 일지도.

그렇지만 늘 사람들에게 영감을 주고 즐거움을 주는 사람이 되고 싶다는 막연한 생각은 있다. 다들 왜 그렇게 에너지가 많냐고 묻는데 나는 사람들 속에서 에너지를 얻는 타입이다. 물론 일요일은 철저한 Me Day, 나만을 위한 날이다. 화분에 물을 주고 청소도 하고 책도 읽고,

하루 종일 내가 하고 싶은 일을 하며 충전을 가지는 시간이다. 그러면 또 나가서 사람들을 만나고 싶고 그들의 이야기가 궁금해진다.

하고 싶다는 생각만으로는 이루어지는 것은 없다. 열심히 하는 것은 어느 정도의 역할을 하지만 내가 궁극적으로 가고 싶은 곳으로 데려가 주지 않는다. 목표를 정하고 내가 하고 싶은 일을 향해서 하루하루 조금씩 작은 성공(small achievement)를 하면서 즐겁게 생활하다 보면 언젠가는 나의 성공 스토리도 쓸 수 있는 날이 오지 않을까?

에필로그

'엠파워링(EMPOWERing)'에서 '엠파워드(EMPOWERed)'까지

엠파워 14인 중 4인
라양희

삼일PwC 파트너

엠파워 프로그램이 없었다면 만나기 어려웠을 다양한 업계, 커리어 경험, 성격 및 사고방식을 가진 열네 명의 멤버들이 하나의 프로그램에 모였습니다. 각자가 직면한 고민과 삶에 대해 새로운 시각의 경험과 조언을 통해 더 성장할 수 있는 기회를 얻었습니다. 획일화된 리더십의 모습이나 방향성을 차세대 리더에게 전파하는 대신 다양성을 가진 열네 명의 멤버가 함께 성장 기회와 경험을 공유하고 유기적으로 프로그램을 만들어 나갔습니다. 일 년간의 프로그램을 완주하며 이를 끝이 아닌 새롭게 성장해 나갈 여정의 시작으로 삼고자 합니다.

빅토리아 리

재규어 랜드로버 선임바이어

2023년은 저에게 특별한 한 해였습니다. 1년 동안 진행되는 엠파워 프로그램에 14명의 주목할 만한 한국 여성 비즈니스우먼 중 한 명으로 선정되었기 때문입니다. 각계의 전문가들과 교류하고 배울 수 있는 귀중한 기회를 얻었습니다. 우리는 서로의 가치관을 공유하고 워크숍에 참여하며 어떻게 스스로 성장하고 다른 구성원들의 성장을 도울 것인지에 대해 배우고 지지했습니다. 이 놀라운 여성들에게 감사하며, 이것이 끝이 아니라 다음 여정의 시작이라고 믿습니다.

인정아

법무법인 광장 파트너변호사

직장을 다니는 여성이라면 누구나 한번쯤은 고민해봤을 법한 내용을 각자의 경험담을 통해 진솔하고 위트 있게 풀어나갑니다. 정답을 제시하기보다는 우리 모두 함께 힘을 모아 잘 해보자고 외치듯 용기와 긍정적인 에너지로 가득한 10인의 차기 여성 리더들의 이야기. 12개월 동안 그들과 함께 할 수 있어서 영광이었습니다. 애타게 찾아다녔던, 하지만 회사에서는 찾아볼 수 없었던 선배의 따뜻한 한마디. 지금 당신을 찾아갑니다.

이수찌

쿠쉬맨앤웨이크필드 크로스보더 시니어매니저

엠파워 프로그램을 시작하며 가졌던 꿈을 기억합니다. 프로그램이 끝날 무렵, 우리는 기대보다 훨씬 더 끈끈하고 좋은 커뮤니티를 만들어냈습니다. 나이, 배경, 라이프스타일의 차이를 넘어 서로를 지지하고 포용하는 엠파워 그룹의 일원이라는 점이 자랑스럽습니다. 이 책을 통해 10명의 놀라운 여성들이 자신의 이야기를 전 세계와 공유하고 다른 여성들을 위한 길을 열어가는 모습은 감동적입니다.

엠파워 운영위원회

토니 클램슨(Tony Clemson)

주한영국대사관 산업통상부 상무참사관

2022년 서울에 부임하면서 저는 한국 여성들이 직면한 어려움을 접하고 영국 상공회의소와 협력해 엠파워 리더십 프로그램을 설계했습니다. 이 프로그램을 통해 멤버들에게 실질적인 도움을 줄 뿐 아니라 다른 이들에게 영감을 주고, 나아가 한국 사회에서 성 평등 논의를 확장하는 데 도움이 되고자 했습니다. 누구나 개인과, 가족, 그리고 커리어 목표 사이의 균형을 유지하면서도 자신의 잠재력을 발휘하고 열정을 펼칠 수 있는 사회를 꿈꿉니다. 엠파워 1기 참가자들은 역동적인 리더이자 롤모델로서 변화의 본보기가 되었습니다. 이들의 여정을 함께하게 되어 영광이며, 진정한 성 평등을 향한 지속적인 참여와 노력을 응원합니다.

루인다 워커(Lucinda Walker)

주한영국상공회의소 소장

원래 프로그램 이름을 '엠파워 허(Empower Her)'로 정하려 했습니다. 그러다 이 프로그램이 여성 스스로 역량을 강화할 수 있는 플랫폼이 되었으면 하는 바람에서 '엠파워'로 명명하게 되었습니다. 실제로 이 여성들이 스스로를 '엠파워'하고(힘을 북돋아주고) 다른 여성들에게도 그 에너지를 나눠주고 있습니다. 하나의 팀이 된 이들의 열정은 그들이 만나는 모든 이들에게 영감을 주고 있습니다. 지난 한 해 동안 승진과 이직, 결혼, 출산을 이뤄낸 이들은 이제 멋진 책까지 탄생시켰습니다. 이들의 성과도 자랑스럽지만 이들의 미래가 더 기대됩니다!

엘스페스 스튜어트(Elspeth Stewart)

주한영국상공회의소 고문

지난 1년 동안 엠파워 1기에 참여한 이 놀라운 여성들에게서 우리는 공감과 우정, 야망과 즐거움, 추진력을 보았습니다. 우리는 성별이나 배경에 관계 없이 누구나 훌륭한 리더가 될 수 있으며, 한발 더 나아가고 더 몰입하는 것이 일과 삶의 균형만큼이나 중요한 화두라는 점에 대해서도 공감했습니다. 이들 한 명 한 명은 한국 사회 곳곳의 변화를 이끌어갈 '체인지 메이커'들입니다. 앞으로의 여정에서 서로 배우며 우정을 이어가기를 바랍니다.

이은정

주한영국대사관 선임정무관

프로그램 초기 구성 및 운영 (지원서 문항 작성, 선발자 평가, 비지니스 파트너 제안서 작성 및 선정 등)까지 전 과정에 세심하게 관여한 담당자 (?)로서, 일 년을 무사히 함께하며, 영국 여정을 함께 하며, 수많은 공식/비공식 모임들로 함께한 시간과 추억의 방울들이 참 소중하게 느껴집니다. 감히 한국에서 이렇게 다양한 업계를 대변하는, 세상에서 가장 열심히 살아가고 있는 열네 명의 여성들을 이렇게 한데 모을 수 있을까 싶었습니다! 프로그램의 기획자로서 그리고 또 수혜자로서, 함께 이루어 낸 결과와 수많은 상호작용이 경이롭고, 감사합니다. 5년 뒤의, 10년 뒤의 우리들의 모습이 참 궁금하고 기대됩니다.

구을기

주한영국대사관 방위보안과 선임상무관

지난 1년은 바쁜 본업과 엠파워 프로그램을 겸업하면서 본업에서는 배울 수 없는 것들을 뜻 깊은 성장의 시간이었습니다. 평소 접하기 어려웠던 다양한 분야의 참가자들을 만나 그들의 경험과 조언을 들을 수 있었던 점은 큰 귀감이 되었습니다. 참가자들의 다양한 커리어 스토리를 들으며 저의 진로에 대한 구체적인 방향성도 모색할 수 있었습니다. 올해도 계속될 엠파워 2기를 기대하며 앞으로도 이 같은 여성 직장인 성장 프로그램이 활발히 운영되어 더 많은 여성 인재들이 성장할 수 있기를 희망합니다.

크리스티나 안(Christina Ahn)

콘페리코리아 클라이언트 파트너

'엠파워(EMPOWER)'라는 이름처럼, 이 프로그램은 현재 한국 사회에서 워킹 여성들이 자신의 잠재력을 실현하고, 다른 여성들에게 영감을 주며, 함께 세상을 변화시키기 위해 탄생했습니다. 이 책을 통해 우리는 차세대 여성 리더들을 어떻게 성장시킬지에 대한 중요한 고민에 대해 해답을 찾게 될 것입니다. 자신을 믿고 목소리를 내어 표현하며, 동료들을 지지하고 도울 수 있는 능력을 길러내는 동시에, 이러한 리더들이 다음 세대를 위해 어떤 역할을 할 수 있는지에 대한 고민도 함께 해 볼 수 있는 기회입니다. 엠파워 멤버들의 훌륭한 기반과 경험을 바탕으로 계속된 성장과 발전을 기대합니다.